蒼龍君臨 창룡군림

창룡군림 20(완결)

초판 1쇄 발행 2025년 7월 23일

지은이 ㅣ 북미혼
발행인 ㅣ 최원영
편집장 ㅣ 이호준
편집디자인 ㅣ 박민솔
영업 ㅣ 김민원. 조은걸

펴낸곳 ㅣ ㈜디앤씨미디어
등록 ㅣ 2002년 4월 25일 제20-260호
주소 ㅣ 서울시 구로구 디지털로32길 30 코오롱디지털타워빌란트 1301-1308호
전화 ㅣ 02-333-2513(대표)
팩시밀리 ㅣ 02-333-2514
E-mail ㅣ papy_dnc@dncmedia.co.kr
블로그 ㅣ blog.naver.com/gnpdl7

ISBN 979-11-364-6313-5 04810
ISBN 979-11-364-5126-2 (SET)

※ 저자와 협의하여 인지는 붙이지 않습니다.
※ 이 책은 ㈜디앤씨미디어(파피루스)가 저작권자와의 계약에 따라 발행한 것으로 본사와 저자의 허락 없이는 어떠한 형태나 수단으로도 내용을 이용할 수 없습니다.

20
(완결)

북미혼 신무협 장편소설

창룡군림

PAPYRUS ORIENTAL FANTASY

1장 ·· 7

2장 ·· 31

3장 ·· 57

4장 ·· 81

5장 ·· 105

6장 ·· 153

7장 ·· 177

8장 ·· 203

9장 ·· 229

10장 ··· 265

11장 ··· 301

12장 ··· 325

1장

 철옹성으로 변한 천의문이었지만 정문만은 활짝 열려 있었다.
 그에 뒤질세라 초인동의 초인들도 아주 당당하게 천의문 정문으로 걸어왔다.
 "겁대가리없는 놈들 문까지 열어 두고 있네?"
 초인동의 괴인들의 지휘자는 경계 무사 한 명 보이지 않고 정문까지 열려 있자 어이가 없다는 듯 말했다.
 "모두 도망간 거 아니야?"
 다른 괴인이 주위를 둘러보며 말했다.
 천의문 정문 앞에 조성되었던 가게들은 이미 모두 문을 닫았고 이곳에서 기거하던 무인들도 전부 하산을 했는지 아무도 보이지 않았기 때문이었다.

"안에 기가 느껴지는 것을 보니 사람이 없는 것은 아니야. 그런데 너무 조용하네? 이놈들 우리가 다시 공격할 줄은 상상도 못하고 있는 거 아니야?"

"총단 중앙쪽에 대부분 몰려 있는 것 같은데, 그때 제법 강한 늙은이들이 우리에게 많이 죽였고 부상자도 많으니 저 안에 모여서 초상을 치르고 있는 것은 아니겠지?"

"그래도 방심하지 마라. 놈들이 또 어떤 해괴한 무기를 준비해 놓고 있을지 알 수 없는 일이다. 그리고 어떤 공격이든 우선 피한 다음에 대처를 해라."

특별하다고는 하지만 근본적으로 철강시는 화살이었다.

지휘자는 이유가 뭐든 군인이나 산적 따위가 사용하는 화살에 당했다는 것에 자존심이 많이 상한 듯 했다.

"그런 무기에 또 당한다면 그건 바보지."

"자 들어가지. 오늘은 이곳을 완전히 폐허로 만들어 버리자고!"

모두의 얼굴에는 말 그대로 악마의 미소가 그려지고 있었다.

* * *

[우리의 추측대로 교만하고 강호경험이 없는 자들이야. 계획대로만 된다면 유인할 것도 없이 스스로 함정 안으로 들어올 수도 있겠어. 우선은 아무도 나서지 말고 추이를 지켜보라고 전해.]

이번 전쟁의 총 책임을 맡고 장원의 전경이 모두 보이는 망루각에 올라와 있던 백리령하는 괴인들이 정문으로 들어서는 모습을 보자 검노에게 전음을 보냈다.

검노는 이번 싸움으로 상당한 부상을 입었지만 한 명의 고수가 아쉬운 상황인지라 나설 수밖에 없었다.

[알겠습니다.]

망루각은 건물이 아니라 총단안에 심어진 나무 중 가장 높은 나무 위에 만들어진 원형의 나무판이었다.

아주 쉽게 그리고 소리가 없이 회전이 가능하게 만들어진 나무판은 나무 사이에 위치해 밑에서는 발견하기가 어렵지만 위에서는 사방을 훤히 볼 수 있도록 만들어져 있었다.

망루각 역시 진무성이 군에 있을 때 경험을 바탕으로 만든 것이었다. 오감이 극도로 발달한 무림인들의 싸움에 육안으로 보는 망루각이 도움이 될까 하는 회의적인 시선도 있었지만 진무성은 분명 도움이 된다고 봤다.

'저자들 겨우 이틀만에 정상적인 몸이 됐어. 신체 복원 능력도 보통사람들보다 아주 뛰어나…… 대무신가는 저런 자들을 몇 명이나 가지고 있는 걸까?'

안으로 들어선 자들은 백리령하의 계획대로 중앙에 모여 있는 사람들을 향해 걸어가기 시작했다.

급할 것이 없다는 자신감의 발로이기도 하지만 저번 싸움에서 얻은 경험으로 나름 조심을 하고 있는 모습이었다.

백리령하는 그들을 유인할 장소에 대형 빈소를 마련해 놓았다.

그곳에는 되도록 많은 사람이 모여 있는 척하기 위해 여러 명이 분주히 왔다갔다 하고 있었다.

창과 격궁을 소지한 무인들은 전각으로 형성된 진 안에 배치를 했다. 하지만 진 자체에 변화가 심어져 있는 변진(變陣)이 아니라 매복을 위한 용도의 미로진인지라 숨어 있는 것까지는 가능해도 공격이 시작되면 저들에게 쉽게 발각될 가능성이 많았다.

그래서 백리령하는 적들이 쉽게 상황파악을 할 수 없도록 각궁을 든 궁수들을 모두 보법이 빠른 고수들로 배치했다.

창을 든 창수들은 적들이 중앙으로 들어서는 순간 진에서 뛰어나와 포위망을 형성하도록 했다.

보통 창에 비해 유난히 긴 창으로 찔러 댄다면 그들에게 부상을 입히지는 못해도 어느 정도 움직임에 제약을 줄 수 있었다.

거기에 각궁까지 사용한다면 잠시나마 중앙에 그들을 잡아놓을 수 있었다.

기회는 단 한 번이었다.

매우 가까운 곳에 배치가 되어 있어 그 위력과 속도는 전보다 더 강력할 것은 자명했다.

하지만 공격이 실패하는 순간 창수들은 당장 목숨이 위험해질 것이었다.

이쪽의 전략을 눈치챈 그들이 철강시의 사정권에서 벗어나기 위해 포위한 창수들부터 죽여 나갈 것이 분명했기 때문이었다.

그들이 배치된 철강시의 사정권을 벗어나는 순간, 움직임이 느린 철강시는 무용지물이 된다.

'단 한 번이야. 내가 가장 확실한 순간을 포착해 신호를 보내야 해.'

그녀가 망루각에 있는 이유는 군대 간의 전쟁처럼 전황을 조망하기 위해서가 아니라 철강시를 쏠 수 있는 가장 적절한 순간을 찾아내기 위해서였다.

* * *

'이놈들 너무 조용하지 않아?'
'분명 안에 있는데, 아무리 우리가 다시 공격할 것을 예상하지 못했다 해도 경계 서는 자들이 한 명도 없다는 것은 좀 이상하긴 하네?'
'이놈들 혹시 함정이라도 준비하고 있는 것 아닐까?'
'저번에 봤잖아. 놈들은 우리가 올 것을 이미 예상하고는 철저히 준비를 하고 있었어. 그럼에도 우리에게 된통 당한 놈들이야. 이틀 동안에 뭔가 새로운 준비를 할 것이 있었다면 그때 했겠지. 그리고 함정이면 또 어때! 그냥 죽이면 되지.'

지휘자는 저번 싸움으로 천의문에 자신들을 상대할 수 있는 고수가 없다는 것을 확실하게 감지했다. 사실 초인동에서 만들어 낸 초인은 모두 삼십 여구에 달했다.

하지만 완벽하게 완성이 된 초인은 구마종과 정체 모를 한 명 그리고 그들 다섯이 전부였다.

나머지도 보통 무림인들과 비교하면 충분히 강했지만 그중에서도 이들 다섯 명은 아주 중요한 자들이었다.

만약 진무성이 천의문에 있었다면 사공무경은 절대로 이들을 이곳에 보내지 않았을 것이었다.

한 명이라도 죽는다면 사대금지구역 중 한 곳이 사라진 것과 맞먹는 피해를 입는 것과 마찬가지일 정도로 그들을 만드는데 든 비용과 시간은 엄청났기 때문이었다.

"저놈들 뭐하는 거야?"

가장 걱정한 것이 유인책이었다는 것이 무색할 정도로 그들은 스스로 천의문이 준비한 함정으로 들어왔다.

커다란 빈소와 놓여 있는 수백 개의 명패들은 저번 싸움에서 그들에게 죽은 자들을 의미했다.

그런데 그곳에서 정신없이 왔다갔다 하던 자들이 그들이 나타나자마자 사방으로 도망을 친 것이다.

하지만 그리 중요한 자들 같지도 않았고 어차피 모두 죽일 생각인 그들은 도망을 치는 것을 신경도 쓰지 않았다.

"하하하! 여기 명패들을 보니까 우리가 생각보다 많이 죽인 모양인데?"

"아마 내가 제일 많이 죽였을걸!"

한 괴인의 말에 또 다른 괴인이 자랑스럽다는 듯 말했다. 그러자 또 다른 괴인이 약간 언성을 높이며 말했다.

"무슨 말도 안되는 소리를 하는 거야? 죽인 놈들의 수만 따지면 당연히 내가 제일 많이 죽였지!"

"너희는 죽인 놈들 숫자 가지고 얘기하는데 죽이는 것 자체는 별로 재미도 없고 시시하거든. 난 죽인 놈들은 좀 적지만 모두 사지를 잘라서 고통스러워하다 죽게 만들었다."

매복을 하던 많은 사람들이 그들의 인간 같지 않은 대화를 듣자 몸을 파르르 떨고 무기를 꽉 잡았다.

며칠 전까지 그들과 함께 웃으며 대화하던 친구이자 동료였던 죽은 문도들에 대한 복수심이 가슴속에서 부글거린 것이었다.

그들은 공격 명령이 떨어지기만을 기다리고 있었다.

하지만 백리령하의 명령은 쉽게 떨어지지 않았다.

위력을 배가시키기 위해 단단히 고정된 철강시의 사정목표는 매우 좁았다. 그래서 그들이 그 사정목표 안에 모두 들어서는 순간을 잡는 것은 아주 중요했다.

더구나 이들은 절대적인 무력을 지닌 자들이었다. 쏘는 즉시 눈치를 챌 것이고 그 순간 몸이 움직일 것은 분명했다.

백리령하는 몸이 움직일 것까지 계산하여 철강시를 배치했다. 그 모든 것이 맞아떨어지는 순간을 잡아내야 했다.

바로 그곳은 빈소로 만든 무대의 중앙이었다.

그리고 드디어 그들이 중앙으로 다가갔다. 그곳에 눈에 띄는 상자 몇 개가 놓여 있었기 때문이었다.

백리령하가 그들을 유인하기 위해 준비해 둔 것들이었다.

"이건 뭐지? 혹시 안에 벽력탄이라도 넣어 놨나?"

상자는 그들의 수에 딱 맞게 다섯 개가 놓여 있었다. 그것도 바닥에 고정을 시켜놓아 반드시 거기에서 열어봐야 하도록 되어 있었다.

-교만하고 경험이 없다.

괴인들과의 싸움에서 얻은 단 하나의 유용한 정보였다. 보통사람이라면 오히려 위험하다고 인지하고 더욱 조심을 해야 할 것 같았지만 바로 그 정보를 통해 너무 뻔한 함정을 만든 것이었다.

"벽력탄은 이런 식으로는 폭발하지 않아."

사실 벽력탄은 만들기도 어렵지만 터뜨리는 것도 쉽지 않았다.

보통은 벽력탄에 꽂혀 있는 심지에 불을 붙인 후 던지는데 터지지 않는 경우도 많았고 터진다 해도 적들이 모두 몸을 피하고 난 후에 터지는 때도 많았다.

당연히 무림인들에게 벽력탄은 전혀 무기가 될 수 없었다. 불을 심지에 붙일 시간을 줄 리도 없거니와 벽력탄이 자신에게 날아와 떨어진 후 터질 때까지 가만히 있을 무림인은 없었다.

그럼에도 벽력탄은 폭발하는 주위에 있을 경우, 절대고수들조차 치명상을 입힐 수 있는 그 막강한 위력 때문에 무림인들이 가장 가지고 싶어하는 물건 중 하나이기도 했다.

"열어 보면 뭔지 알겠지!"

지휘자는 아무 걱정도 없는지 상자로 다가가 뚜껑을 열었다. 그리고 곧 그의 표정이 묘하게 변했다.

상자 안에는 커다란 종이 한 장이 놓여 있었다.

-차(此) 문(文) 견(見) 자(者) 사(死)

또박또박 한 자씩 아래로 내려적은 다섯 글자의 뜻은……

"이게 무슨 말이냐?"

지휘자는 종이를 보이며 물었다. 분명 사자성어는 아니었다. 하지만 글자의 뜻 그대로 풀이한다면 종이를 본 자는 죽는다는 의미였다.

"이것들이 장난하나! 여기도 같은 글이 적혀 있는 종이가 있는데?"

또 다른 상자를 연 괴인의 말에 다른 자들도 고개를 갸웃하며 재미있다는 듯 상자를 열었다.

그리고 곧 백리령하의 신호가 떨어졌다.

휘이이잉!

횡! ……

종이를 보던 괴인들의 표정이 일그러졌다.

이미 한 번 경험했던 바로 그 소리였다.

그리고 그들의 몸이 스르르 사라졌다. 생각보다 더 빠른 몸의 반응이었다.

그러나 날아든 철강시의 속도는 엄청났다. 한 번의 기회밖에 없다는 백리령하의 말에 따라 다음 화살을 생각도 하지 않고 시위를 최대한 잡아당겨 놓았기 때문이었다.

거기다 그 거리가 겨우 이 장에 불과했다.

이십 개의 철강시가 모든 방향에서 날아들었고 눈에 보이지 않을 정도로 빠른 신법으로 그것을 피해 나가는 괴인들 이번에 누가 빠르냐의 속도싸움이었다.

그리고 그 결과는 매우 빠르게 나타났다.

쾅!

펑!

퍼벅!

"크윽!"

날아간 철강시는 다양한 소리를 만들어 냈다. 당연히 결과 역시 달랐다.

땅에 박힌 철강시는 아예 흔적조차 보이지 않을 정도로

땅속으로 파고 들었다. 주위에 바위에 맞은 철강시는 바위를 박살 냈다.

상황마다 모두 소리가 달랐다.

그런데 큭! 하는 침음성은……

분명 한 개 이상의 철강시에 사람이 맞았다는 소리였다.

"이놈들이!"

철강시에 맞은 자는 모두 두 명이었다.

한 명에게 부상만 입혀도 큰 성공이라는 생각으로 만든 함정에 두 명이나 맞았으니 엄청난 성공이었다.

한 명은 팔을 관통했고 또 한 명은 등에 창이 꽂혀 있었다.

철강시는 여러 사선(斜線)을 따라 많은 침이 붙어 있었다.

사람의 몸에 맞는 즉시 피부부터 안의 조직까지 완전히 파괴하기 위해서였다.

한마디로 맞는 즉시 즉사거나 맞은 부위는 더 이상 사용이 불가능할 정도로 망가지게 되어 있었다.

"이것들이 정말…… 돌아 버리겠네! 모조리 죽여 버리겠어!"

바위조차 안으로 파고들어 부숴 버리는 철강시가 괴인의 몸을 뚫지 못하고 반만 박혀 있었다. 심지어 그는 죽지도 않았다.

 오히려 더욱 분통이 터진다는 듯 주위를 둘러보며 살기 어린 목소리도 소리쳤다.

 큰 소리는 쳤지만 그의 상태가 정상일 리는 없었다.

 "커헉—"

 그는 곧 토혈을 했다. 피속에는 작은 살점들 같은 것들이 섞여 있었다.

 파고든 철강시에 위해 파괴된 장기 조각 같았다.

 그는 철강시를 뽑는 것은 죽음을 재촉한다는 것을 아는 듯 자신의 무기로 밖으로 나와 있는 철강시만 잘라 버렸다.

 물론 그 상태로 얼마나 버틸 수 있을지는 그도 장담할 수 없었다.

 하지만 그 장면을 보는 주위 사람들은 경악을 하지 않을 수 없었다. 아니 공포라고 하는 것이 더 맞을지도 몰랐다.

 철강시를 팔에 맞은 괴인의 대처 역시 모두의 간담을 서늘하게 했다. 그는 구멍이 크게 나고 피가 철철 흐르는 팔을 가차 없이 자르고는 지혈을 했다.

 죽지도 않는 것들이 고통까지 느끼지 않는 것일까……

 처음 맞았을 때 순간적으로 토해 낸 침음성 이후, 그들은 어떠한 고통의 신음도 내뱉지 않았다.

 철강시에 직접적인 피해를 입는 것은 피했지만 철강시를 받아 치면서 내상을 입은 자도 한 명 있었다.

 [이 단계 공격 시작해라!]

 그들의 행동을 놀란 눈으로 보고 있던 모두의 귀로 또 다른 지시가 떨어졌다.

 설명은 길었지만 그들이 부상을 입고 조치를 취하고 이 단계 공격이 시작되기까지의 시간은 실로 찰나간이었다.

 지휘자 괴인은 자신의 동료들이 어처구니없이 크게 부상을 당하자 당장 철강시가 날아온 방향으로 몸을 날리려고 했었다. 그런데 아무 것도 보이지 않았다.

 이게 뭐지? 하고 잠시 멈칫한 순간 각궁이 쏟아져 날아오기 시작했다.

 처음부터 정면 공격은 전혀 없이 철강시의 공격부터 시작한 그들이 이번에는 또 다른 활 공격인 각궁을 쏘아대자 지휘자 괴인은 분노를 참지 못하고 사방으로 장을 날려 대며 소리쳤다.

 "명색이 정파라는 놈들이 하는 행동은 정말 비겁하고 구리구나! 내 오늘 네놈들을 갈기갈기 찢어 주마!"

 좁은 공간에서 날아오는 각궁들을 아무리 그들의 보법이 빠르다 해도 모두 피할 수는 없었다. 결국 괴인들은 각궁을 호신강기로 반탄시키거나 무기로 부숴 버렸다.
 그러자 각궁은 기다렸다는 듯이 산산조각이 났다. 그런데 그 조각들이 튕겨 나가지를 않고 그대로 그들의 몸으로 날아가는 것이 아닌가……
 뼈를 갈아 만든 각궁은 부숴지는 즉시 아무 미세한 바늘처럼 분쇄된다. 그리고 그 조각은 아주 촘촘한 천망까지 파고들 정도로 날카로웠다.
 각궁의 조각들의 상당수는 괴인들의 호신강기에 의해 가루로 변했지만 약간은 그들의 호신강기를 뚫고 그들의 몸으로 뚫고 들어갔다.
 약간이라고는 하지만 그 수가 엄청났기 때문에 그것도 상당한 수였다. 각궁이 몸에 박힌 괴인들은 코웃음도 치지 않았다.
 철강시가 박혀도 신음조차 내지 않는 그들에게 부스러진 바늘같은 조각 몇 개가 몸에 박히는 것은 실로 가소로운 공격이기 때문이었다.
 하지만 싸움이 길어질 경우 그 가소로운 각궁 조각이 매우 그들을 거슬리게 만들 줄은 아직은 모르고 있었다.
 '여기 진이 펼쳐져 있다. 이놈들이 진에 숨어 있었어!'
 괴인들의 뇌리에 지휘자의 소리가 전해졌다.
 장을 계속 날리던 지휘자는 뭔가 잘못됐다는 것을 곧

알아챘다. 각궁은 분명 가까운 곳에서 날아오고 있는데 사람은 보이지 않았다. 거기다 만근 거석도 부숴 버리는 그의 장이 사방을 쳐 댔지만 부숴지는 전각들이 하나도 없었다.

그것은 진이 펼쳐져 있지 않으면 불가능한 상황이었다.

지휘자는 자신들이 들어온 방향으로 시선을 돌렸다. 우선 들어온 곳으로 빠져나간 후, 다시 공략할 생각이었다.

그러나 그들이 들어온 방향에는 커다란 전각이 앞을 막고 있었다.

'합벽공을 사용한다.'

지휘자는 진을 무력화시키지 않고는 부상당한 자의 목숨을 담보할 수 없다고 판단하고는 모두에게 지시했다.

합벽공은 한 사람에게 내공을 몰아주어 한 곳을 강력하게 공격하는 수법으로 그들은 절대 사용할 상황은 오지 않을 것이라고 생각했던 수법이었다.

그들이 지휘자의 뒤로 붙자 그는 장을 뻗어 한 곳을 겨냥했다. 사실 어느 방향이건 상관이 없었다.

진이 움직이는 동진과 달리 움직이지 않는 것들을 이용한 정진은 견딜 수 있는 힘 이상의 충격을 받으면 무너질 수밖에 없었다.

지휘자는 지금 주위에 펼쳐진 진이 전각들을 이용해 만

들어진 정진이라고 판단한 것이었다.

그리고 그의 추측은 적중했다.

쾅!

비록 한 명은 거의 내공을 사용하지 못할 정도로 부상이 심했고 두 명 역시 자신들의 내공을 온전히 사용할 수 없는 상황임에도 그들의 합벽공은 엄청난 위력을 보였다.

커다란 폭음과 함께 진의 한 축을 담당하던 전각이 그대로 무너져 버렸다.

그리고 곧 주위의 장면이 괴인들의 눈에 들어왔다. 전각 사이사이에 놓여 있는 커다란 철강시와 긴 창을 든 수많은 무인들, 그리고 지금도 계속 몸을 날리며 각궁을 쏘아 대는 자들까지 모두가 보이자 괴인들은 기다렸다는 듯이 사방으로 퍼져 공격을 시작했다.

'큰일이다. 너무 빨리 진이 무너졌어.'

보고 있던 백리령하는 얼굴이 하얗게 변했다.

진무성이 도착할 수 있다고 한 새벽까지는 아직도 한 시진 이상 남아있었다. 새벽도 가장 빨리 왔을 때이고 늦으면 정오는 되어야 한다고 했다.

그렇다면 최소한 한 시진은 더 버텨 줘야 했었다.

그들이 이런 식으로 진을 무력화시킬 줄은 전혀 예상을 못했던 그녀였다.

그녀는 급히 몸을 날렸다. 이제 망루대에서 보고만 있을 때가 아니었다.

"죽어라!"

진이 깨지고 모두의 모습이 드러나자 거의 학살 수준의 살상이 벌어지기 시작했다.

괴인들의 공격을 감당할 수 있는 고수들은 저번 공격으로 반 가까이 죽어서 지금은 고수의 수가 현격히 부족했다.

그래도 다행인 것이 철강시로 한 명이 거의 무력화됐고 두 명 역시 전력을 사용하지 못한다는 사실이었다.

하지만 그런 상황에서도 새로이 합류한 현무궁도들과 남궁세가의 무사 그리고 개방의 천강개들은 큰 힘이 되어주고 있었다.

'세상에 천의문은 이런 자들의 공격을 받아냈던 거야?'

싸움이 시작되자 남궁세가의 무력대를 이끌고 온 남궁백상은 질겁을 했다.

진 안에서 그들이 당하는 것을 볼 때와는 완연히 달랐다. 이건 강해도 너무 강했다.

만약 이들이 남궁세가를 쳐들어왔다면 무사할 수 있었을까를 생각하니 경악하지 않을 수 없었다.

그리고 왜 진무성이 그렇게 대무신가를 없애는 것이

일순위가 되어야 한다고 주장했는지 확실하게 깨달아 가고 있었다.

이런 자들을 수하로 데리고 있는 세력이 마교의 후신이라면 모든 문파는 언제라도 멸문을 당할 수 있는 매우 급박한 상황에 놓여 있었다는 것이 자연스럽게 도출이 될 수밖에 없었다.

천강개를 몰고 온 천강대장이나 싸움은 전혀 예상하지 못하고 방문한 중소문파의 지휘자들 역시 남궁백상과 비슷한 생각을 공통적으로 머리에서 떠올리고 있었다.

"이놈들! 내가 네 놈들을 죽이지 못하고 돌아갔던 것이 한이 되어 잠도 제대로 못 잤다. 그리고 계집들은 내가 데리고 가 노예로 삼아 주마."

괴인 지휘자는 자신을 합공하고 있는 단목환들을 보며 괴기스럽게 외쳤다.

그의 눈길을 받은 곽청비와 곡수연은 소름이 끼치는 것을 느꼈다. 그가 그녀들을 주시하며 노예로 만들어 주겠다고 했기 때문이었다.

그녀들은 그가 말한 노예가 무슨 의미인지를 직감하고는 더욱 내공을 끌어올리며 소리쳤다.

"사람 같지도 않은 괴물 같은 놈이 뚫어진 입이라고 아무 말이나 내뱉는구나! 본 검주가 반드시 네놈만은 죽여 주마!"

곽청비의 검이 더욱 날카롭게 그를 공격하기 시작했다.

괴인 역시 큰소리는 치고 있었지만 상황이 녹록한 것은 아니었다.

단목환과 곽청비, 곡수연 그리고 천의문의 호법과 장로 두 명이 동시에 그를 합공하고 있었으니 아무리 강한 그지만 단숨에 제압을 하고 할 수 있는 그런 상황은 아니었기 때문이었다.

또 다른 괴인들에게도 최고의 고수들이 나눠서 합공을 하고 있었다. 한 명이 무력화되고 두 명이 부상을 입은 것이 큰 도움이 되고는 있었지만 그렇다고 우위를 차지할 상황은 아니었고 괴인들은 합공을 당하고 있는 와중에도 걸리적대는 자가 있으면 그대로 죽여 버렸다.

긴창으로 조금이나마 괴인들을 위협하려던 창수들은 이미 거의 다 전멸했고 각궁을 쏘던 궁수들도 이미 절반 가까이 죽었다.

빨리 그들을 죽이지 못한다면 천의문의 피해는 계속 늘어날 수밖에 없는 상황이었다.

다급한 쪽은 소수가 되어야 하는데 지금은 천의문 쪽이 훨씬 더 다급해 보였다.

"우우우우우!"

그때 모두의 귀에 용음이 울렸다.

천의문도를 비롯한 정파인들에게는 기운을 주는 청량한 소리였지만 괴인들은 그 소리를 듣자마자 충격을 받은 듯 몸을 휘청했다.

심지어 몸에 창을 박은 채로 여전히 싸우고 있던 괴인은 용음을 듣자마자 또 다시 토혈을 하며 무릎을 꿇기까지 했다.

그리고 곧 사방에서 환호성이 터져나왔다.

"문주님이 오셨다!"

"창룡 대협께서 도착하셨다!"

그들의 환호성은 모두의 사기를 백배 이상 올려 주기에 충분했다.

단지 음공만으로 그들을 몰아붙이던 괴인들을 휘청이게 만드는 것을 직접 보았으니 어쩌면 당연한 모습이었다.

'뭐야? 창룡 그놈은 여기에 있으면 안 되는 거잖아?'

괴인들은 서로의 생각을 공유하며 긴장한 표정으로 용음이 들려온 곳으로 시선을 돌렸다.

하늘에 나타난 검은 점.

그것은 언뜻 보면 밤하늘을 나는 새 같았다.

하지만 괴인들의 안색은 급격하게 굳어졌다.

엄청난 무공을 지닌 고수가 지금 하늘을 날아 그들에게

다가오고 있음을 감지했기 때문이었다.

[문주님께서 오셨습니다. 모두는 더 이상 싸움을 멈추고 저자들이 도망을 치지 못하도록 포위만 하세요.]

계속 싸우는 것은 피해만 양산한다는 것을 아는 백리령하는 급히 모두에게 전음을 날렸다.

하지만 괴인들은 다른 사람의 움직임은 신경도 쓰지 않았다.

점점 커지는 검은 점.

지휘자 괴인은 빨리 판단을 해야했다.

2장

2장

 사공무경은 진무성과 만나면 무조건 피하라고 지시했다. 물론 그는 지금껏 어떤 수하가 죽건 개의치 않는 듯한 모습을 보여 왔다.
 그에게는 수하들은 소중한 조력자가 아니라 그저 쓰다 버리는 소모품에 불과했기 때문이었다.
 그런 그조차도 구마종이 죽었을 때만은 손으로 탁자를 치고 말았었다.
 소중하기 때문이 아니라 구마종을 다시 키워 내면서 들어간 시간과 노력 그리고 천문학적인 비용이 아까워서였다.
 이후 그는 진무성의 공격에 다른 구마종은 물론 초인동

의 초인들도 동원을 허락하지 않았다. 초인 한 명이면 중견 문파 하나를 멸문시킬 수 있는 전력인데 진무성에게 어이없이 잃는 것은 너무 큰 손해였기 때문이었다.

'가주님께서는 오늘 천의문을 반드시 멸문을 시키라고 지시하셨다. 그런데 창룡을 만나면 싸우지 말고 피하라고도 하셨다.'

상충되는 두 지시 중 어느 것을 따르느냐는 지휘자의 재량에 달려 있었다.

물론 혼자이거나 확연히 밀린다고 판단했다면 주저 없이 이곳을 떠났을 그였다. 하지만 진무성은 혼자였고 그들은 네 명이나 되었다.

구마종 셋을 진무성이 상대하여 제거했다는 보고서는 보았지만 그것은 정당한 대결이라고 보기 어렵다는 것이 그의 생각이었다.

'모두 후퇴한다.'

하나, 지휘자는 결국 후퇴를 결정했다.

사공무경의 지시 중에는 창룡을 다치게 하거나 죽이지 말라는 지시도 있었기 때문이었다.

나름 빠르게 판단을 내렸지만 이미 극대노해 있는 진무성의 눈에 뜨인 이상 후퇴하는 것은 그리 쉬운 일은 아니었다.

후퇴 명을 받고 몸을 날리려던 그들은 급히 무기를 들어 방어에 들어갔다.

 그들의 위로 최소 수백 개는 됨직한 창이 찔러 왔기 때문이었다.

 너무 빽빽해서 피할 곳을 찾기 힘들 정도였다.

 "아악!"

 스스로 팔을 잘라 내면서도 신음 한 번 내지 않던 자의 입에서 처음으로 비명이 터져 나왔다. 그의 머리와 어깨 하나 남은 팔까지 그는 창에 의해 최소 열 군데 이상을 찔리면서 즉사하고 말았다.

 보법은 균형이 가장 중요했다.

 두 팔을 가진 상황에서 익은 몸놀림이었다. 그래도 다른 사람들과 싸울 때는 그리 큰 문제가 되지는 않았다.

 하지만 진무성의 공격을 받자 한 팔을 잃은 결과는 참담했다.

 바늘 같은 얇은 빈틈을 찾아 움직여야 했지만 균형에 미세한 문제가 생겼고 결국 한 곳을 찔리고 말았다. 그리고 찔리는 순간 몸이 섰고 그 위로 무더기로 창이 질러 온 것이다.

 그런데 모두를 경악하게 한 것은 그를 찌른 창이 어디에도 보이지 않는다는 사실이었다.

다른 괴인들도 두 명은 제법 큰 부상을 입고 말았다. 그들은 각궁의 조각들이 몸을 파고 들어간 자들이었다.

움직이는 데 몸에 파고 들어간 각궁의 조각들이 약간의 불편함을 초래했다. 그런 그 작은 불편함이 움직임에 아주 미세한 둔화를 유발하면서 몸 곳곳이 스쳐 지나간 창으로 인해 갈라지고 찢어진 것이다.

'지금 본 교의 천수마검 아니야?'

지휘자는 믿기지 않는다는 표정으로 남은 괴인들에게 물었다.

-천수마검

마교 역사상 천마만이 펼칠 수 있다고 알려진 최강의 검법이었다.

단 한 수에 천 개의 검이 상대를 향해 날아간다.

한 개가 천 개가 될 수는 없는 법이니 나머지 구백구십구 개는 허초여야 했다.

하지만 천수마검이 마교 최강의 검법으로 불리게 된 것은 천 개의 검이 모두 실초라는 점 때문이었다.

그것은 지금 죽은 자를 보면 당장 알 수 있었다. 엄청난 창의 공격이 하늘에서 떨어졌고 그 창에 의해 온몸에 구멍이 나며 죽었다.

공격이 모두 실초와 다르지 않다는 증거였다.

천수마검은 지금도 마교에는 비급으로 고이 간직이 되어 있었다. 그리고 마교의 최상층 고위직에 오르면 그것을 익힐 수 있는 특혜를 받을 수 있었다.

그럼에도 천마 이후에 한 명도 천수마검을 익힌 사람이 없었다는 것은 그것이 얼마나 어려운 수법인지를 방증하는 것이었다.

지휘자의 말에 다른 괴인들도 동의를 하는 듯 고개를 끄덕였다.

검으로 익히기 힘든 수법을 창으로 재현을 했다?

믿기지 않는 일이었지만 직접 보고 당한 그들이었으니 아니라고 할 수도 없었다.

'만날 때마다 두 배씩 무공이 느는 것 같다고 해서 미친 놈들이 바보 같은 분석을 했다고 생각했는데 저자에 대한 분석 보고가 진짜 사실이었어.'

지휘자는 떨리는 소리로 말을 전했다. 지금 보인 진무성의 신위는 구마종을 죽일 때 그가 보였던 모습과는 완전히 달랐다.

비록 진무성이 구마종 중 세 명을 상대했다고는 하지만 상당히 고전을 했고 위험 상황도 있었다고 보고서에 적혀 있었다. 하지만 지금 보인 한 수는 보고서의 내용과는 달라도 너무 달랐다.

드디어 기이한 형태의 창을 들고 하늘에서 땅에 착지한 진무성은 설화영을 놓아 주고는 주위를 둘러보았다.

그리고 그의 표정은 처참하게 일그러졌다.

동정어옹과 함께 그의 천의문에 처음부터 참여했던 동정조옹의 시신이 눈에 들어왔기 때문이었다.

그 외에도 그를 보면 깍듯이 인사를 하던 안면 있는 문도들의 시신도 곳곳에서 보였다.

"사공무경이 이런 식의 도발을 할 줄은 몰랐구나. 내가 왜 이런 상황을 예상하지 못했는지 천추의 한이다."

진무성의 살기가 가득한 목소리를 들은 지휘자는 같이 살기 띤 목소리로 답했다.

"넌 수천 명에 달하는 삼지가의 식구들을 모조리 죽였다. 그거에 비하면 여기서 죽은 네놈의 수하들의 수는 조족지혈이 아니더냐! 너야말로 본 가에는 철천지원수다!"

"그래, 네놈 말이 맞다. 대무신가와 나는 한 하늘을 같이 공유할 수 없는 불구대천의 원수가 된 지 오래지. 그래서 네놈들이 이런 짓을 한 것은 무림인이 된 이상 받아들여야할 숙명이라고 생각한다. 그렇지만 그게 너희들이 여기서 살아갈 수 있는 이유는 될 수 없겠지."

말을 마친 진무성의 신형이 사라졌다.

더 이상 대화를 나누고 싶은 생각도 없었다. 당연히 그의 공격은 처음부터 살수일 수밖에 없었다.

'모두 전력을 다한다. 방심은 금물이다.'

지휘자의 말이 모두에게 전해지고 경천동지의 결투가 시작되었다.

천수마검 아니 진무성이 펼친 것은 천수마창이라고 해야 할지도 몰랐다.

천수마창에 이들이 약한 모습을 보였으니 계속 사용하면 쉽게 상대할 수 있겠지만 진무성이라 해도 그 수법을 연달아 사용하기에는 내공의 소모가 너무 심했다. 천 개가 전부 실초나 다를 바 없는 이유가 바로 내공으로 천 개의 강기를 만들어 내서 날리는 수법이기 때문이었다.

더욱이 지금 진무성은 반경 오 장 밖으로 강기막을 펼친 상태였다. 그대로 싸우다가는 천의문의 반 이상이 모조리 무너질 확률이 높았고 시신들이 훼손되는 것 역시 막을 수 없기 때문이었다.

주위를 포위하고 있는 문도들의 안위도 살펴야 했다.

내공의 반을 강기막을 펼친 상태에서의 싸움이었지만 진무성의 공격은 그들을 몰아세우는 데는 지장이 없었다.

선천지기까지 끌어올리며 밤새 달렸고 내공의 소모가 극심한 천수마창까지 방금 사용한 사람이 보이는 모습이라고는 전혀 생각하기 어려울 정도였다.

"너! 마교 놈이냐?"

싸우던 지휘자는 진무성의 수법에 경악을 한 듯 소리쳤다. 진무성이 사용하는 무공이 그들도 배운 수법들이 상당히 많았기 때문이었다.

"곧 죽을 놈들이 알고 싶은 것도 많구나. 알려 주고 싶지 않으니 지옥에 가서도 궁금해하거라!"

진무성은 괴인들 중 두 명이 몸의 운신에 조금 이상이 있음을 간파하고는 그중 한 명을 향해 창을 찔러 갔다.

철강시에 내상을 입은 자와 각궁의 조각이 몸에 들어간 자였다. 진무성이 먼저 노린 자는 내상을 입은 자였다.

그는 진무성의 창을 피하는 것이 어렵다고 판단하고는 자신의 도를 옆으로 세워 창끝을 막아 갔다.

순간 진무성의 창이 엄청난 속도로 회전을 하기 시작했다.

전혀 생각 못한 수법이었다.

강력한 회전이 더해진 창끝은 놀랍게도 그의 도를 관통하고는 그의 몸까지 완전히 헤집어 놓고는 빠졌다.

회륜광선창이었다.

그리고 그것은 마교의 창마종의 최고 절기이기도 했다.

또 한 명을 잃은 지휘자는 모두에게 말했다.

'내가 저놈을 최대한 잡아 놓을 테니 너희는 빨리 이곳

을 빠져나가라. 그리고 창룡의 무공이 우리 다섯 명의 합공을 능가할 정도로 강해졌다는 것을 알려라.'

지휘자는 말을 전하자마자 진무성을 향해 연달아 장을 날렸다.

장이나 권을 사용하는 자들은 무기를 사용하는 자들보다 보법이 뛰어나고 내공이 강한 것이 특징이었다. 무기를 사용하는 자들보다 상대적으로 짧은 팔로 공격을 해야 하니 어쩌면 당연한 것이었다.

그러나 상대가 그보다 더 빠르고 내공도 높다면 무기를 사용하지 않는 것이 치명적인 약점이 될 수도 있었다.

그리고 지금 그것이 그대로 드러나고 말았다.

진무성을 최대한 잡아 두겠다는 말이 무색할 정도로 그의 공격은 손쉽게 진무성에 의해 무력화 되고 말았다.

쇠고 바위고 닿기만 하면 모두 부숴 버린다는 그의 장심을 진무성의 창이 뚫고 들어간 것이었다.

"크으으윽! 네놈이 내가 쓰는 장법의 움직임을 꿰뚫고 있을 줄은 몰랐구나."

그의 말대로 진무성은 지휘자가 사용하는 장법을 아주 잘 알고 있었다. 그리고 그의 장이 어디로 어떻게 움직일 것까지 이미 알고 있었으니 그의 장심에 창을 박아넣은 것은 그리 어려운 일이 아니었다.

정파의 무공과는 달리 예상하기 어려운 움직임으로 상대를 몰아가는 마교의 수법이 진무성에게는 오히려 상대하기가 더 쉬웠으니 그들에게는 불행한 일이 아닐 수 없었다.

 지휘자는 이미 박힌 창을 뺄 생각을 하지 않고 잡고 늘어졌다. 그렇게라도 다른 괴인들이 도망갈 시간을 벌어주기 위해서였다.

 하지만 그것도 그의 뜻대로 될 리 없었다.

 몸을 날린 두 명의 괴인은 보이지 않는 강력한 강기막에 의해 그대로 튕겨져 버렸기 때문이었다.

 "서, 설마…… 지금 주위의 방어벽까지 세우고 우리와 싸우고 있었더냐?"

 지휘자는 그들이 튕겨지는 것을 보자 어떤 일이 벌어진 것인지 직감을 하고는 절망에 빠진 목소리로 물었다.

 "그것도 지옥에 가서 물어보거라."

 진무성은 창을 비틀며 그대로 들어 올렸다. 그러자 지휘자의 몸은 거의 반이 그대로 뜯겨 나가며 즉사하고 말았다.

 이미 전의를 잃은 다른 두 명의 괴인들을 제거하는 데는 일각밖에 걸리지 않았다.

 '세…… 상에 이번 외유에 또 무슨 일이 있었던 거지?

또 더 강해져서 돌아왔어.'

 진무성이 밖에 방비벽까지 세우고 싸우고 있다는 것을 발견한 사람들은 몇 명 없었다. 그중 한 명이 백리령하였다.

 그들이 합공을 하는 와중에도 문도들을 죽일 정도로 강한 자들이 이번에는 오히려 합공을 했음에도 진무성에게 죽었다.

 단순 계산만으로도 지금 진무성이 얼마나 강한지 모두 짐작할 수 있었다.

 특히 남궁백상과 천강대장 그리고 도와주기 위해 온 중소문파의 장들은 진무성의 믿기지 않는 신위에 감탄을 넘어 경외감까지 느끼며 고개를 숙였다.

 "죄송합니다. 편히 노후를 보내실 수도 있었는데⋯⋯ 제가 괜히 끌어들여서 이런 마지막을 맞이하게 되었습니다."

 진무성은 동정조옹의 시신 앞으로 가더니 고개를 푹 숙였다.

 그 모습은 너무 숙연해서 주위에 있는 모든 사람들의 심금을 울렸고 천의문도들에게는 더욱 충성심을 북돋게 하기에 충분했다.

 그리고⋯⋯

진무성 역시 새로운 각오를 하기 시작했다.

최대한 희생을 줄이기 위해 짰던 계획을 파기하고 희생이 좀 따르더라도 대무신가를 빨리 없애기로 마음을 바꾼 것이었다.

* * *

운남에서 일어난 일들도 문제가 되려면 얼마든지 문제가 될 수 있었다.

우선 죽은 자들이 너무 많았다.

물론 세상을 어지럽히고 양민들을 타락으로 몰고 가는 마약을 만들어 내는 원료인 앵속을 재배하던 자들이었으니 죽어 마땅한 자들이라고 할 수 있었다. 그렇다 해도 며칠 만에 이천 구의 시신이 발견된 것은 많아도 너무 많았다.

범인이 누구인지는 밝혀지지 않았다. 심지어 방화인지 자연적인 발화인지도 밝혀지지 않았다.

그러나 죽은 자들이 앵속을 지키려다 불을 피하지 못하고 죽었다고 생각하는 사람은 아무도 없었다.

당연히 모두의 뇌리에는 한 사람의 이름이 떠올랐다.

그리고 그 사람은 우연이라 하기에는 너무 절묘하게 앵

속 재배지에서 멀지 않은 곳에 있었다.

바로 진무성이었다.

하지만 그 일은 천의문 사건으로 완전히 묻혀 버리고 말았다.

진무성이 강호에 나타나고 그에게 흑도들이 떼죽음을 당하면서 시작된 사건들은 처음에는 이름을 날리기 위한 개인의 일탈이나 원한에 의한 복수극 정도로 치부됐었다.

한마디로 죽은 자들이 너무 많았다는 점만 빼면 무림에서 언제나 일어날 수 있는 지엽적인 사건으로 넘어갈 수 있었다.

그러나 혈사련과 암흑무림이 흑도들과 연관이 되고 그들조차 진무성에 의해 무력대가 전멸을 당하는 예상 밖의 상황이 전개되면서 갑자기 전국적인 사건으로 커져 버렸다.

그래도 그때까지 정파에서는 평화의 시대라고 공공연히 말했었다. 정파 세력 중에 누군가가 사건에 휩쓸려 사라지는 불상사가 전혀 없었기 때문이었다.

그러나 구마종이란 희대의 대 마황의 후신들이 나타나면서 정파에서도 더 이상 팔짱만 끼고 구경을 할 수는 없었다.

무림맹에서 소집령을 내리고 각파의 정예들이 무림맹

으로 속속 모여들면서 처음으로 평화의 시대가 끝난 것은 아니냐는 말들이 나오기 시작했다.

천하가 시끄러워지고 바빠지는 격동의 시대가 시작되는 듯했지만 제황병의 등장과 함께 격동의 시대는 언급도 되지 않고 혼란의 시대로 넘어갔다.

그 시작은 제황병에 의한 대혈겁이었다.

무려 오천 명에 달하는 사상자가 생긴 대 사건으로 수백 년 동안 일어난 혈겁 중 가장 큰 혈겁이었다.

다만 제황병이라는 혈겁의 원인이 분명하게 있었고 죽은 자들도 무림에 큰 영향이 없는 자들이나 사파와 마도인이 많았기 때문에 혈겁의 규모에 비해 충격은 덜했다.

오히려 진무성에 의한 혈사련 멸문이 더 큰 화제가 될 정도였다.

하지만 제황병의 행방은 여전히 오리무중이었고 대무신가라는 듣도 보도 못했던 무속을 신봉하는 가문이 갑자기 마교의 후신이라면서 튀어나오자 사람들은 혼란의 시대에 접어들었음을 인지하기 시작했다.

변화가 너무 빨라서 사람들의 상황인식이 변화를 따라가지 못할 지경이었다.

그러자 차츰 사람들은 진무성을 의심하고 원망하기 시작했다.

그가 나타난 후에 모든 사건이 시작됐고 이상할 정도로 모든 사건에 그가 연관이 되어 있었다. 더욱 의아한 것은 분명 사파인이 무색할 정도로 많은 사람을 죽였건만 그는 지금은 아예 절대자가 되어 정파를 좌지우지하는 영웅이 되어 있었다.

정파 중 그를 적대시하고 배척하는 문파들은 지금 상황이 우연이라고 보기에는 너무 많은 우연이 겹치고 있다고 생각했다.

당연히 의구심은 의심으로 변할 수밖에 없었다.

하지만 대무신가의 천의문 공격이 벌어지며 모든 상황은 정리가 되고 말았다.

초인동의 괴인들이 얼마나 엄청난 자들인지는 남궁세가와 개방, 그리고 당시 그곳에 갔었던 여러 문파 사람들에 의해 순식간에 퍼져 버렸다.

소문을 내는 자들의 특징이 어느 정도의 살이 붙이는 것이었다. 그러나 소문의 출처가 너무 명확했고 살을 붙였다 해도 그들은 터무니없이 강했다.

한 명이 무림 세가 하나 정도는 멸문시킬 수 있을 정도라는 말까지 나오고 있었다.

신흥문파이긴 하지만 천의문은 개파를 한 이후 여간한 문파들보다 초절정고수가 많다는 것이 밝혀지며 큰 화제가 된 적이 있었다.

 벽력삼군과 동정삼웅을 필두로 진천창로 초미노인 등 백대고수에 이름이 오르내리는 고수만 열 명이 넘었고 백대고수에 이름을 올리지는 못했지만 거의 그들과 맞먹는 대우를 해 주는 고수들도 스무 명 가까이 되었다.

 그 정도면 구파일방의 수준과 비슷할 정도였다.

 그런 그들이 겨우 다섯 명을 상대로 절반 이상이 죽고, 남은 절반도 심한 부상을 입었다.

 더욱이 무림의 최고의 후기지수이자 이미 초절정고수의 반열에 오른 것으로 평가받는 단목환과 정파인들이 경외하는 천와천궁과 검각까지 합세했음에도 그런 결과가 나왔으니 모든 정파의 발등에 불이 떨어진 것이나 마찬가지의 상황이 펼쳐진 것이다.

 만약 그들이 자신들의 문파를 공격했다면 그동안 멸문한 정파들을 그대로 답습하게 될 것이라는 두려움이 모두에게 퍼지기 시작한 것이다.

 혼란의 시대 역시 짧게 끝나고 공포의 시대가 도래한 것이었다.

 그러나 그 엄청난 사건들도 단 하나의 결과에 모두 묻히고 말았다.

 천하를 공포에 몰아넣을 정도로 강한 다섯 명의 괴인들

이 뒤늦게 하늘에서 나타난 한 천인에 의해 모두 목이 잘린 것이다.

이미 천하제일고수라는 명성과 함께 절대자 소리를 듣는 그가 이젠 인간이 아닌 천인(天人)으로 추앙을 받는 지경이 된 것이었다.

더 이상 진무성에게 반대를 할 자는 정파에는 없었다. 그는 단숨에 정파의 구성(求聖)으로 떠올랐다.

무림맹의 권력구도도 완전히 변했다.

운남에서 무슨 일이 있었는지는 모르지만 진무성 반대파의 수장 소리까지 듣던 점창파가 진무성과 대화를 통해 그의 진정성을 십분 이해했다면서 그의 지지자로 돌아선 것이 시작이었다.

이제 진무성에게 반하는 행동을 하는 문파는 그대로 도태되어 무림맹에서 쫓겨날 수도 있다는 말이 돌 정도였다.

바야흐로 창룡군림이 본격화되기 시작한 것이다.

* * *

천의문 정문 앞 거리는 걷기가 힘들 정도로 사람들이 빽빽하게 모여 있었다.

진무성의 과거가 알려진 후, 그의 얼굴이라도 보겠다며

수많은 무림인들이 몰려들었기 때문이었다.

천의문의 정문 앞에는 초인동의 괴인 다섯 명의 목이 긴 창에 꽂힌 채 효수되어 있었다.

천의문을 공격할 경우 이렇게 된다는 경고의 의미도 있었지만 피해를 너무 많이 입은 천의문도들의 사기를 고양하는 의미도 있었다.

사실 다른 문파가 천의문과 군림맹이 이번에 당한 것 같은 큰 피해를 받았다면 문파의 존립조차 위태로울 수 있었다.

하지만 천의문은 그 엄청난 피해 속에서도 오히려 문파의 위상이 치솟았다. 창룡이 문주이기 때문이었다.

죽은 자들의 시신을 모두 수습하고 합동 장례까지 치른 천의문은 어수선한 문파를 다시 재정비하기 시작했다.

수많은 동료들의 죽음과 부상으로 계속 슬퍼만 하기에는 지금 상황이 여의치 않기 때문이었다.

그리고 최고 간부들은 모두 회의실로 모였다.

천의문 간부회의에는 참석하지 않던 군림맹의 간부들도 이번에는 모두 참석을 했다.

"모두 모이셨습니까?"

무거운 표정의 진무성이 목소리까지 무겁게 묻자 분위기는 매우 엄중할 수밖에 없었다.

"총관과 외당 당주는 지금 문의 정비를 위해 밖에서 지휘를 하고 있고 나머지 간부들은 모두 모였습니다."

벽력신군의 답에 진무성의 표정은 더 어두워졌다.

간부회의의 인원이 거의 절반으로 줄어 있었기 때문이었다.

"이번 적들의 공격에 대해 어떤 생각들을 하셨는지 기탄없이 말씀해 보십시오."

이어지는 진무성의 질문에 모두는 즉답을 하지 못했다.

적들을 상대하면서 느꼈던 경악이 아직도 가시지 않았기 때문이었다.

그러자 단목환이 먼저 입을 열었다.

"천의문 간부회의인데 제가 말을 해도 되겠습니까?"

"지금 회의는 천의문만의 회의가 아닙니다. 이번 싸움에 동참했던 분들은 누구든 의견을 말씀하실 수 있습니다."

진무성의 답에 단목환은 작심한 듯 궁금했던 점을 모두 토로하기 시작했다.

"우선, 문주님께서는 적들이 이런 공격을 할 것이라고 예상을 하셨습니까?"

"……죄송합니다. 사실 예상을 못 했습니다."

당연한 답이었다.

만약 이런 공격이 있을 것을 알았다면 운남의 일이 아

무리 바빴다 해도 외유를 가는 일은 없었을 것이었다.

"문주님께서 예상을 못했다는 것은 제가 문주님을 알고 난 후 처음 보는 일이었습니다. 예상을 못하신 이유가 있습니까?"

"대무신가에서 지금까지의 방식을 버리고 새로운 대응을 하기 시작한 것 같습니다."

"그렇다면 그들이 이제 공격적으로 변하기 시작했다는 말인데 이제 어떻게 하실 생각이십니까?"

너무 뻔한 질문이라 왜 이런 것을 물을까 싶지만 단목환은 진무성에게 공개적으로 대응책을 말해 달라고 부탁하는 것이었다.

얼마 전, 단목환은 매우 우려스러운 연락을 받았었다. 무림맹에서 감시를 하고 있는 대무신가의 총가가 있을 것으로 예상되는 지역에 황금잉어가 나타났다는 소문이 어부들에게 퍼졌다는 것이었다.

황금잉어는 엄청난 재물복을 준다는 오래 된 미신 덕에 잡기만 하면 매우 큰돈을 받고 부자들에게 팔 수 있었다.

심지어 황금잉어를 먹으면 무병장수한다는 말까지 있었으니 부르는 게 값이라는 말이 거짓은 아니었다.

그만큼 황금잉어는 정말 희귀했다.

천하에 산재한 수많은 호수에서 황금잉어가 잡히는 경

우는 십 년에 한두 마리 정도였다.

그런데 그 황금잉어가 떼로 나타났다는 소문이 났으니 어부들이 몰려들 수밖에 없었다. 심지어 동정호와 장강의 어부들까지 몰려들 정도였다.

무림맹에서는 대무신가의 총가가 있다는 지역으로의 출입을 엄격하게 통제했었다. 그러나 황금잉어 소문이 퍼지면서 몰려든 어부들은 격렬하게 따지기 시작했다.

심지어 무림인들이 왜 양민들의 생업까지 막느냐며 관에 민원이 쇄도하기까지 했다.

무림맹의 포위망도 완벽하지 않은지라 사이사이로 들어가는 어선들을 모두 막기에는 역부족일 수밖에 없었다.

결국 무림맹에서는 어부들을 더 이상 막지 않았다.

그리고 황금잉어를 잡았다는 소문이 사방에서 들리기 시작했다.

수상함은 느낀 제갈장우는 조사를 명했다.

황금잉어는 살아 있는 물고기이기 때문에 잡았다 해도 숨기거나 할 수 있는 물건이 아니었다.

그렇다면 당장 팔려고 시도할 수밖에 없을 텐데 놀랍게도 소문만 무성할 뿐 황금잉어를 샀다는 사람은 어디에도 없었다.

그리고 이어진 보고는 그를 더욱 우려하게 만들었다.

들어간 어선과 어부는 많은데 나오는 사람들이 없었기 때문이었다.

이미 사라진 어부들의 수가 천여 명에 달한다는 보고를 들은 제갈장우는 곧장 천의문으로 상황을 전했다.

대무신가에서 뭔가 수상한 시도를 한다고 판단했기 때문이었다.

단목환 역시 매우 의아한 상황임은 느꼈지만 천의문의 상황 때문에 말도 꺼내지 못하고 있었다.

그가 이 상황을 진무성에게 알린 것이 바로 오늘이었고 진무성은 듣자마자 간부회의를 소집하고 단목환에게 이런 질문을 하라고 말했었다.

한마디로 둘은 이미 짜 놓은 대화를 하고 있었던 것이다.

"이제 어찌할 것인지를 제게 물으셨습니까?"

"그렇습니다."

"전 언제나 은혜는 보답으로, 원한은 복수로 갚아 줄 것이라고 강조를 해 왔습니다. 대무신가는 이번 일에 대해 피로 보상을 해야 할 것입니다."

정식 간부회의에서 모든 사람들 앞에서 뱉은 말을 공언(公言)이라고 한다.

그리고 그것은 모두에게 하는 약속과 같았다.

진무성은 대무신가에게 칼을 뽑겠다고 천하에 공표를

한 것이다.

그리고 모두의 표정은 숙연하게 변했다.

바야흐로 대 전쟁의 서막이 올라가는 순간이었다.

3장

"정운 네가 설명해 봐라. 분명 운남에 있어야 할 놈이 어떻게 천의문 총단에 나타난 것이냐?"

초인동 괴인 다섯 명의 죽음에 대해 보고를 받은 사공무경은 차가운 목소리로 반문했다.

"저도 지금 다각도로 알아보고 있습니다. 하지만 분명 진무성이 삼일 전까지 운남의 산불 현장 근처에 있었던 것은 확실합니다."

"그러니까 삼일 전에 운남의 최남단에 있던 놈이 어떻게 삼일 만에 천의문 총단에 나타난 것인지를 묻는 것 아니냐?"

"천의문의 총단이 공격을 받았다는 소식을 전해 준 놈

들이 있음이 분명합니다. 그 거리로 미루어 보아 전서구로도 그렇게 빨리 전달하는 것은 거의 불가능합니다. 그래서 저는 개방에서 호각전달법을 이용한 것이 아닐까 생각합니다."

"아닐까 생각한다라…… 그게 군사란 놈이 할 소리냐? 그리고 개방에 심어 둔 간세들은 어떻게 아무도 연락이 없었던 거냐? 설마 개방에서 진무성에게 그런 연락을 해 준 것조차 모르고 있었던 것이냐?"

"근래 각파에 심어 둔 간세들의 운신이 대단히 어렵습니다. 정보 수집을 위해 질문을 하고자 하면 당장 의심의 눈초리가 따른다고 합니다."

'마노야의 머리를 사용하는 것은 분명한데…… 왜 하는 행동은 다르지? 천마환혼이체대법에 내가 모르는 다른 작용도 있는 걸까…….'

사공무경은 오랜 시간에 걸쳐 자신이 구축해 온 모든 조직망이 흔들리는 것을 보면서 생각에 잠겼다.

이미 진무성을 자신과 같은 위치에 올려놓았기 때문에 정운에게 책임을 물을 생각은 없었다. 정운의 머리로 마노야를 따를 수 없다는 것을 잘 알고 있었기 때문이었다.

이번 운남만 해도 진무성이 앵속밭을 없애기 위해 거기까지 갔으리라고는 그조차도 생각을 못했다.

만약 그의 적이 마약 판매로 자금을 마련하고 있다는 것을 알았다면 그는 중원의 마약상들을 공격하지, 굳이 오지인 운남까지 내려가 앵속밭 자체를 없애려는 시도는 하지 않았을 것이기 때문이었다.

진무성이 왜 시간이 오래 걸리는 그런 비효율적인 방법을 택했는지는 의문스럽지만 대무신가의 재정에 큰 압박을 줄 것은 분명했다.

'책략은 분명 성공적인 결과를 보이지만 방식은 나와 전혀 달라. 설마 정말 두 정신이 혼합이 된 것이란 말인가……?'

그는 이미 여러 차례 천마환혼대법을 이용해 영생에 가까운 삶을 살아오고 있었다. 하지만 그에게 신체를 넘긴 자들의 정신이 그의 정신에 영향을 미친 적은 한 번도 없었다.

사공무경이 생각에 잠겨있자 사공무일이 조심스럽게 입을 열었다.

"가주님, 천의문 공격에 나섰던 초인 다섯 명이 모두 죽었습니다. 진무성을 흔드는 것이 아니라 그의 위치만 더욱 공고하게 해 주고 말았습니다. 이제 결단을 내려주십시오. 이러다가 야금야금 모든 전력을 잃을 수도 있습니다."

"정운."

"예, 가주님."

"진무성이 앵속밭을 없앴다. 다시 경작을 해서 원료를 반입하려면 최소한 얼마나 걸릴 것 같으냐?"

"삼 년은 걸리지 않을까 생각됩니다."

"그거야 지금 당장 경작을 시작할 때 얘기지 내가 보기에는 오 년은 기다려야 할 게다."

"본 가의 재정에 큰 부담이 될 것입니다."

"상관없다. 암흑상단이 태평상단의 상권을 모두 접수한다면 조금 부족하긴 하지만 상당 부분은 충당이 가능할 게다."

사공무경의 말에 정운의 얼굴에 감탄의 표정이 나타났다. 사실 그는 사공무경이 그의 계획에 더해 태평상단에 대한 공격을 포함시키자 의아하게 생각을 했었다.

현 정세에 큰 영향도 없는 태평상단을 지금 시기에 굳이 건드릴 필요가 없었기 때문이었다.

"가주님의 선견지명과 심모원려에 속하는 감탄만 나올 뿐입니다."

"선견지명이나 심모원려와는 상관없다. 그놈의 약점이 무엇인지를 알았으니 아픈 곳을 때리는 것뿐이다. 어부들은 어떻게 되고 있느냐?"

"가주님 말씀대로 진무성에게 서한을 보냈습니다. 그

놈이 어떤 답을 내놓을지를 보고 시작할 생각입니다."

"답이 오려면 빨라야 일주일은 걸릴 게다. 그 전에 한 번 더 충격을 주어야겠다."

말을 마친 사공무경은 모두에게 뭔가를 지시하기 시작했다.

그러자 모두는 머리를 바닥에 대며 소리쳤다.

"존명!"

* * *

진무성이 대무신가에 대해 선전포고와 같은 공언을 한 후, 무림은 그 어느 때보다 긴장한 상태로 바쁘게 움직이기 시작했다.

우선 진무성이 직접 찾아가 비밀대화를 나누었던 문파에서는 외유를 나갔던 제자들 중 절정급의 무공을 지닌 제자들만 골라 모두 소환을 명했다. 문파 내에 남아 있던 제자들에게도 외유금지명령이 떨어졌다.

일은 최대한 은밀하게 진행이 되었지만, 다른 문파의 움직임에 무림인들간에는 조만간 큰일이 일어날 거라는 말이 알게 모르게 퍼지고 있었다.

그런데 뜻밖의 전갈에 고심을 하고 있는 문파가 있었다.

마기가 감도는 정청.

이십 명은 넘어 보이는 흉흉한 모습의 노인들이 심각한 표정으로 한 사람을 보고 있었다.

보고를 위한 연단에 서 있는 자는 천존마성의 군사인 독심마유였다.

"모두 이번 천의문 사건에 대해서는 잘 알고 계실 것입니다. 그래도 자세한 상황을 모르시는 분들을 위해 어떤 일이 벌어졌는지 다시 한번 전해 드리겠습니다."

그는 먼저 천의문 사건을 언급했다.

마치 당시 천의문에 있었던 것처럼 그는 실감 나게 사건을 설명하기 시작했다.

정청에 있는 천존마성의 최고 간부들은 이미 사건에 대해 잘 알고 있었음에도, 독심마유에게 다시 자세한 설명을 듣자 새삼스럽다는 듯 놀란 눈을 하고 말았다.

특히 괴인들에게 죽은 천의문의 고수들의 면면에 대해서까지는 몰랐던 자들은 더욱 놀라고 있었다.

죽은 자들 중 몇몇은 그와 맞먹는 무공을 지니고 있는 고수들이었기 때문이었다.

더욱 놀란 것은 갑작스러운 기습을 당한 것이 아니라 천의문에서 정파인들이 천시하는 활과 암기까지 준비하고 있었다는 점이었다.

그렇게 많은 문도와 고수들이 완벽하게 준비까지 하고 있던 상태에서 그렇게 당했다면 괴인들의 무공이 얼마나 높았는지를 능히 짐작할 수 있었기 때문이었다.

"군사! 우리가 알고 있던 사실보다 더 엄청난 자들이었던 모양인데 그들이 정말 대무신가가 보낸 자는 맞소이까?"

"모릅니다. 하지만 진 문주가 직접 대무신가에서 보낸 자들이라고 했으니 그냥 믿어야지요."

"이젠 진 문주가 말하면 그게 그냥 사실이 되는 천하가 된 모양이구료."

누군가 빈정대듯 밀했지만 동조하는 사람은 아무도 없었다. 천존마성의 마인들조차 이제 진무성을 두려워한다는 증거였다.

천의문 사건에 대해 설명이 끝나자 자전신마가 물었다.

"사건에 대해 자세히 설명하려고 하는 것은 이해가 가는데 얼마든지 보고서로도 대신할 수 있을 일을 굳이 최고 간부회의까지 소집한 이유는 뭔가?"

그러자 독심마유는 심각한 표정으로 종이 한 장을 꺼냈다.

"오늘 아침 천의문에서 서한이 도착했습니다."

"본 성에 서한을 보내 부탁을 한 것이 한 달이 채 안 됐는데 또 서한을 보냈다는 말인가? 감사 서한이라도 보낸 것인가?"

"아닙니다. 부탁 서한입니다."

"홍항의 일에 대한 보답은 이미 저번 부탁을 들어주면서 다한 것 같은데 또 부탁 서한이란 말인가?"

"그렇습니다."

자전신마는 표정을 굳히며 만겁마종을 보며 말했다.

"성주님, 진무성이 이렇게 부탁이라는 미명하에 본 성을 좌지우지 하려고 드는 것을 그대로 묵과하시면 안 됩니다."

"자전 호법은 진무성이 무슨 부탁을 했는지 들어 보지도 않고 반발부터 하는 이유라도 있느냐?"

만겁마종의 반문에 자전신마는 급히 부언을 했다.

"천존마성은 마도의 종주입니다. 그런데 정파에서 자꾸 부탁을 해 오고 그것을 저희가 들어주는 모양새가 그닥 좋아 보이지 않아서 드리는 고언일 뿐입니다."

"진무성이 서한에 이렇게 적어 두었더군. 만약 무조건 적으로 자기를 적대시하는 자가 있다면 대무신가의 간세일 확률이 높으니 조심하라고 말이야."

이번 말에는 자전신마도 상당히 당황했는지 얼굴이 벌개지며 답했다.

"제가 성주님과 함께 한 세월이 일갑자입니다. 저는 오로지 성주님과 천존마성에 대한 충정으로 드리는 말입니다. 그것을 간세로 몰아붙이는 것은 진무성이 본 성마저 와해시키려는 분열책을 사용하는 것이 분명합니다."

"진무성이 본 성을 분열시킬 이유가 있을까? 하긴 정파는 마도를 싫어하니 그것이 이유가 될 수도 있겠지. 하지만 자전 너는 평상시에는 매우 합리적인 판단을 내리는데 진무성 얘기만 이상하게 적대적이란 말이야. 네가 생각해도 좀 이상하지 않느냐?"

자신이 느낀 이상함을 설명해 보라고 강요하는 만겁마종의 말에 자전신마의 얼굴이 탈색되어 갔다.

만겁마종이 진무성의 말을 더 믿고있다는 것을 직감적으로 느꼈기 때문이었다.

그가 진짜 간세이건 아니건 그것은 상관이 없었다.

만겁마종에게 의심을 받는 순간 그게 바로 간세라는 증거가 되어 버린다는 것이 문제였다.

만겁마종의 곁을 오랫동안 지켜왔던 자전신마는 여기서 살아날 길은 무조건 잘못을 인정하고 반성하는 것밖에 없다는 것을 잘 알고 있었다.

그는 그 자리에 털썩 엎드리며 소리쳤다.

"저의 성주님에 대한 충정은 조금도 변한 것이 없습니다! 제가 미욱하여 대세를 제대로 파악을 못하고 함부로 입을 놀린 점을 깊이 반성하고 다시는 이런 일이 없도록 하겠습니다. 용서해 주십시오."

"깊이 반성한다니 좀 더 두고 보도록 하지. 군사는 계속 보고해라."

"예!"

사색이 되어버린 자전신마의 입이 봉해지자 독심마유는 다시 말을 이어 갔다.

"진 문주께서는 본 성에 이번 대무신가의 공격에 도움을 주었으면 한다는 부탁을 전해 오셨습니다."

모두의 표정이 일그러졌다.

정파와 대무신가와의 싸움에 그들이 끼어들 이유는 없었다. 거기다 대무신가의 강력함으로 미루어 전쟁 참여자로 뽑히는 것은 죽음으로 가는 길일 수도 있었다.

자전신마가 본보기로 당하는 것을 방금 보지 않았다면 아마 반대하는 목소리로 정청이 순식간에 시끄러워졌을 것이었다.

서로 눈치를 보며 침묵하던 간부 중 한 명이 조심스럽게 나섰다.

만겁마종과 호형호제하는 단 한사람 태상호법 흑마제군이었다. 하지만 그도 만겁마종에게 직접 묻지는 못하고 독심마유에게 질문을 하는 형식으로 자신의 의견을 표출했다.

"군사, 예전부터 마도는 정파의 싸움에 끼어들지 않고 어부지리를 노리거나 끼어든다 해도 싸움의 추이를 살피다 피해가 적을 순간을 파악해 돕는 방식을 선호했지 않나. 하지만 진 문주의 부탁을 들어준다면 본 성의 무사들은 칼받이로 전락할 수도 있네. 거기에 대해서는 분석을 해 보았나."

"해 보았습니다. 얼마 전 공언으로 이제 천하에서 가장 유명한 말이 된 진 문주의 말이 있습니다. 바로 '은혜는 보답으로 원한은 복수로'라는 말입니다. 그런데 진 문주께서는 저를 만났을 때 한 가지 더 말한 것이 있었습니다. 자신을 친구로 대하지 않는다면 자신도 친구로 대하지 않는다는 말이었습니다."

"무슨 의미인가?"

"저희가 진 문주의 부탁을 들어준다면 은혜가 되겠지요. 만약 대무신가의 편에 선다면 복수가 될 것입니다. 하지만 이도 저도 아닌 중립을 고수한다면 친구가 아니라는 말입니다."

"어차피 정파와 마도는 친구가 될 수 없지 않은가?"

"진 문주는 정파와 마도 간에도 친구가 될 수 있다고 하셨습니다."

"그런 쓸데없는 설명은 그만두고 네가 분석한 것에 대해 설명부터 하거라."

듣고 있던 만겁마종이 끼어들자 독심마유는 급히 허리를 숙이고는 목소리를 높여 말했다.

"진 문주의 부탁에 대한 군사부의 분석을 말씀드리겠습니다."

모두는 복잡한 표정을 지으며 독심마유를 주시했다.

그는 모두를 한 번 둘러보더니 입을 열었다.

"군사부에서는 우선 대무신가와 정파와의 결전의 승패와는 상관없이 무조건 거절을 하면 안 된다고 결론을 내렸습니다. 그 이유는 대무신가가 승리했을 경우 그들은 본 성을 적대시할 것이 분명하기 때문입니다."

"대무신가가 마교의 후신이건 아니건 분명 정파가 아닌데 그들이 본 성을 반드시 적대시할 것이라는 결론은 너무 성급한 것 아닙니까?"

장로인 단살척이 이의를 제기하자 독심마유는 단호히 답했다.

"군사부에서는 대무신가가 본 성이 마도의 종주라는 사실을 절대 인정하지 않을 것이라는 의견에 모두가 동의를 했습니다. 그들과 적대시하지 않을 방법은 마도의 종주 자리를 포기하면 됩니다. 그러나 그 순간 천존마성은 존재의 의미가 사라지겠지요."

"정파가 이기면 거절했으니 당연히 본 성을 보는 정파의 시선이 곱지는 않겠지?"

"진 문주의 성정상 거절한 본 성을 그냥 곱게 보지 않는 정도로 끝내지 않을겁니다."

"그래서 진 문주의 말대로 돕자는 말인가?"

"전 전쟁이 일어나면 어디가 이기든 본 성에게는 최악의 악재가 될 것이라는 점을 말씀드리는 겁니다. 하지만 우리가 도와주는 시늉이라도 한다면 정파가 이겼을 경우 진 문주는 공언한 대로 본 성에게 보답을 해야합니다."

"진 문주가 약속을 지킬 것이라고 어떻게 확신하나?"

"이미 그는 약속을 지키지 않으면 안 될 위치에 있다고 봅니다."

"그럼 중립을 지키면 어찌 될 것 같은가?"

"크게 다를 것이 없다고 판단됩니다. 우선 대무신가가 이긴다면 대동소이한 상황이 벌어질 것이고 정파가 이긴다면 대놓고 본 성을 적대시하지는 않겠지만 본 성의 활동 영역은 매우 제약을 받을 것입니다. 그렇다고 대무신가까지 물리친 정파와 싸운다는 것은 필패가 될 수밖에 없습니다."

"그럼 진 문주가 시키는 대로 해야 한다는 결론이로군?"

"호법님, 진 문주는 분명 부탁한다고 서한을 보냈습니다. 그가 부탁을 할 때 도움을 줘야 은혜를 준 것이 됩니다. 시기를 놓치면 그땐 정말 그의 명을 받는 아주 안 좋은 모양새가 될 수도 있습니다."

잠시 정적이 흘렀다.

군사부의 분석에 대한 결론은 정해졌다.

물론 상당한 설득력을 보였지만, 그렇다고 모두 찬성하는 것은 아니었다. 그러나 자전신마가 당하는 모습을 본 이후 누구도 감히 이의를 제기하지는 못했다.

독심마유가 만겁마종의 허락 없이 이런 결론을 간부 회의에서 발표할 수는 없다는 것을 모두 알기 때문이었다.

"계획이 마음에 안 들거나 다른 대안이 있으면 얘기해봐라."

이미 답이 정해졌건만 의견을 묻는 만겁마종의 질문에 모두는 오싹한 느낌이 들었다. 분명 부드럽게 말했지만 여기서 이의를 제기했다가는 간세로 몰릴 수 있다는 위기감을 느꼈기 때문이었다.

그리고 모두 소리쳤다.

"군사부의 결론을 따르겠습니다."

천존마성의 결정은 무림에 또 다른 태풍이 되었다.

무림 역사상 마도의 종주로 일컬어지는 세력이 정파를

도운 적이 없었기 때문이었다.

* * *

"진 형, 계획을 바꿨다고?"

"대무신가를 압박해 스스로 나오게 만들려는 것이 내 계획이었다는 것은 다 알거다. 그런데 대무신가에서 내 계획을 눈치챈 건지, 아니면 원래 그들의 계획의 일환인지는 모르겠지만 지금 그들의 방식에 큰 변화가 생겼어. 시간을 계속 끌면 오히려 피해가 눈덩이처럼 누적되어 공격을 해서 생길 피해보다 더 커질 수 있다는 것이 내 판단이다. 거기다 이들이 무림인만을 목표로 움직이는 것이 아니야. 양민들까지 미끼로 사용하려는 것 같다."

"설마 지금 동호에 황금잉어가 나타났다는 소문도 그놈들이 낸 것은 아닐까?"

"아닐까가 아니라 그놈들이 낸 거다."

"무공도 모르고 무림에는 하등의 영향력도 없는 그 어려운 사람들을 왜? 오히려 여론만 나빠지고 잘못하면 관에서 개입할 수도 있는데 그런 짓을 할 이유가 뭐지?"

"이유는 하나야. 나보고 들어오라는 거지."

"진 형만 제거하면 무림을 상대하는 것은 여반장이라

고 생각하는 모양이네?"

곽청비는 자존심이 상한 듯 비소를 보이며 말했다.

"나를 제거하려고 했다면 그런 비효율적인 방법보다는 이번에 천의문을 공격한 자들 정도의 무공을 지닌 자들을 열 명을 보내는 것이 더 확실하지 않을까?"

"그럼 다른 이유로 그런다는 거야?"

"아직 정확한 이유는 모르지만 사공무경은 내가 직접 자신을 찾아오기를 바라는 것 같아."

"그자가 왜?"

"아직 확실하지가 않아서 말하기는 좀 그렇지만 내게 원하는 것이 있는 것이 분명해."

아무런 비밀이 없기로 약속을 한 그들이었지만 천마환혼대법에 대해서는 말할 수 없었다.

"그렇다면 진 형이 그를 찾아갈 때까지 계속 공격이 있을 거란 말이야?"

"우리를 공격하는 것이라면 그러려니 하겠지만 그놈들이 우리와는 아무런 상관이 없는 사람들을 노리는 것 같아서 그게 걱정이다."

"우리랑 상관이 없는 사람이라면 설마 양민들?"

"지금 어부들이 대무신가의 총가가 있다고 의심되는 곳으로 계속 몰리고 있다. 그런데 들어간 어부들이 나오지 않고 있다고 하던데 그 소문은 너희도 들었지?"

"무림맹에서도 그 문제로 굉장히 걱정을 하고 있다고 들었다. 들어간 어선과 어부들의 수가 천 명을 넘어가는데 한 명도 다시 나오는 자가 없는 상황은 뭔가 문제가 있는 것이 분명하지 않겠냐?"

단목환 역시 그 문제로 고심을 하고 있었던 것 같았다.

천의문의 공격으로 다 묻혀 버렸지만 사실 태평상단의 학살과 탈취도 큰 사건이었고 천의문과 친분이 있는 여러 무관들이나 협력 세력들이 의문의 공격을 받고 큰 피해를 입고 있었다.

한 마디로 지금 그들의 공격은 동시다발적이고 예측이 불가하게 연달아 벌어지고 있었던 것이다.

그중 대무신가의 총가가 있는 군도로 몰린 어부들의 문제는 특히 심각했다. 아직 나오지 않고 있는 사람들이 너무 많았고 지금도 여전히 들어가는 어선과 어부들이 속출하고 있었기 때문이었다.

"어부들이 들어가는 것부터 우선 막는 것이 급선무일 것 같다."

"맹에서도 막아 보려고 했지만 불가항력이었다고 하더라. 진 형도 알겠지만 양민들의 통행을 무림인이 통제하려면 무력을 써야 하는데 정파의 대표인 무림맹에서 그릴 수는 없잖아?"

 진무성은 잠시 생각하더니 다시 입을 열었다.

 "천존마성에서 우리를 도울 자들을 보내올 거다. 그들이 오면 무림맹으로 간다."

 "천존마성에서 우리를 도울 자가 온다고? 마도가 정파를 도우러 온 전례가 없는데?"

 "독심마유가 매우 현명하더라. 그리고 만겁마종도 소문과는 달리 대세 파악을 아주 잘하고. 얼마나 성의 있게 보내 줄지는 모르겠지만 분명 보내기는 보낼 거야."

 "무림맹에 가서는 어쩔 생각인데?"

 백리령하가 뭔가를 느낀 듯 물었다.

 "내가 그랬잖아. 계획을 바꿨다고 이번에 무림맹에 가면 대무신가의 총가를 공격할 생각이다. 나와 만났던 문파의 어르신들도 최고의 고수들을 보내 주시기로 이미 약조를 하셨다."

 진무성이 이번 외유에서 만난 문파의 수장들과 어떤 대화가 오갔는지를 짐작할 수 있는 말이 그의 입에서 나왔다.

 "진 형을 만난 분들이 모두 함구를 하고 완전 비밀로 한 그 대화가 바로 그거였어?"

 "원래는 약속은 짧으면 일 년 길면 삼 년을 봤었다. 하지만 당장으로 바꾸었으니 그분들이 약속을 지킬지는 나도 모르겠다."

진무성의 걱정이 무색하게 진무성의 전갈을 받은 문파들 모두 지금 최고의 정예로 원정단을 조직하고 있음을 그들은 아직은 모르고 있었다.

"몇 개 문파나 호응을 할 것 같으냐?"

"내가 만난 문파는 물론 은밀하게 친서를 보낸 문파들도 꽤있다. 적어도 삼십여 문파는 호응을 해 주지 않을까 싶다."

"천존마성까지 합류를 한다면 암흑무림은 어쩔 생각이냐?"

"암흑무림이 대무신가의 지시를 받고 있다는 정황이 드러났다. 그래서 그들에게는 절대 이 말이 들어가서는 안 된다."

"암흑무림이 대무신가의 지시를 받는다는 게 사실이야?"

이번 천의문 공격으로 엄청난 전력을 가지고 있는 것으로 판명된 대무신가만도 전 무림을 공포로 몰아갈 정도인데 사파의 종주로 새롭게 등극한 암흑무림까지 대무신가의 수족이라면 힘의 역학 관계는 반드시 정파가 우위에 있다고 자신할 수 없었다.

"암흑무림이 그동안 내게 보였던 행동이 완전히 바뀌

었다. 그런데 그 시기가 대무신가에서 방식을 바꾼 시기와 일치한다는 것은 대무신가의 명령을 받고 있다고 보는 것이 합리적 아니겠냐? 그래서 오늘 우리가 나눈 대화는 오직 우리만 알고 있어야 한다. 공격 시점이 정해지기 전까지는 누구에게도 말하면 안 된다."

"천외천궁이나 검각에 도움을 청해야 하는데 설명 없이 어떻게 말해?"

"도움 청할 필요 없어. 천외천궁과 검각은 만약 우리가 패했을 경우 정파의 마지막 보루가 되어야 한다. 두 곳은 더 이상 건드리지 않는다."

"……우리가 패할 수도 있다는 거야?"

이미 여러 차례 진무성의 싸움 장면을 본 곽청비는 그가 합류한 전쟁에서 질 것이라고는 생각도 하지 않았다.

그만큼 진무성의 신위는 그들을 압도하고 있었다.

그러나 이어지는 진무성의 답은 그들을 더욱 놀라게 했다.

"내 추측이 맞다면 나와 사공무경이 일대일로 붙는다면 내가 진다. 그래서 최대한 그들을 압박하여 나오는 자들을 위주로 제거할 생각이었다. 그러나 이제 피해를 걱정할 상황이 아닌 것 같다. 그러니 이젠 숫자로 승부를 볼 생각이다."

"도대체 사공무경 그자가 누군데 지금 진 형의 무공으로 어렵다고 생각하는 거야? 그자는 본 적도 없다면서?"

"이곳으로 달려오면서 머릿속이 갑자기 밝아지며 상상하기 어려운 생각이 떠올랐다."

실지로 그는 선천지기까지 끌어올리며 달리던 중에 갑자기 떠오른 생각에 너무 놀라 공중에서 급강하하기까지 했었다.

모두는 진무성의 표정이 심상치 않자 의아한 눈으로 그를 쳐다보았다.

"사실 난 내 생각이 잘못되었기를 정말 바라고 있다."

"진 형이 표정을 계속 굳힌 채 어두웠던 이유가 바로 그거였어?"

진무성은 괴인들을 모두 제거하고 천의문의 조직을 다시 정비하는 동안에도 계속 표정이 안 좋았었다. 그리고 그것은 설화영도 마찬가지였다.

처음에는 너무 많은 사람들이 죽은 것이 그를 힘들게 하고 있다고 생각했었다. 하지만 이미 보름이 지난 지금까지도 계속 그런다는 것은 뭔가 다른 걱정이 있을지도 모른다는 의구심을 주고 있었다.

그런데 지금 그 이유를 밝힌 것이다.

"도대체 무슨 생각이 들었는데 설 소저까지 그렇게 표

정이 안 좋았던 거야? 아직 확실하지 않아서 말 못한다는 말은 하지 마라. 우리에게는 비밀이 없기로 한 약속 기억나지?"

 백리령하가 도저히 참지 못하겠는지 단도직입적으로 물었다. 거의 추궁에 가까웠다.

 진무성은 잠시 머뭇거리더니 결심한 듯 입을 열었다.

4장

"난 사공무경이 천마일지도 모른다고 생각하고 있다."

그 말에 백리령하가 뻔한 것을 왜 이렇게 심각하게 말하는지 이해가 안 간다는 표정으로 반문했다.

"대무신가가 마교의 후신이라고 했잖아?"

"그랬지."

"그럼 사공무경도 천마의 후예일 거라는 것은 이미 짐작하고 있었던 일 아닌가?"

그녀의 말에 진무성은 고개를 끄덕였다. 누구라도 그녀와 같이 생각할 것이 뻔하기 때문이었다.

"내 말은 사공무경이 천마의 후예가 아니라는 의미다."

"방금 사공무경이 천마라고 하지 않았어? 그런데 천마

의 후예가 아니라니 무슨 말이 그래?"

"말 그대로 해석해 봐라."

진무성의 말을 들은 모두는 잠시 어리둥절한 표정으로 서로를 보았다.

말 그대로 해석하라니……

결국 곽청비가 모르겠다는 듯 물었다.

"도대체 뭘 말 그대로 해석하라는 거야? 설마 사공무경이 진짜 천마 본인이라도 된다는 거야? 진 맹주, 천마는 천 년도 전의 인물이야. 해석을 하려면 해석할 여지를 줘야 할 거 아니야?"

"방금 정답을 말했다. 난 사공무경이 천마 본인이 아닐까 생각한 거다."

모두는 어리둥절을 넘어 어이가 없다는 표정으로 진무성을 쳐다보았다.

"진 형, 지금 진 형답지 않은 터무니없는 말을 하니 우리가 지금 생각이 정리가 안 되네. 도대체 무슨 생각을 했는데 그런 말을 하는 건가?"

"마교에 괴이한 무공과 사술들이 많다는 것은 너희도 알 거야. 그런데 가장 해괴한 무공이 하나 있어. 바로 천마환혼대법이라는 역천의 술법이야.."

"그게 무슨 수법인데 사공마경이 천마라는 거지? 죽은

자를 부활이라도 시키는 사술인가?"

"일종의 그런 수법과 비슷하지만 사술이 아니라 무공이야."

"진 형, 내가 진 형의 말은 뭐든 믿지만 사공무경이 천마라는 말은 솔직히 믿기 어렵다. 만약 천마가 천 년 넘게 살았다면 세상이 이렇게 멀쩡하게 돌아갈 수 있을까?"

단목환의 말이 더욱 타당할 수밖에 없었다.

천 년 전 마교의 난 때 세상은 아비규환의 지옥으로 변했었다. 그리고 그것을 자행한 자는 바로 천마였다. 그런 자가 계속 살아 있었다면 세상은 진짜 지옥이 되어 있어야 했다.

애초에 사람이 천 년을 산다는 말 자체를 믿을 수가 없었다.

"나도 수만 가지 경우의 수를 대입하면서 그동안의 역사와 현재의 상황 그리고 내가 알아낸 정보 등을 모두 취합해서 도대체 사공무경이란 자의 정체가 뭘까를 계속 생각해 왔었다. 한 인간이 그런 모든 능력을 가질 수 있는 방법이 뭘까? 그러던 중에 우연히 마교에 천마환혼대법이라는 술법이 있다는 사실을 알게 됐다."

"잠깐, 아무도 들어 본 적이 없는 그런 수법을 진 맹주가 어떻게 알아낸 거지? 우연이라는 말로 그냥 넘어가지 말고 우리도 믿을 수 있게 설명을 해 줘봐."

곽청비의 말에 진무성은 이미 답을 생각해 두었는지 조금도 머뭇거리지 않고 답했다.

"마교에서 나를 찾아왔었다."

"그건 또 무슨 소리야? 진짜 마교에서 진 형을 찾아왔다고?"

"그래, 십만대산에 있는 정통 마교도가 찾아왔다는 말이다."

"왜?"

모두의 입에서 동시에 '왜?'라는 반문이 터져 나왔다.

"마교는 물론 새외 무림까지 이미 사공무경의 지배를 받고 있었다."

천년마교가 여전히 존재하고 있다는 것도 놀라운 일인데 한창 성세를 보이고 있는 새외 무림까지 사공무경의 지배하에 있다면 대무신가의 전력은 그들의 예상을 훨씬 웃돌고 있다고 보아야 했다.

"사공무경의 지배를 받는다면서 진 형을 찾아왔다는 것은 뭔가 균열이 일어나고 있다는 말 같은데?"

"그래, 마교에서는 사공무경의 지배에서 벗어나고 싶어한다. 그래서 내게 제안을 하나 하더구나."

"제안? 어떤 제안인지는 모르지만 천년마교와의 거래

는 무림 공적으로 몰릴 수 있는 너무 위험한 행동이다."

백리령하는 놀라 말했다.

지금 진무성의 말은 안 듣느니보다 못하다는 생각이 들 정도였다. 마교와 만난 것을 안 이상 그들에게는 위에 보고할 의무가 있기 때문이었다.

곽청비 역시 괜히 물어봤다는 후회의 표정이 역력했다.

"내게 어떤 위험이 닥칠 지는 모르겠지만 사공무경보다 더 위험한 존재가 있을까? 이미 몰락해서 타 세력의 지배를 받는 마교를 걱정하지 말고 그들을 지배할 정도의 힘을 가진 사공무경을 걱정해야 하는 것이 맞다고 본다."

진무성의 말에 모두의 표정이 숙연하게 변했다. 지금 정파의 절대자의 위치에서 그대로 공적으로 바뀌는 것조차 개의치 않는 그의 말에 절로 감탄이 터져 나왔기 때문이었다.

"그럼 마교도는 무슨 제안을 가지고 왔는데?"

"사공무경에 대한 정보를 가지고 왔더라."

"정보의 대가는?"

"사공무경을 제거해 달라는 것이 정보의 대가였다."

"대가가 사공무경의 제거라고?"

예상치 못한 요구에 그들은 조금 안심이 됐다.

"그래서 나도 그들에게 요구를 하나 했지. 사공무경이

새외 무림을 동원하려고 할 경우 그들을 막아 달라고 했다."

"새외 무림에서 감숙과 사천의 경계에 모여들고 있다는 보고를 받았었는데 이상하게 더 이상의 움직임이 없다고 하더니 마교가 막아 줬기 때문이었나?"

"그건 아직은 모르지. 어쨌든 그때 천마환혼대법에 대해 들었다. 그들은 사공무경이 분명 그 대법을 통해 환생한 자라고 확신을 하고 있었어."

"그렇게 확신을 하는 이유가 뭔데?"

"마교에 대해 너무 많이 알고 있었다고 하더라. 심지어 마교의 극비 사안은 물론 마교의 교주도 모르는 비밀 통로와 비밀 서고까지 알고 있었다는 거야. 생전 처음 마교에 들어온 자가 그럴 수는 없으니 그렇게 확신할 수밖에 없었다고 하더군."

"천마환혼대법으로 환생을 한다면 뼈에 다시 살이 붙는 건가?"

"아니, 신체까지 살아날 수는 없지. 정신만 다른 사람에게 옮겨 가는 수법이야. 대법을 펼칠 때마다 사람이 바뀌게 되는 거야."

"사공무경이 천마의 정신이 옮겨 간 자라는 말이구나?"

"방금 천마가 계속 존재해 왔다면 지금 천하가 이렇게

멀쩡한 이유가 설명이 안 된다고 했지?"

"그래, 천마는 세상을 마로 정복하겠다는 자야. 그런데 세상은 평화로웠어."

"정말 그랬을까? 물론 잠깐잠깐 평화로운 시기는 있었을지 모르지만 역사적으로 보면 세상은 언제나 전쟁이었고 혈겁은 끊이지 않았어. 지금 상황도 매우 이상하지 않아? 대무신가의 전력은 상상을 불허할 정도로 강력하다. 그런데 왜 사공무경은 그런 힘을 가지고 지금까지 무림을 그냥 두고 보고만 있었을까?"

"겨우 다섯 명으로 천의문과 군림맹이 모인 우리를 압도했어. 그리고 그동안 진 형에게 당한 자들까지 더한다면 이미 오래전에 무림을 정복하고 남았을 텐데 왜 지금까지 가만 있었을까 우리도 그게 상당히 의문스러웠다."

"그는 무림 정복이니 권력이니 그런 것은 이미 초월한 존재야. 그냥 세상을 가지고 노는 거지."

"그럼 그자가 갑자기 이런 행동을 벌이는 이유가 오로지 진 형이 자신에게 오도록 하기 위해서라면 그 이유가 뭐야?"

"사공무혈이란 자를 통해 알아낸 것 중 하나가 사공무경의 나이야. 그는 사공무경이 자신이 어렸을 때부터 대무신가의 가주였다고 했어. 그러면서 어쩌면 그가 태어나기도 전부터 가주였을지도 모른다고 했어."

"사공무경, 사공무혈 같은 항렬의 형제 아니었어?"

"예전에는 그들의 부모와 같은 항렬의 이름을 사용했다고 했어. 무자 항렬들이 모두 죽으면 또다시 이름을 바꿀 거라고 하더군."

"그럼 그자의 나이가 몇 살이라는 거야?"

"최소한 이갑자는 넘고 어쩌면 삼갑자에 달할 수도 있다고 본다."

"그렇게 나이가 많다고?"

"그래, 그자의 나이가 너무 많지? 아무리 대법을 사용한다고 해도 인간의 신체까지 영원할 수는 없으니까. 그가 나를 유인하려는 이유가 바로 그것 때문이라고 판단하고 있다."

"그자가 나이 많은 것과 진 형을 유인하려는 것에 무슨 상관 관계가 있다는 거지?"

의이한 표정으로 반문하던 곽청비는 순간 너무 놀란 듯 자신의 손으로 자신의 입을 막았다. 언제나 씩씩하던 그녀였지만 너무 경악한 듯 처음으로 여성의 모습을 들러낸 것이었다.

단목환과 백리령하도 너무 놀란 표정으로 진무성을 보더니 화들짝 놀란 목소리로 물었다.

"설마! 사공무경이 진 형의 몸으로 정신을 옮기려고 한다고 생각하는 거야?"

처음에는 말도 안 되는 소리라고 치부하던 그들이었지만 어느새 진무성에게 설득을 당한 듯 그의 말을 믿는 듯 적극적으로 반응하고 있었다.

"설 군사의 판단은 그래. 정신이 옮겨 갔는데 신체조건이 너무 약한 사람이라면 뭘 할 수 있겠어? 그가 초인동을 세워서 말 그대로 초인들을 만들어 온 것도 그가 정신을 옮길 신체를 준비하기 위한 것이었다고 결론을 내렸다."

"그렇다면 진 형은 절대 그쪽으로 가면 안 되겠다. 진 형 말대로 그자가 천마라면 그의 엄청난 능력에 진 형의 육체까지 더해진다면 그는 혼자서도 천하를 없앨 수 있는 힘을 얻게 될 것 아니냐?"

단목환의 말에 진무성은 고개를 끄덕이며 말했다.

"솔직히 나도 만약을 생각해서 그쪽으로 가지 않으려고 했다. 방심이 천하를 위기에 빠뜨릴 수도 있으니까. 그런데 이들이 기어이 나를 끌어들이기 위해 방법을 바꿨잖아. 난 나 때문에 아무 죄도 없는 양민들이 죽어 나가는 것을 그냥 두고 볼 수는 없다."

"진 형의 의협심은 알겠지만 잘못된 결정으로 천하 전체를 위험에 빠뜨릴 수 있는 행동을 한다면 난 찬성할 수가 없다."

"맞아! 솔직히 난 아직도 천마환혼대법으로 천마가 아직까지 살아 있을지도 모른다는 말을 믿지 않아. 하지만 만에 하나라도 사실일 수가 있다면 막을 수밖에 없어."

백리령하도 진무성의 결정에 반대한다는 뜻을 명확히 했다.

"그래서 내가 혼자 들어가는 것이 아니라 세력을 규합해서 들어가겠다는 거잖아. 나 그렇게 대책 없는 사람 아니다. 그리고 만약 그에게 제압을 당할 위험에 처하게 되면 스스로 목숨을 끊는 한이 있더라도 그자에게 좋은 일을 시켜 주지는 않을 테니 걱정 마라."

"걱정되거든!"

모두의 입에서 동시에 큰 소리가 터져 나왔다.

* * *

"아가씨, 얼굴에 수심이 가득하세요. 무슨 큰 걱정이라도 있으세요?"

창밖으로 보고 있는 설화영의 얼굴이 너무 어둡자 초선이 걱정스러운 듯 물었다.

"천기는 너무 혼란해서 아무것도 읽을 수가 없고 육갑

도 계속 결과가 다르게 나타나고 예지는 전혀 보이지 않아. 이런 경우는 하늘도 어떤 결과가 나타날지 모른다는 의미야."

"하늘도 결과를 모를 수도 있나요?"

"역천이 가능한 능력을 가진 자라면 그럴 수도 있겠지."

"사공무경이라는 자가 그렇게 대단한 자인가요."

"본 적도 없고 그에 대해 아는 것이 없으니 나도 알 길이 없다. 하지만 역천의 능력을 가지고 있는 자임은 분명하니 그 능력이 인간의 한계를 일찌감치 벗어난 자임에는 틀림없을 거야."

"공자님도 천인이시잖아요. 저는 공자님께서 절대 그자에게 지지않을 거라고 믿어요."

"그래, 나도 제발 그러기를 바란다."

다시 창문으로 고개를 돌린 그녀의 눈에는 여전히 수심이 가득했다. 이번 출정이 어쩌면 진무성과의 마지막이 될 수도 있다는 생각만으로도 그녀의 가슴을 찢어질 것 같았다.

* * *

하늘의 천기를 살피던 사공무경의 입가에 미소가 살짝

그려졌다.

'드디어 결단을 내린 모양이군.'

무엇을 얘기하는 것일까?

정말 그는 천기만으로 상대의 마음까지 읽을 수 있는 것일까……

진무성의 말대로 그는 천마일까?

-천마

모든 마의 시작이자 마의 전설과 신화를 동시에 만들어 낸 희대의 마신.

마교를 창시하고 마를 천하에 포교한다는 명목하에 중원에 들어선 그는 처음부터 살상을 시작한 것은 아니었다.

당시 그는 천마가 아니라 교주로 불리고 있었다.

마교라는 매우 강력한 존재에 의해 마(魔)가 지금은 사(邪)와 동일시되고 있지만 처음 마교가 나타날 당시에는 마는 패(覇)와 비슷한 의미로 통용되고 있었다.

다만 패가 힘의 상징이라면 마는 통치의 상징 같았다.

하지만 마교의 교세가 점점 커지면서 문제가 곳곳에서 벌어지기 시작했다.

마교는 마신을 유일신으로 믿었다. 그리고 모든 충성과 경하는 오직 마신만의 몫이었다.

당연히 그들은 충성은 오직 마신에게만 바쳐야 하며 교

를 반대하면 부모와 자식 간의 관계조차 과감하게 끊어야 한다고 설파했다.

백가쟁명(百家爭鳴)의 시대를 거치며 인간의 가장 큰 덕목으로 여기는 충(忠)과 효(孝)를 정면으로 부정한 것이었다.

왕을 비롯한 군주들은 충을 이념으로 삼아 조직을 이끌어 왔고 친인척끼리 모여사는 집성촌이 대부분이었던 당시에 효를 바탕으로 질서를 유지하던 촌장들은 부모 자식간이라도 끊어야 한다는 마교의 교리에 극도로 분노하기 시작했다.

더욱이 마교의 교도가 되는 순간부터 모든 재산을 교에다 바쳐야 하며 교주인 천마의 명은 신의 명과 같기 때문에 그가 명하면 무슨 일이라도 해야 했다.

반역을 꾀하려고 교주가 마음만 먹는다면 모든 교도들이 그대로 반역도가 될 수 있었다.

결국 당시 사회의 주류였던 자들은 마교를 사악한 사교로 규정하고 탄압을 하기 시작했다.

그러나 이미 마교의 교세는 상당히 커져 있었고 전도 역시 매우 은밀하게 점 조직처럼 운영을 하고 있었기 때문에 실체를 잡기도 어려웠고 흔적을 잡아 체포하러 간 관원들이 오히려 모두 전멸하는 사태까지 벌어지자 결국 군까지 동원하기에 이르렀다.

 그러나 군까지 동원했음에도 마교의 소탕이 지지부진하자 결국 무림 세력에게 도움을 청하고 말았다.

 당시 무림인들이 도움을 주면서 내건 조건은 관은 무림의 일에 관여하지 않겠다는 약속을 받아 내는 것이었다.

 그것이 바로 익히 알려진 관무불가침이었다.

 그리고 그 약속은 천 년이 지나는 동안 더욱 공고해지며 무기를 들고 다니고 살인을 해도 관에서 잡아들이지 못하는 불합리한 일이 비일비재로 벌어지는 빌미가 되고 말았다.

 약속을 얻어 낸 무림 세력은 마교 소탕에 돌입했고 결국 마교는 수천 명의 신도들을 잃고 지휘부는 새외로 도주하고 말았다.

 그때 마교가 숨었다고 알려진 곳이 바로 실체도 불분명한 십만대산이었다.

 이후 마교는 사교의 대명사처럼 사용이 되기 시작했고, 어떤 종교도 마교라는 이름표가 붙는 순간 모두의 적이 되어 학살을 당했다.

 그때까지만 해도 모든 것이 다 끝난 줄 알았다. 중원 역시 전국시대의 여파로 곳곳에서 전쟁을 벌이느라 더 이상 마교에 대해서는 신경을 쓰지 않았다.

그렇게 백 년 가까운 시간이 흘렀다.

모든 사람의 뇌리에서 마교라는 이름조차 잊힐 정도의 시간이 흐른 것이다.

그때 새외에서 구마종과 수천 명의 마교도를 이끌고 한 사람이 중원으로 들어왔다.

천마의 이름이 처음으로 등장하는 순간이었다.

그는 중원에 발을 들이자마자 관과 무림 세력부터 없애기 시작했다. 그들이 지나온 곳은 관과 무림 세력이 모두 사라지면서 완전 치안이 무너진 무법 지대로 변했다.

누구라도 강한 힘만 있다면 마음대로 때리고 죽이고 빼앗을 수 있는 세상이 되어 버린 것이다.

더 이상의 포교도 하지 않았다. 그들은 오로지 죽이기 위해 돌아온 것 같았다. 일도 할 수 없었고 장사도 모두 사라졌다.

물건을 가지고 있으면 당연히 약탈을 하려는 자들의 표적이 되니 누가 장사를 하겠는가?

물품이 없어 옷도 못 입는 사람들이 속출했고 농사조차 짓지를 못하니 굶어 죽는 사람이 지천이었다.

그렇게 고작 이 년 만에 천마는 마교를 추적했던 문파들은 모조리 죽였고 가는 길에 있는 관청이나 군부는 모두 파괴해 버렸다.

세상은 단 이 년 만에 완전 지옥이 되어 버린 것이다.

당시 무림은 지금의 무림과는 완전히 달랐다. 소림과 무당 같은 체계적인 문파도 없었고 무공 역시 제대로 전수되지 않았다.

현 무림의 모든 무공이 달마조사가 만든 달마역근경과 달마무경을 기본으로 하여 만들어졌지만 당시에는 달마조사는 중원에 들어오지도 않았고 소림사도 없었다.

하지만 당시 중원의 무공이 약한 것만은 아니었다. 춘추전국시대를 거치며 끊임없는 전쟁을 겪으면서 살상을 위주로 한 실전 무공은 매우 발달해 있었기 때문이었다.

실지로 구대마종과 일대일 정면 대결을 통해 패퇴시킨 고수도 있었다. 그리고 그의 제자 중 한 명이 세운 문파가 하후광적의 사문이기도 했다.

하지만 내공이 없는 외공 위주의 무공으로는 마교의 무공을 당해 내기가 쉽지 않았고 마교도들 역시 온갖 사술과 독 강시 등 전설로 전해지는 수많은 마물들을 동원했기에 중원무림은 지리멸렬(支離滅裂)할 수밖에 없었다.

하지만 중원 무림에 장점이 하나 있었는데 그것은 끊임없이 충당할 수 있는 사람이었다. 하지만 마교도들은 시간이 지날수록 그 수가 적어졌다.

결국 그들은 중원인들을 수하로 받아들여 마교의 마공

을 가르쳤는데 그것이 중원 마도와 사파의 근원 무공이 되기도 했다.

그렇게 이십 년 가까운 세월 동안 천하는 완전히 피폐해지고 무림인들은 모두 지하로 숨어 기습 위주로 마교를 상대할 수밖에 없었다.

그러나 그 시간은 중원 무림의 무공이 급속도로 발전하는 원동력이 되기도 했다. 마교도를 상대하기 위해 꼭꼭 숨겨 두었던 자파의 무공들을 공유하면서 수많은 새로운 무공들이 만들어진 시기이기도 했다.

아직 신공과 운기조식 같은 심법이 미비해 마교를 압도할 수는 없었지만 그 덕에 초식 운용과 변화는 마교의 마공들을 능가했고 이후 달마조사의 내공 운용법이 알려지면서 무림은 만개한 꽃처럼 활짝 피는 전성기를 맞이할 수 있었다.

그러나 그것은 먼 훗날의 이야기였고 여전히 무림인들은 지하에 숨어 무공을 연마하며 마교도들의 마수를 피하기에 여념이 없었다.

그러던 어느 날 마교에 큰 변화가 일어나기 시작했다.

천마가 갑자기 사라진 것이었다.

그것은 지금까지도 의문인 사건이었다.

누구에게 암살을 당할 사람도 아니고 자타가 공인하는

최고의 고수가 일언반구 말도 없이 갑자기 사라졌으니 마교는 난장판으로 변하고 말았다.

구마종은 천마가 사라진 교주의 자리를 놓고 자중지란이 일어났고 천마의 보살핌으로 버티고 있던 마공의 부작용에 시달리던 많은 마두들이 광마로 변해 마교도들을 죽이기 시작한 것이다.

세상을 정복하는 데 이 년이 걸렸고 삼십 년 가까이 군림하던 마교였지만 망하는 데는 육 개월도 채 걸리지 않았다.

권력 다툼에서 패한 구마종 중에는 죽은 자도 있었지만 교를 빠져나와 중원에 숨어 버린 자들도 있었다.

그리고 그 기회를 놓치지 않고 중원 무림의 무림인들과 황실의 군까지 합세하여 공격을 시작하자 결국 마교는 다시 새외로 도망을 치고 말았다.

원한이 사무친 무림인들은 새외까지 쫓아갔지만 결국 십만대산을 찾지 못하고 돌아오고 말았다.

십만대산의 어느 은밀한 곳에 숨은 것이 아니라 십만대산 자체를 아는 자들이 아무도 없었던 것이다.

이후 천년마교는 지금까지도 이름만 나오면 경기를 일으킬 정도로 공포의 존재로 각인이 됐고 마는 가장 나쁜 짓을 지칭하는 나쁜 단어로 자리매김하고 말았다.

그런데 천마는 왜 갑자기 사라졌을까……

분명한 사실은 그가 죽었을 것이라는 점이었다. 그렇지 않다면 마교가 순식간에 무너져 버리는 순간에도 나타나지 않은 이유를 설명할 수가 없었다.

누군가에 의해 죽임을 당할 자가 아니라는 사실에 대해서는 모두가 동의를 했다. 그래서 나이가 들어 죽었다는 말이 가장 설득력이 있었다.

처음 마교가 전도를 위해 중원에 나타났을 때, 천마가 몇 살이었는지는 어디에도 기록이 없어 알 수는 없었다. 하지만 이미 교도들 수백 명을 이끌고 들어왔고 교주로 불렸으니 절대 젊은 나이는 아니었을 것으로 추정이 되었다.

이후 십 년 가까이 포교를 했고 박해가 시작된 후 또다시 십 년 가까이 저항을 했다.

결국 견디지 못하고 십만대산으로 도망을 간 후 다시 모습을 보인 것이 백 년이 지나서였다.

사람들은 무공을 만들고 수련을 시키는 데 걸린 시간일 것이라고 추정을 했다. 그리고 또 삼십 년 가까이 천하를 호령하며 유린했다.

처음 나타났을 때의 나이를 제외해도 사라질 당시 천마의 나이는 이미 백오십 살이 넘었다. 아무리 무공이 높다

해도 인간은 결국은 죽게된다. 천마 역시 나이로는 충분히 죽을 수 있는 나이였다.

하나, 단순하게 늙어 죽었다고 결론을 내기에는 의문점이 너무 많았다.

왜? 후계자를 정해 주지 않고 갑자기 사라졌을까?

죽었다면 시신은 도대체 어디에 있다는 말인가?

당시 마교를 쫓아낸 중원의 사람들은 양민들까지 합세해 천마의 시신을 찾았지만 결국 발견하지 못했었다.

결국 천마가 사라진 사건은 많은 사람들에게 수많은 억측을 만들어 내게 했고 호사가들과 비사를 만들어 내는 사람들에 의해 각색되고 살이 붙어 신화와 전설을 양산하기도 했다.

하지만 사실 진실은 매우 단순했다.

사공무경 그는 진무성의 추측대로 천마였다. 사실 그가 아니라면 그의 놀라운 능력을 설명할 길이 없었다.

천하는 넓고 사람은 많으니 사공무경이 보인 능력이 천마가 아닌 다른 사람이라고 못할 이유는 없었다.

점을 쳐서 길흉화복을 맞추고 천기를 보고 자신에게 방해가 될 것 같은 자들을 태어나자마자 제거할 수 있는 능력은 엄청난 신기(神氣)를 가지고 태어난 무당들 중에도 할 수 있는 자가 있을 수 있었다.

그러나 진무성조차 능가하는 무공까지 가지고 있을 확률이 있을까?

미래를 예지할 수 있는 능력에 적수를 찾을 수 없는 무공, 거기에 모르는 것이 없을 정도로 해박한 지식까지 가지고 있다면……

인간으로서 가질 수 있는 모든 것을 최고로 가지고 있는 그런 자가 백 년 남짓한 시간으로 만들어질 수 있을까?

지금 사공무경의 능력은 천 년 전 천마 때보다 최소한 열 배 이상은 더욱 향상되어 있었다.

신체를 바꿀 때마다 무엇이 부족한지를 경험적으로 습득한 그는 점점 더 완벽한 신체를 만들어 낼 수 있었고 그가 이렇게 강한 이유 중 하나이기도 했다.

그럼 그가 사라진 이유는 뭘까?

어처구니없게도 그것은 사고였다.

천마는 당시 자신의 수명이 꺼져 가고 있다는 것을 느끼고 있었다. 이미 그때 나이가 이백 살이 넘었기 때문이었다.

그래서 그는 거의 매일 밤 그만이 아는 비밀 장소에서 천마환혼대법을 연구하고 상황과 결과 등을 적어 놓고 있었다.

마노야가 습득한 책이 바로 그것이었다.

그러나 당시 천마는 계속된 실패로 포기할 지경까지 갔었다.

 마노야가 천마도 실패했다고 판단한 것도 책에 그의 심경이 적혀 있었기 때문이었다.

 그날도 마지막이다라는 마음으로 실험체를 두고 천마환혼대법을 연구 중이었다. 모든 것이 완벽한 것 같은데 막상 시술에 들어가면 죽거나 자신의 정신을 받아들이지 못했다.

 그런데 그날 예기치 못한 상황이 벌어졌다.

5장

 그는 당연히 실패할 것이라 판단하고 천마환혼대법을 펼쳐 나갔다. 물론 실험이 목적일 뿐 아직 모든 것이 준비가 안 된 상태였다.
 실험적으로 부작용을 검사하던 그는 깜짝 놀라 주위를 둘러보았다. 그의 시야가 갑자기 달라졌다는 것을 깨달았기 때문이었다.
 그리고 그가 자신의 앞에 죽은 듯 쓰러져 있는 것을 보자 경악했다.
 그렇게 바라고 바라던 천마환혼대법이 얼떨결에 성공해 버린 것이었다. 문제는 그가 전혀 준비가 되어 있지 않았다는 점이었다.

그가 옮겨 간 몸 역시 상당히 뛰어난 신체조건을 가지고 있었지만 천마 본인의 몸과는 비교할 수 없었다.

당장 천마신공을 운기해 보니 그 차이는 정말 천양지차였다.

그렇게 바라던 영생의 기회를 찾기는 했지만 지금 이 상황을 기뻐해야 할지 슬퍼해야 할지를 고민할 정도였다.

이백 살이 넘는 노인이 다시 이립도 안 되는 청년으로 변했다. 그것도 반로환동이 아닌 진짜 완벽하게 젊어진 신체였다.

하지만 그 신체는 자신이 아는 능력을 전혀 발휘하지 못하니 그로서는 이후의 일을 고심하지 않을 수 없었다.

지금 나가서 내가 바로 천마다라고 한다면 수하들이 믿어 줄까?

그들은 분명 그에게 천마라는 증명을 해 보라고 할 것이었다. 어쩌면 헛소리 말라며 당장 죽이려 들 수도 있었다.

'이놈들이 믿을 수도 있고 믿지 않을 수도 있어 하나 내가 죽는다는 결과는 변하지 않을 거야.'

천마는 수하들을 본질적으로 믿지 않았다. 그들을 다스리는 방법은 강력한 힘뿐이라는 것이 그의 지론이었다.

그런데 약해빠진 지금 상태로 그들의 앞에 나타난다면······.

구마종이나 그의 최측근 마황인 좌우사자들 모두 그에게는 목숨까지 바칠 정도의 충성을 보이고 있었다. 그러나 그들 모두가 야망을 안으로 숨기고 있을 뿐이라는 것 역시 잘 알고 있었다.

이제 천마가 죽으면 자신들이 권좌에 오를 수 있다는 생각들을 모두 가지고 있을 것이 분명한데 다시 천마가 젊어져서 그들 위에 군림하려 든다면 그들은 그를 제거하려 들 공산이 컸다.

천마는 모든 것을 버리는 것이 아깝기는 했지만 우선은 포기하기로 결정했다. 그리고 이미 만약을 위해 준비해 놓은 은신처로 몸을 옮겼다.

그 와중에 다행한 것은 죽은 그의 신체에서 자신이 만들어 온 내정을 온전히 건질 수 있었다는 점이었다.

영물들이 오랜 수련 끝에 만들어 낸다는 내단을 그는 인간의 몸으로 만들어 냈던 것이다. 환혼을 했을 때를 준비하기 위해서였다.

내정에는 그의 이백 년간의 모든 힘이 간직되어 있었다. 하나 현재의 신체로는 내정을 받아들일 수도 없었다.

그는 준비해 놓은 그의 은신처로 향하던 중 마교가 자멸하여 도망을 치고 있다는 소문을 접했다.

그로서는 혀를 찰 수밖에 없었다.

그가 백 년을 준비하고 삼십 년을 탄탄하게 장악해 온 천하를 단 몇 달 만에 말아먹은 수하들을 보며 그는 수하들을 믿을 수 없다는 신념이 더욱 공고해졌다.

 그리고 자신의 정체가 드러나는 순간 자신 역시 생명을 부지할 수 없다는 것을 확신하고는 누구도 감히 범접할 수 없는 강력한 힘을 다시 준비하기로 마음을 먹었다.

 그리고 은신처에 숨어 들어간 그는 새로운 시대를 준비하기 시작했다.

 이후, 그는 자신이 옮겨 갈 신체를 직접 준비하기 시작했다. 무재를 가지고 강건하게 태어난 아기들을 납치해 벌모세수를 하고 몇 번씩 환골탈태를 시행했다. 그것으로도 모자라 그의 능력으로 만들 수 있는 온갖 영약을 만들어 최고의 신체를 가진 자들을 만들어 내기 시작했다.

 그러나 그가 다시 세상에 모습을 드러낸 것은 두 번째 환혼에 성공한 후였다. 이미 일갑자가 넘는 시간이 흐른 후였다.

 그는 자신이 환혼할 신체가 완벽하면 완벽할수록 더욱 강력한 힘을 갖출 수 있다는 것을 확인했다. 또한 내정이 자신의 힘을 전하는 데 매우 중요한 역할을 함을 알고는 내정을 키우는 데 더욱 힘을 쏟았다.

 그렇게 그의 환혼이 열 번이 넘었다.

그는 이제 권력도 부귀영화도 그리고 여색도 모두 초월한 존재가 되어 있었다. 그의 목표는 신조차 자신을 어찌할 수 없을 정도로 강해지는 것이었다.

지금 초인동의 가장 깊은 곳에서 완벽하게 보호를 받으며 키워지고 있는 한 신체가 있었다. 다음 그가 환혼할 신체였다.

문제는 여전히 그가 원하는 완벽함과는 부족함이 있었다는 점이었다. 그런데 그가 원하는 완벽한 신체가 나타났다.

그의 모든 것이 진무성에게 향할 수밖에 없는 이유였다.

"좋은 징조가 보이셨습니까?"

사공무일은 사공무경의 얼굴에 미소가 나타나자 조심스럽게 물었다.

"진무성이 움직이고 있다. 조만간 이곳을 찾아올 것 같구나."

"그놈은 천기에 보이지 않는다고 하셨는데 이제 보이기 시작한 모양입니다."

"그놈은 모든 것이 완전 상극인 놈과 합쳐진 놈이다. 그래서 천기에 보이지 않은 것이지. 그러나 이제 한 놈이 완전히 제압을 당했는지 그놈의 별이 선명해지기 시작했다. 예상과 다른 결과이긴 하지만 내겐 상관없는 일이지."

사공무경은 진무성이 천기에 나타나지 않고 점괘에도

보이지 않은 이유가 천마환혼대법으로 얽힌 그들의 사주팔자 때문이라고 정확하게 알고 있었다.

그러나 점점 한 쪽이 소멸하고 있다는 것이 보이기 시작했다. 예상하지 못한 것은 승자가 마노야가 아니라 진무성인 것 같다는 사실이었다.

그런데 사공무경은 그것이 더욱 마음에 들었다. 천마환혼대법을 준비한 마노야를 오히려 제압했다는 것은 진무성이 신체는 물론 정신력까지 그의 예상을 넘어선다는 의미였다. 그리고 그것은 그가 원하는 완벽한 신체의 조건 중 하나였다.

"그럼 어부들은 어떻게 할까요?"

"황금잉어 몇 마리를 더 풀어 줘라. 황금잉어가 보이는 이상 어부들은 떠나지 않는다. 만약 진무성 놈이 또 뜸을 들이면 그때 시작한다."

"알겠습니다."

무엇을 시작한다는 말일까……

분명한 것은 절대 좋은 의도는 아니라는 사실이었다.

* * *

"직접 찾아오실 줄은 몰랐습니다."

천의문에 부식을 대는 상인들 사이에 섞여 들어온 한 노인이 아주 은밀하게 진무성의 집무실로 들어섰다.
그러자 진무성은 만면에 미소를 지으며 반갑게 그를 맞았다.
"원체 중요한 정보라 누구를 시키는 것도 좀 그렇고 대협을 뵌 지도 꽤 된 것 같아서 절강에 온 김에 찾아왔습니다."
노인은 정상회의 회주인 천유인이었다.
"회주님께서 오신 것은 환영이고 제게는 영광이긴 한데 위험해지실 수도 있는데 괜찮으십니까?"
"정상회는 이미 대협께 모든 것을 다 걸었습니다. 저희와 대협 간의 관계가 알려져 문제가 생긴다 해도 다 감수할 준비가 되었습니다."
정상회가 진무성을 뒤에서 돕고 있다는 것이 알려질 경우 그들은 대무신가의 제거 일 순위에 들어갈 수도 있었다.
정보는 전쟁에서 아주 중요한 역할을 하기 때문이었다. 특히 정상회는 개방 같은 다른 정보통들도 알아낼 수 없는 아주 민감한 정보를 많이 알고 있었다.
그들의 정보원들이 바로 세상의 가장 비천한 일들을 도맡아 하는 하오문도들이기 때문이었다.

물론 그릇된 정보도 상당히 많았지만 정상회는 그 많은 쓰레기 더미들 속에서 보석 같은 정보를 찾아내는 것에 아주 능숙했다.

 말을 마친 노인은 품에서 종이 하나를 꺼내 진무성에게 공손히 건넸다.

 협박을 통해 맺어진 관계였지만 천유인은 더 이상 협박에 의한 강요가 아니라 진정으로 감복한 영웅으로 그를 대하고 있었다.

 "상당히 많군요?"

 그가 건넨 종이는 지도였다.

 그리고 그곳에는 까만 점들이 무려 이십 개나 찍혀 있었다.

 "암흑무림은 지하를 통해 모두 연결이 되어 있습니다. 그래서 한 곳을 치고 들어간다 해도 중요 인물들은 다른 통로로 모두 도망을 칠 수가 있습니다. 황실과 무림에서 암흑무림을 없애려고 여러 차례 공격을 시도했지만, 모두 실패한 이유이지요."

 고개를 끄덕인 진무성은 종화려에게 얻은 정보와 지도를 비교하기 시작했다.

 종화려는 암흑무림을 여러 차례 방문한 적이 있다고 했다. 그럼에도 그녀는 암흑무림의 정확한 위치를 몰랐다.

미로와 같은 동굴 속을 암흑무림에서 나온 자의 안내를 받으며 움직였기 때문이었다. 심지어 갈 때마다 동선이 다르다는 것도 그녀가 암흑무림이 있는 장소를 추측조차 못하게 하는 이유였다.

 하지만 그녀가 있는 암흑상단과 암흑무림 간의 거리를 어느 정도 유추가 가능했다.

 종화려가 기거하는 암흑상단의 총단을 알고 있는 그로서는 유추한 거리와 지도의 점들을 비교하면 암흑무림의 총단을 급습할 수 있는 방법을 찾을 수 있다고 판단했다.

 "그런데 천의문을 공격한 것은 대무신가라고 소문이 났던데 갑자기 암흑무림을 알아내라고 하신 이유가 무엇인지요?"

 정보상인이 오히려 묻는 조금은 이상한 상황이었지만 진무성의 요구 자체가 이해가 안 되는 것이기도 했다.

 "암흑상단과 대무신가가 한통속이라는 것까지는 정상회에서도 모르고 있나 봅니다."

 "정말입니까?"

 천유인은 금시초문이라는 듯 깜짝 놀라 반문했다.

 그도 그럴 것이 대무신가의 존재가 알려진 후, 그 둘 간에는 크고 작은 싸움이 여러 차례 일어났고 그 피해도 상당했기 때문이었다.

그것은 누가 보아도 같은 편끼리 연극을 하는 것이 아니었다.

"어떤 특별한 증거가 있는 정보가 아니라 그냥 제 감이기 때문에 확실치는 않습니다. 하지만 찜찜한 자들을 뒤에 두고 전쟁에 나서는 것은 매우 위험한 행동이지요."

진무성은 대무신가와의 결전을 앞두고 암흑무림을 처리하지 않는다면 두고두고 문제가 될 것이라고 판단한 것이었다.

진무성의 말에 놀란 표정을 짓던 천유인은 갑자기 조심스러운 말투로 물었다.

"대협, 암흑무림이 소유한 암흑상단은 어떻게 되는 겁니까?"

"암흑무림이 없어지면 당연히 암흑상단 역시 사라지는 것이 맞지 않겠습니까?"

"……그, 그렇다면 암흑상단이 가지고 있는……."

천유인이 너무 조심스럽게 말을 이어 가자 진무성은 편한 미소를 보이며 말했다.

"원하시는 대로 하십시오. 제가 그 많은 중요한 정보를 대가도 지불하지 않고 마음껏 사용하고 있는데 정상회도 어느 정도 이익은 보셔야지요. 암흑상단이 하오문과 연결된 많은 거래가 있다는 거 다 압니다. 이제 그 거래를 정상회에서 독점하실 수 있도록 제가 도와드리지요."

"저, 저, 정말이십니까?"

"제게 은혜를 베푼 분에게는 확실한 보답을 한다고 전이미 세상에 공언했습니다. 정상회는 그런 이익을 얻을 은혜를 제게 베푸셨습니다. 다만 저번에도 말씀드렸지만, 양민들에게 마약을 뿌리거나 폭리를 취하는 일만 없으면 됩니다."

"하오문 자체가 비천한 자들의 모임입니다. 어찌 양민들에게 폭리를 취하겠습니까? 최대한 작은 이익만 추구하도록 하겠습니다."

"그리고 대무신가를 제가 완전히 없애기 전까지는 저와의 관계는 절대로 비밀로 하십시오."

"알겠습니다."

천유인은 엄청난 대가를 얻었다는 기쁨에 싱글벙글한 표정으로 돌아갔다.

하지만 진무성은 여전히 심각했다.

암흑무림은 혈사련에 비해 전력적으로 조금은 약세로 알려져 있었다. 하지만 그들과의 싸움은 혈사련보다 매우 까다로웠다.

총단에 모든 전력을 집중하게 한 혈사련은 단 한 번의 싸움으로 괴멸을 시킬 수 있었지만 암흑무림은 그게 불가능했다.

 전선이 넓어진다는 것은 소탕도 어렵고 피해도 가중될 수 있다는 말이었다. 더욱 큰 문제는 그들이 더욱 깊이 숨어든 다음, 대무신가와의 중요 전쟁을 벌일 때 뒤에서 공격을 하는 것이었다.

 지도를 보며 한참을 생각하던 진무성은 결심한 듯 중얼거리며 일어섰다.

 "없앨 것은 없애야겠지······."

* * *

 천의문이 공격을 받은 지 어느새 보름이 지났다. 다행히 그동안 무림은 신기할 정도로 조용했고 사건도 없었다. 그 흔한 시비에 의한 살인마저 며칠간 일어나지 않았으니 정말 특이한 시간이었다.

 하지만 평화롭다는 생각을 한 사람은 아무도 없었다.

 말 그대로 폭풍전야(暴風前夜)였다. 그것도 보통 폭풍이 아니라 천하가 발칵 뒤집힐 정도로 강한 위력의 폭풍이 몰아칠 것이라는 사실을 모두 알고 있었다.

 "제독 나리, 요즘 환관들 여론이 매우 안 좋게 흐르고 있습니다."

엄귀환은 부관이자 심복인 태보감 동호상이 자신을 걱정스러운 표정으로 보며 말하자 괜찮다는 듯 답했다.

"알고 있다. 하지만 잘될 게다."

그러자 이번에는 추곡이 다시 조심스럽게 말했다.

"제독 나리, 쉽게 볼 일이 아닙니다. 말 그대로 지각 변동이 일어날 수도 있습니다. 특히 고척 나리께서 고윤 나리를 등에 업고 상당한 지지를 얻고 있습니다."

"그렇게 내가 쫓겨날까 봐 걱정이 되느냐?"

엄귀환의 말에 동호상과 추곡은 당황한 표정으로 즉답을 하지 못했다.

그들이 주군으로 모시는 엄귀환이 실각이라도 하는 날에는 그들의 미래도 없었기에 그들의 심정은 복잡하기 그지없었다. 그렇다고 지금 엄귀환을 배신하는 것은 최악의 한 수가 될 것이 뻔하기 때문에 무조건 함께 갈 수밖에 없었다.

환관들은 의심이 많아서 한 번 자신의 주인을 배신한 자는 절대 중히 쓰지 않기 때문이었다.

그들이 이렇게 다급한 이유는 엄귀환이 전체 태감 회의를 소집했기 때문이었다.

그동안 열두 명으로 이루어진 사례감 회의는 여러 번 열렸었다. 하지만 엄귀환에게 우호적인 사례감은 겨우

두 명에 불과했고 다섯 명은 그에게 적대적이었으며 나머지 네 명은 중립을 지키고 있었다.

엄귀환을 몰아내려는 자들의 수가 더 많기는 했지만 반을 넘지는 못하기에 엄귀환은 여전히 동창 제독으로서 최고의 권력자 자리를 지킬 수 있었다.

엄귀환의 반대 세력은 줄기차게 전체 태감 회의 개최를 주장해 왔었다.

사례감들만으로는 엄귀환을 물러서게 하는 것이 불가능하다는 판단이었다.

황궁의 태감의 숫자는 모두 스물 다섯 명.

그들은 언제라도 사례감이 될 자격을 갖춘 자들이었고, 실지로도 환관들이 맡을 수 있는 최고의 지위들을 차지하고 있었다.

사례감들 역시 정식 지위는 태감이기 때문에 전체 태감 회의가 열리면 모두가 한 표씩을 행사하는 것은 같았다.

전체 태감 회의 결정은 매우 누구도 거역할 수 없는 결정으로 최고의 권력자가 한순간에 몰락하는 경우도 심심치 않게 일어나곤 했다.

그래서 고윤이 장인태감이 된 후, 전체 태감 회의가 열린 적은 한 번도 없었다.

당연히 현재 권력을 가지고 있는 엄귀환은 전체 태감

회의가 열리는 것을 거부해 왔었다.

그는 인기가 없는 자신의 위상을 최대한 올리고 정적인 몇몇 사례감들을 누른 후에 전체 태감 회의를 개최하여 자신의 권력을 공고히 할 생각이었다.

그러나 상황은 그의 생각대로 흐르지 않았다. 왕정이 죽었으니 이젠 자신을 대적할 자는 없을 것이라는 그의 판단에 큰 오류가 있었던 것이다.

특히 그가 구문제독부와 손을 잡은 것 같은 모습을 보인 것이 환관들에게 신임을 잃는 최대 원인이 되었다.

동창의 힘이 약화된다는 뜻은 환관들의 힘이 약화된 것이나 마찬가지이기 때문이었다.

그런데 오늘 아침, 갑자기 엄귀환이 전체 태감 회의를 소집한 것이다. 전체 태감 회의를 소집하기 위해서는 다섯 명의 태감의 요청이 있어야 했는데 그중 두 명은 사례감이어야 했고 또 한 명은 반드시 동창의 제독이어야 한다는 요건이 있었다.

엄귀환이 계속 거부하면 여론은 점점 나빠지겠지만 전체 태감 회의를 열 수 있는 방법은 없었다.

그런데 그가 먼저 제안을 한 것이다.

이후는 모든 것이 일사천리로 진행이 되어 오후에 전체 태감 회의를 열기로 한 것이다.

제안을 하고 며칠간의 의논이 이어진 후에 회의가 개최되는 것이 그동안의 관행이었던 것을 생각하면 반대파들이 얼마나 전체 태감 회의를 열기를 원했는지 알 수 있었다.

 문제는 전체 태감들에게 엄귀환이 신임을 받을 수 있겠느냐는 것이었다.

 동호상과 추곡은 은밀하게 계속 환관들의 여론 추이와 함께 태감들의 생각까지 조사하고 있었다.

 물론 태감들이 대놓고 자신의 생각을 표출하지는 않았다. 하지만 그들이 만나는 사람과 그동안 엄귀환에게 대한 행동 그리고 성향 등을 종합하면 어느 정도 유추가 가능했다.

 그리고 나온 결론은 전체 태감 회의에서 엄귀환이 실각할 위험이 높다는 것이었다.

 "환관들 사이에서 내가 미련하다고 한다며?"

 그들의 표정을 본 엄귀환이 뜬금없는 질문을 했다.

 "감히 어떤 자들이 나리를 미련하다고 하겠습니까? 다만 좀 고지식하시다는 말은 회자되고 있었습니다."

 고지식한 것과 미련은 분명 큰 차이가 있었지만 지금 상황에서는 미련을 순화시켜 말한 것뿐이라는 것을 엄귀환도 느낄 수 있었다.

 "그 말이 그 말 아니냐?"

"엄연히 다른 말이라고 생각합니다."

"지금 너희도 내가 전체 태감 회의를 열기로 한 것을 미련한 짓이라고 생각하는 것 아니냐?"

"아닙니다. 다만 지금 상황이 나리께 유리하지 않은데 회의를 개최하시는 이유를 알 수가 없어서입니다."

잠시 생각하던 엄귀환이 침통한 표정으로 물었다.

"대무신가를 반역도로 결정하고 그놈들을 잡기 위해 나간 특무단 이백여 명의 시신이 며칠 전 발견됐다."

"저, 정말이십니까?"

놀랍게도 그런 엄청난 사건에 대해 동호상과 추곡조차 모르고 있었다. 그만큼 비밀로 쉬쉬하고 있었다는 의미였다.

"그 사실을 아는 사람들은 태감들뿐이다. 나 역시 이틀 전 태역비에게 들었다."

특무단에서 처음 중원에 나간 수는 백 명이었다. 하지만 그들이 모두 시신으로 발견되며 다시 이백 명이 파견되었는데 한 달도 안 되어 연락이 끊겨졌었다. 그런데 그들의 시신이 며칠 전 발견된 것이다.

동창 최고의 정예로 알려진 특무단이 삼백 명이나 죽었다는 것은 환관들에게는 엄청난 전력 손실이자 충격이었다.

"그럼 전체 태감 회의는 태 태감님과 의논이 되신 것입니까?"

"아직까지는 너희들에게도 말할 수 없다. 분명한 것은 이번 회의에서 큰 반전이 있을 것이니 너희는 아무 걱정 말거라. 이제부터는 우리만의 비밀이니 잘 들어라."

"명령만 내리십시오."

동호상과 추곡은 태감들 모두가 호의적으로 대하는 태역비의 지지를 얻었을지도 모른다는 생각에 신이 나서 답했다.

"전체 회의가 열리면 우리가 믿을 수 있는 아이들만 골라서 회의장을 포위해라. 그리고 다른 태감이나 사례감이 데리고 온 호위들은 모두 추포한다."

순간 동호상과 추곡의 표정이 확 굳었다.

지금 엄귀환의 명령은 실패하면 그냥 퇴진이 아니라 죽음으로 가는 명령이었다.

"나리, 동창의 요원들 상당수가 다른 태감 나리들의 수하들입니다. 우리의 명을 따를 동창의 수는 일이백에 불과합니다."

사실 동창의 중간 간부직들은 태감들이 자신의 사람들을 집어넣었기 때문에 엄귀환의 명령보다는 자신을 집어넣어 준 태감들의 명령을 우선하는 경우가 많았다.

"그래서 우리의 직속 심복들만 모으라고 하지 않았느냐?"
"그럼 수가 부족할 수가 있습니다."
"특무단에서 우리와 뜻을 같이하기로 했으니 걱정 마라."
 말을 마친 엄귀환은 손가락을 약간 기묘한 모양으로 꼬았다.
"우리와 뜻을 같이 하는 자들은 이런 수신호를 할 것이니 모두에게 잘 숙지하도록 해라. 시간이 별로 없으니 당장 시작해라."
"알겠습니다. 곧 준비하겠습니다."
 동호상과 추곡은 특무단이 함께한다는 말에 다시 힘을 얻은 듯 크게 답하고는 밖으로 나갔다.
 그러자 엄귀환은 품에서 곱게 접은 서찰 하나를 꺼냈다.
 봉투에는 선명하게 천의문 문주 진무성이라는 직인이 찍혀 있었다.
"진무성이 나의 뒷배가 되어 줄 줄은 정말 몰랐군."
 권력에서 자꾸 밀리던 엄귀환은 상황을 타개하기 위해 갖가지 방안을 연구했다. 환관들의 권력에 가장 큰 뒷배는 황제였다.
 하지만 잠시 차도가 보이던 황제는 다시 자리에 누워 버렸고 황태자는 환관보다는 구문제독부를 더 신임하고 있었다.

그럼 이제 남은 것은 환관들 사이에서 누가 더 신임을 받고 있느냐였다. 하지만 엄귀환의 입지는 갈수록 좁아만 질뿐 타개책을 찾을 수가 없었다.

그런 그에게 한 통의 서찰이 도착했다.

천의문이 대무신가에 공격을 받고 진무성에 의해 공격한 자들이 모조리 죽으면서 무림의 절대자를 넘어 신으로 군림하기 시작한 진무성의 서찰이었다.

지금 그가 벌이려는 일은 완벽한 권력 굳히기였다. 즉, 제이의 고윤이 되려는 것이었다. 하지만 실패하면 환관들에게 반역도로 몰릴 수도 있는 엄청난 도박이었다.

약간은 소심한 그가 이런 일을 벌일 수 있는 원동력은 바로 진무성이 보낸 서찰이었다.

도대체 서찰에는 어떤 내용이 적혀 있었기에 엄귀환이 이런 모험을 감행할까……

그리고 그 내용이 회의에서 공개되면 태감들의 반응은 어떻게 나올까……

귀추(歸趨)가 주목되는 상황이었다.

* * *

"암흑무림을 없앤다고?"

진무성의 계획을 들은 단목환은 물론 백리령하와 곽청비 모두 깜짝 놀라 반문했다.

"대무신가를 공격하기에 앞서 후환이 될 자들을 먼저 제거하는 것은 당연한 일이다."

"암흑무림은 아직 어떤 움직임도 보이지 않는데 아무런 명분없이 그들을 치는 것은 역풍이 불 수도 있어."

단목환의 말에 진무성은 이해한다는 듯 고개를 끄덕이더니 다시 부언했다.

"그래, 명분! 아주 중요하지. 그런데 암흑무림을 칠 명분을 확보할 때쯤이면 이미 그들은 대무신가와 함께 열심히 정파를 공격하고 있을 거다."

"암흑무림이 대무신가와 한편이라는 증거는 있어?"

"정황 증거는 많아. 하지만 직접적인 증거는 아직 찾아내지 못했다."

직접적인 증거가 없다는 말에 셋은 잠시 고심했다. 태생 자체가 정파인으로 키워진 그들에게 증거도 명분도 없이 누군가를 공격한다는 것 자체가 부담이었다.

거기다 암흑무림은 그 수가 수천명에 달할 것으로 예상되는 거대 문파였다. 그들을 공격해 멸문을 시켰는데 대무신가와 한편이 아니라면 그들은 죄없는 자들을 수천명이나 죽인 것이 될 수도 있었다.

그러자 진무성이 다시 말했다.

"이번 암흑무림의 공격은 군림맹의 이름으로 행해질 거다. 하지만 너희가 동의하지 않는다면 나 혼자 할 수밖에 없다."

그들이 동의하건 안 하건 이미 암흑무림은 없애야 한다는 그의 결심은 변하지 않을 것임을 확실하게 밝히는 말이었다.

잠시 고심하던 백리령하가 먼저 입을 열었다.

"난 진 맹주의 뜻을 따르겠다. 이유는 지금까지 그의 말이 틀린 적이 거의 없었다는 거다. 비록 증거는 없지만 진 맹주가 결정을 했다면 그만큼 믿을 만한 정황 증거가 있지 않겠어?"

백리령하가 진무성의 뜻을 따르기로 하자 단목환이나 곽청비는 더 이상 반대할 수 없었다.

"진 맹주 혼자 보낼 수는 없지. 나도 찬성이다. 그런데 암흑무림은 총단의 실체가 없다고 들었는데 어떻게 그들을 칠 생각이야?"

"그들의 총단이 어디에 있을지는 대략적으로 이미 파악이 됐다. 이제 내가 암흑상단에 심어 둔 간세에게 연락을 받으면 즉시 출동할 거다."

"군림맹의 이름으로 공격한다면 군림맹도는 몇 명이나

데리고 갈 생각이야?"

"암흑무림은 거대 문파다. 이번에 제거하려는 목표는 암흑무림 전체가 아니라 총단에 있는 지휘부만을 겨냥한 거다. 그래서 이번 공격은 우리를 포함 단 열 명만 간다."

"암흑무림을 단 열 명만 가서 없앤다고? 진심이야?"

곽청비가 어이없다는 표정으로 반문하자 진무성은 얼굴 색 하나 변하지 않고 답했다.

"겨우 다섯 명이 천의문을 공격해서 무너뜨릴 지경까지 만들었다. 우리는 그 두 배인 열 명이 가는 거다."

만약 열 명이 가서 암흑무림을 무너뜨린다면 또 하나의 쾌거로 무림역사에 기록이 되고도 남을 일이 아닐 수 없었다.

행수들에게 보고를 받는 자리.

종화려는 우선 중요한 정보를 개별적으로 받고 있었다.

지금 그녀에게 보고를 하는 자는 판매를 담당하고 있는 행수인 석동식이었다.

암흑무림이 갑자기 비상 상황임을 공지하면서 암흑상단 역시 여러 제약이 많아졌다. 특히 외부 출입을 거의 금지하다시피해서 진무성에게 연락을 취하는 것조차 그녀에게는 쉽지 않았다.

결국 그녀는 믿을 수 있는 심복에게 대신 나가게 할 수밖에 없었는데, 그것 역시 타당한 이유가 필요했다.

암흑상단에서 그녀가 가장 믿는 심복은 네 명이었다. 그들은 어릴 때부터 같이 자라 왔고 암흑상단에 들어올 때도 같이 들어온 죽마고우이자 가장 친한 동료였다.

그들은 여자인 종화려를 조금도 무시하지 않았고 오히려 상전처럼 떠받들었다. 그녀가 그들과는 그릇이 다르다는 것을 일찌감치 인지했기 때문이었다.

그리고 그들의 예상대로 그녀는 총행수 자리까지 올라가는 데 성공했다. 당연히 그녀가 총행수가 되면서 그 네 명의 지위 역시 고속으로 승진했다.

하지만 수백 명이 넘는 암흑상단에서 총행수가 믿을 수 있는 사람이 겨우 네 명밖에 없다는 사실은 그녀의 지위가 얼마나 위태로운지를 반증하는 것이기도 했다.

"마약을 구하기가 하늘의 별따기라고?"

"홍항에서 들어오는 마약은 천존마성에게 막혔고 운남에서 올라오던 앵속들은 아예 반입이 안 되고 있습니다. 아무래도 운남에 앵속밭들이 초토화 됐다는 보고가 사실인 것 같습니다."

"그럼 지금 마약의 가격이 천정부지로 오르고 있겠구나?"

"완전 금값입니다. 그래서 본 상단에서 비축하고 있는

마약을 좀 풀면 어떨까 싶습니다."

"비축된 마약을 좀 팔자?"

"수입이 상당할 것으로 사료됩니다."

종화려는 석동식의 보고를 받는 와중에도 손가락으로 책상을 톡톡 치고 있었다.

그것은 그녀가 어떤 결정을 할 때 매번 보이는 버릇 같은 것이었다. 하지만 그 버릇처럼 보이는 것조차 사실은 그녀가 자신의 심복들에게 은밀하게 자신의 의견을 전하기 위해 사용하는 수법이었다.

다른 사람들은 작은 소음 정도로 들렸지만 석동식은 하나라도 놓치기 않기 위해 집중을 해서 소리를 듣고 있었다.

"마약을 푸는 것은 쉽다. 하지만 한 가지 석 행수가 간과하고 있는 것이 있어."

"어떤 것을 말씀하시는지요?"

"그렇게 많이 올랐다면 살 여력이 있는 사람은 상대적으로 줄어들 수밖에 없지 않느냐?"

"맞습니다. 지금은 어느 정도 재력이 있는 자들 외에는 마약을 살 사람이 없습니다."

여전히 탁자를 톡톡 치며 생각을 하던 그녀는 결정한 듯 말했다.

"마약을 푸는 순간 그것을 노리는 자들이 사방에서 나타날 게다. 그러니 푸는 것보다는 살 사람을 먼저 확보하는 것이 중요하다. 석 행수가 윤 행수와 함께 직접 밖으로 나가 살 사람들을 섭외하고 거래가 성사되면 딱 그양만큼만 가지고 나가는 것으로 하는 것이 좋겠다."

"알겠습니다. 오늘 당장 윤 행수와 함께 나가서 살 사람들을 물색하겠습니다."

"한 사람에게 다량으로 판매는 안 된다."

"알겠습니다."

마약 판매를 빌미로 석동식을 공식적으로 내보내기 위한 그녀의 계획대로 자연스럽게 외부로 나가는 임무가 하달이 되자 석동식은 공손히 절을 하고는 밖으로 나갔다.

"총행수, 저도 보고를 받았는데 지금 마약의 가격이 정말 높습니다. 비싸서 못 산다고는 하지만 팔려고 마음만 먹으면 얼마든지 팔 수 있습니다. 굳이 살 사람들을 물색하는 수고를 할 필요가 있겠습니까? 지금 상단의 자금 압박이 대단한 것을 아시지 않습니까?"

석동식이 나가자 다음대 총행수를 노리는 언사필이 불만이 가득한 표정으로 물었다.

지금 암흑상단은 상당한 자금 압박을 받고 있었다. 암흑무림에서 갑자기 뭉돈을 계속 요구했기 때문이었다.

"언 부총행수는 팔 사람들이 있나 보군?"

"제가 행수로 있을 때 맺은 인맥이면 며칠 안에 모두 팔아 낼 수 있습니다."

"며칠 안에 다 팔 수 있다? 대단한 능력이구나. 그럼 언 부총행수 말대로 마약을 다 팔았는데 가격이 더 오르면 그 손해를 책임질 수 있겠어?"

"가격이란 오르기도 하고 내리기도 하는 법입니다. 그걸 행수들에게 책임을 묻는다면 거래 자체가 불가능하지 않겠습니까? 같은 맥락으로 지금 마약을 팔지 않고 기다리다가 마약의 가격이 내린다고 총행수께서는 책임지실 수는 없는 것 아니겠습니까?"

"그러라고 내가 이 자리에 앉아 있는 것이다. 옳지, 그럼 우리 모두가 보는 앞에서 내기 하나 할까?"

"무슨 내기 말입니까?"

"언 부총행수가 지금 내 판단에 의문을 가지는 것 같으니까, 우리의 자리를 걸고 내기를 하는 게 어때? 만약 마약의 가격이 지금보다 더 싸지면 내가 총행수 자리를 내놓겠다. 대신 가격이 오르면 언 부총행수가 그 자리에서 물러나는 거다. 언 부총행수가 하겠다면 모두가 보는 앞에서 각서를 쓰자고."

종화려의 예기치 못했던 강공에 언사필의 얼굴이 일그

러졌다.

 그녀의 내기를 받아들인다면 잘하면 그가 총행수가 될 수 있는 절호의 기회가 될 수도 있었다. 하지만 잘못됐을 경우 그는 모든 것을 다 잃는 최악의 상황에 빠질 수도 있었다.

 거기다 진무성에 의해 운남의 앵속밭이 초토화되면서 마약의 가격이 내릴 확률보다는 오를 확률이 더 높았다.

 '내가 이기기 힘든 내기다. 이번 건은 그냥 모른 척했어야 했어.'

 언사필은 후회가 몰려왔다.

 간부들의 대화는 아주 사소한 것조차 모두 누군가에 의해 총수에게 보고가 된다는 것을 그도 알고 있었다.

 그래서 그녀의 일 처리가 늦다는 것을 부각시키기 위해 딴지를 건 것인데 오히려 그의 판단에 문제가 있는 것처럼 보이게 된 것이다.

 "총행수님과 굳이 그렇게 과한 내기를 할 수는 없지요. 저도 마약 가격이 오를 것이라고 판단은 하고 있었습니다."

 결국 그는 한 발 물러서고 말았다. 하지만 종화려는 한 번 물면 쉽게 놓아 주는 여자가 아니었다.

 "가격이 오를 것이라고 판단을 하면서 다 팔자고 건의

를 했다는 거야? 부총행수라는 자가 상단에 손해를 끼칠 수 있는 의견을 냈다는 말인데 그런 이유가 뭐지?"

이어지는 종화려의 말에 이번에는 언사필의 얼굴에 당황함이 확연히 나타났다. 상단에 손해를 끼치는 죄는 암흑상단에서는 매우 중한 실책으로 간주되어 죽임까지도 당할 수 있었다.

'이, 사갈 같은 계집. 아무것도 아닌 사소한 문제를 트집잡아 아예 나를 죽일 생각까지 하다니…….'

"손해를 끼치려고 낸 의견이 아니라 지금 암흑상단의 자금 압박이 커지고 있어서 그것을 타개해 볼 생각으로 말한 것입니다. 총행수님께서 그렇게 들리셨다면 오해를 부를 수 있는 말을 한 제 잘못입니다. 용서하십시오."

언사필은 행수들이 보는 앞에서 망신을 당하더라도 상단에 손해를 끼쳤다는 말은 피하기로 했다.

"언 부총행수 말대로 지금 상단의 자금 사정이 안 좋은 것은 사실이니 이번 일은 우선 그냥 넘어가겠다. 하지만 또다시 무조건적인 반대를 위해 행동하며, 똑같은 실수를 저지를 경우 그땐 오늘 일까지 같이 책임을 져야 할 것이다."

"어찌 제가 감히 총행수님께 반대를 위한 의견을 내겠습니까? 저도 상단을 위한 충정으로 하는 말일 뿐이니 그런 오해는 하지 말아 주십시오."

언사필의 말에 종화려의 입가에 미소가 살짝 걸렸다. 그리고 그녀는 곧 화제를 바꿨다.

사실 그녀는 석동식을 내보내면서 몇몇 인물로부터 따가운 시선을 받았다. 암흑상단에서 일어나는 모든 사안을 암흑무림에 보고하는 자들이었다.

지금 암흑무림은 비상 상황으로 밖으로 외유를 최대한 금하라고 명령을 내렸다. 그것을 내보냈으니 그들의 의심의 눈길을 피할 길이 없었다.

그런데 언사필 덕에 물타기에 성공하면서 석동식 문제는 자연스럽게 관심이 멀어진 것이다.

이제 남은 것은 진무성에게 보내는 서찰이 제 시간에 도착하는 것뿐이었다.

"그럼 이제부터 상단의 가장 문제인 자금 압박에 대해 의논하겠다. 전 행수!"

"예!"

"지금 물건을 거래해서 자금을 마련하는 것은 시간도 오래 걸리고 현 상황이 물건을 파는 것도 쉽지 않다. 그래서 내가 생각해 봤는데, 아직 회수하지 못한 외상값을 받아 낸다면 숨통이 트일 것 같다. 우리에게 줄 돈이 있는 자들을 모두 정리해서 외상값부터 정리해라."

"알겠습니다."
"주 행수."
"예!"
"너는……."

종화려는 자신을 감시하는 자들의 눈을 속이는 방법은 무조건 열심히 일을 하는 척하는 것뿐이라는 것을 잘 알고 있었다.

* * *

잠시 조용했던 무림은 다시 시끄러워지기 시작했다. 그 시작은 진무성이 무림맹을 방문한다는 소문이 퍼지면서였다.

진무성의 무림맹 방문은 비공식적으로 두 번, 공식적으로 한 번 있었다.

매번 방문할 때마다 진무성의 위상은 크게 달라져서 처음에는 그냥 구경하는 정도로 들렀다면 두 번째는 제갈장우의 안내를 받으며 들어갔다.

하지만 세 번째 공식적인 방문 때는 장로들까지 모두 정문 앞에 나와 그를 기다릴 정도로 위상이 달라져 있었다.

그런데 지금은 그때보다 더 위상이 높아졌으니 무림맹에서 어떻게 그를 맞을지도 사람들의 관심사였다.

하지만 본질은 결국 엄청난 혈겁의 조짐이 보인다는 것이었다.

그리고 그가 무림맹을 방문한다는 말이 퍼지기가 무섭게 약속이라도 된 듯 수많은 무림인들이 은밀하게 무림맹으로 떠나기 시작했다.

"영 매를 노리는 자들이 있을 수도 있으니까 절대 모습을 보이지 말아."

자신의 옷을 살펴주는 설화영을 보며 진무성은 걱정스러운 표정으로 말했다.

"지금 제게 직접적인 위험은 없을 것으로 보이니 걱정하지 않으셔도 됩니다. 저는 오히려 상공과 같이 가시는 분들이 더 걱정입니다."

"그들이 싸울 일은 거의 없을 거야. 계획이 있거든."

"종화려라는 분은 어떻게 하실 생각이세요?"

"이번 계획에 큰 공을 세웠으니 그에 준하는 상을 받아야겠지. 죄는 많지만 암흑세계에서 태어나 인간의 도덕적 교육을 전혀 받지 못하고 큰 상황도 어느 정도는 감안해서 편한 노후를 보낼 수 있도록 조치할 생각이야."

"잘 생각하셨어요."

설화영은 진무성이 종화려를 일이 끝난 이후 제거할 생각임을 알고 있었다. 그녀가 저지른 죄가 상당했기 때문이었다.

공(功)은 공이고 죄(罪)는 죄다. 누구든 자신이 저지른 죄에 합당한 벌을 받아야 한다는 것이 진무성이 언제나 강조하는 신념 중 하나였다. 그런 그가 이번 외유에서 돌아온 이후 생각에 많은 변화가 일어났다는 것을 감지하고 있었다.

그리고 그녀의 추측대로 진무성은 종화려에 대한 처분을 제거에서 편안한 노후를 보장하는 것으로 바꾼 것이다.

"그런데 정말 열 분만으로 암흑무림을 와해시키실 수 있겠습니까?"

"종화려의 정보가 맞다면 암흑무림은 조직 체계조차 암흑이야. 오히려 그 때문에 암흑지마황을 비롯한 최고 간부 십여 명만 제거하면 암흑무림은 그대로 마비가 될 것으로 보여. 사방으로 퍼지면 큰 분란을 만들 수 있었던 혈사련과 달리 이들은 상층부만 사라지면 암흑세계에서 나올 생각을 못할 거야."

"정말 그렇게 되었으면 좋겠네요."

무림맹을 방문한다는 소문을 대대적으로 퍼뜨린 진무

성은 은밀하게 암흑무림의 총단을 기습할 계획을 세우고 있었던 것이다.

일종의 성동격서(聲東擊西)였다.

그리고 그 시각 암흑무림의 암흑지마황 역시 진무성의 뒤통수를 칠 준비를 하고 있었다.

* * *

암흑무림 총단의 심처.

대무신가와의 관계에 대해 알고 있는 십여 명의 간부들만 모여 있었다.

암흑무림이 비록 사파들이지만 중원인들이 대부분이기에 그들도 자신들이 대무신가의 하수인이라는 것을 밝히는 것이 매우 어려웠다.

그것이 군사인 망혼귀계에게까지 숨겨 올 수밖에 없었던 이유였다. 다행히 망혼귀계는 그들의 회유에 금방 순응했다.

덕분에 마음껏 대무신가를 돕는 계책을 마련할 수 있는 토대가 만들어진 것이다.

"진무성의 협력 세력을 없애자는 거냐?"

"그렇습니다."

망혼귀계의 제안에 암흑지마황의 눈에 이채가 나타났다.

삼지가에 밀리며 대무신가의 하부 조직인 암흑무림의 수장으로 끝날 뻔했던 그였지만 상황 변화에 의해 드디어 중원 무림의 책임자로 봉해진 그였다.

하지만 막상 봉해지기는 했지만 아직 한 것이 전혀 없었다. 이러다 진무성이 사공무경에 의해 죽게 된다면 그는 또다시 사공무일이나 사공무천에게 밀리게 될 것은 자명했다.

그의 심복인 암흑쌍수와 만수겁륜 역시 맞다는 듯 동조했다.

"림주님, 제 생각에도 아주 필요한 일인 것 같습니다. 진무성은 지금 무림맹으로 간다고 소문이 파다합니다. 그동안의 예를 보면 소문이 크게 났을 때, 진무성은 자신의 동선을 알리면서 움직였습니다. 어쩌면 지금이야말로 진무성에게 크게 한 방을 먹일 수 있는 기회라고 생각됩니다."

"맞습니다. 진무성이 무림맹으로 가는 것은 궁극적으로 총가를 치겠다는 것이 아니겠습니까? 진무성이 아무리 강하다 해도 가주님에 의해 제거가 될 것입니다. 본 림이 명실상부한 중원의 책임자가 되기 위해서는 뭔가 했다는 것을 보여 줘야 합니다. 군사 말대로 진무성의 협력 세력들을 제거한다면 총가에서도 인정을 할 것입니다."

"협력 세력이라면 어디, 어디를 말하는 것이냐?"

암흑지마황의 말에 망혼귀계는 그동안 모은 정보를 바탕으로 작성한 보고서를 꺼냈다.

"우선 진무성의 자금줄부터 끊어 내야 합니다. 그래서 종화려에게 이번 총가의 공격으로 무너진 태평상단의 상권부터 접수하라고 했습니다. 비록 열 곳밖에 안 되지만 상당히 중요한 곳에 자리한 큰 지부들이기 때문에 우선 그곳만 접수해도 태평상단에게는 큰 타격이 될 것입니다. 물론 그것을 시작으로 태평상단 전부를 암흑상단에서 가져오게 할 것입니다. 그렇게 되면 천하상단을 넘어설 수 있습니다."

천하상단은 대무신가의 직속 상단으로 사공무천에 의해 장악이 되어 있었다. 그런데 태평상단과 암흑상단이 합쳐진다면 천하상단을 간단히 넘어서는 거대 상단을 그가 가지게 되는 것이다.

"다음은?"

"진무성에게 정보를 주는 세력들입니다. 진무성의 무공에 대해 이미 파악을 하셨겠지만 그를 직접 공격하는 것은 성공 가능성도 없거니와 타격도 전혀 입히지 못합니다. 그렇다면 그의 눈과 귀부터 우선 막는 것이 급선무라고 판단했습니다."

"이놈이 무림맹으로 간다는 소문이 파다한 판국인데 지금 정보를 주는 놈들을 제거하는 것은 너무 늦은 것 아니냐?"

"늦어도 많이 늦었습니다. 그리고 제거가 아니라 저희가 그들을 흡수해야 합니다. 사실 전 혈사련이 그렇게 어이없이 당하는 것을 보면서 진무성은 그런 계책을 어떻게 짰을까 생각을 많이 했습니다. 분명 어느 정도 힘이 뒤받침되기는 했지만 철저한 계산하에 최소한의 피해만 입게 되는 전법을 사용했습니다. 혈사련에 대해 상당한 정보를 얻지 못했다면 불가능한 계획이었습니다. 이번 천의문 사건 때도 저희는 그가 운남에 있는 것으로 알고 있었습니다. 그런데 아주 절묘한 시간에 천의문에 나타났습니다. 우리의 정보망이 진무성의 정보망에 미치지 못한다는 증거입니다."

"그 정보를 준 자들은 개방으로 알고 있는데 개방을 우리가 흡수할 수는 없지 않겠느냐?"

"진무성에게 정보를 주는 세력은 많습니다. 그중 가장 중요한 세 곳이 있는데, 그 중 두 곳이 개방과 무림맹입니다. 그들은 원래부터 존재하던 곳으로 저희가 어찌할 수 없는 세력입니다. 하지만 그들보다 더 열심히 진무성을 돕는 자들이 있습니다. 전 그들을 흡수해야 한다고 생각합니다."

"그들이 누구냐?"

"하오문의 정보 상인들입니다."

"그놈들은 돈이 아니면 움직일 수가 없는 자들이지 않느냐?"

"그동안은 저도 그렇게 알고 있었습니다. 하지만 이번에 진무성을 돕는 것을 보며 정보 상인들도 흡수할 수 있겠다는 생각을 했습니다. 그들을 가져오면 정보도 정보지만 세상의 여론을 림주님께서 원하는 대로 좌지우지하실 수 있게 됩니다."

"그놈들이 진무성을 돕는다는 것은 어떻게 알았느냐?"

"다른 곳은 하오문의 은밀한 정보를 얻기 힘들지만 본림은 하오문에 이익을 공유하는 자들이 아주 많습니다. 그들의 입을 통해 들은 바에 의하면 정보 상인의 조직인 정상회에서 하오문에 정보를 모아 오라고 독려를 하고 있다고 했습니다."

"정보 상인들의 정보가 하오문도들에 의해 만들어지고 모아진다는 것은 아미 알고 있는 일이지 않느냐?"

"하오문도들이 정상회에 그들이 모은 정보를 넘기면

그들은 정보의 가치에 따라 돈을 지불하는 방식으로 정보를 모았습니다. 문제는 정상회는 정보 조직이 아니라 돈을 벌기 위해 정보 장사를 하는 상인들이라는 것이지요. 그래서 돈이 안 될 것 같은 정보는 받지도 않았다고 합니다. 그런데 지금은 어떤 정보라도 좋으니 무조건 모으라고 한다고 했습니다. 심지어 정보료도 더 높이 쳐 주고 있다고 했습니다. 그것은 그들이 누군가에게 정보를 주기 위한 것이 아니겠습니까?"

"그렇다 해도 천하에 모든 현에 깔려 있는 정보 상인을 회유하려면 본 림의 수하들을 모두 출동시켜도 부족하다. 거기다 그놈들을 찾아내는 것도 그렇게 쉬운 일이 아님을 모르느냐?"

"한 명 한 명을 회유하는 것은 어렵습니다. 하지만 정상회의 회주를 회유하면 나머지는 저절로 따라오게 될 것입니다."

"정상회 회주를 찾을 방법은 있느냐?"

"이미 하오문의 총단이 어디에 있는지까지 다 파악을 하고 있습니다. 다른 자들은 몰라도 문주는 알지 않겠습니까? 그리고 정상회를 손에 넣으면 진무성을 함정에 빠뜨리는 것도 여반장이 될 것입니다. 거짓 정보를 주면 되니까요."

망혼귀계의 계책을 듣는 암흑지마황의 얼굴에는 흡족한 미소가 떠올랐다. 최대 상당과 최고의 정보 조직이 자신의 손안에 들어온다면 그는 사공무천이나 사공무일보다 더 유리한 위치를 차지할 수 있다는 생각 때문이었다.

어쨌든 진무성과 천유인이 그렇게 조심을 했어도 결국 정상회와 진무성의 관계는 그들에게 들키고 말았다.

"그럼 이제 무엇부터 시작하는 것이 좋겠느냐?"

"진무성의 동선이 나오는 즉시 그가 도우러 달려 오지 못할 곳부터 접수해 나갈 생각입니다. 만약 진무성이 총가를 공격한다면 더욱 좋겠지요."

진무성이 총가를 공격한다면 정파의 정예들이 모두 그 전쟁에 참여할 것은 분명했다. 그때 빈집이 된 각 파의 본거지를 친다면 아주 수월하게 정파를 제압할 수 있는 기회가 될 수밖에 없었다.

암흑무림을 두고 대무신가를 치는 것은 너무 위험하다는 진무성의 예상은 너무나도 정확했다.

암흑지마황을 비롯한 간부들은 벌써 천하를 손에 쥐기라도 한 것처럼 만면에 웃음을 보이며 만족해하고 있었다.

하지만 세상은 혼자 사는 곳도 아니었고 그들이 생각했

다면 다른 사람도 같은 생각을 할 수 있다는 것을 그들은 간과하고 있었다.

* * *

[저기가 암흑세계로 들어가는 입구라고?]
 제법 험준한 산의 중턱에서 멈춘 진무성 일행은 멀리서 보이는 한 촌락을 주시했다.
 단목환은 무림맹의 정보를 담당하는 사부 인지화 덕분에 고급 정보에 접할 수 있었다. 암흑세계로 들어가는 입구는 대부분의 사람들이 알고 있는 두 개의 거대 동굴과 고급 정보에 접할 수 있는 네 개의 비밀 동굴이 있었다.
 그런데 진무성이 달려온 곳은 그도 알지 못하는 곳이었다. 거기다 다른 입구와는 달리 이곳은 커다란 굴도 보이지 않았다.
 [내게 이곳에 암흑세계로 들어가는 입구가 있다는 것을 알려 준 사람은 암흑상단의 고위직에 있는 사람이다. 이곳은 암흑상단에서 비밀리에 물건을 반입할 때만 사용하는 입구라고 하더라. 아마 이곳을 아는 사람은 암흑세계에도 그리 많지 않을 거라고 하더라.]
 그가 온 촌락에 입구가 있다는 것은 천유인이 가져온

지도에도 없는 곳이었다.

[정보를 준 사람은 믿을 만한 사람이야?]

곽청비의 말에 진무성은 미소를 지으며 반문했다.

[왜 함정이라도 있을 것 같아서?]

[암흑상단의 고위직에 있는 사람들 중에 믿을 만한 사람이 있긴 있을까? 만약 그자가 배신을 했다면 우린 함정으로 스스로 걸어 들어가는 꼴이 되잖아?]

[그래서 배신을 못하도록 다 장치를 해 놨으니까 걱정 마라.]

진무성이 장치라는 맞지 않는 단어를 사용한 것은 금제가 정파인들은 매우 경원시하는 수법이기 때문이었다.

금제는 모든 수법이 잔인하고 패악적이었다.

보통 사람들도 사용하는 보편적인 금제는 폭행이었다. 힘이 센 자가 약한 자를 완전 굴복할 때까지 괴롭히고 때려서 배신을 못하도록 세뇌를 시키는 방법이었다.

하지만 그 과정이 너무 비인간적이고 실패 확률도 높고 심지어 굴복한 척하면서 기회가 되면 복수를 꾀하는 자들도 있어 무림인들은 사용하지 않았다.

무림인들이 가장 많이 사용하는 수법은 만성독약에 중독을 시킨 후, 때에 맞춰 부분 해독제를 주는 방법이었다. 해독제를 받지 못할 경우 죽기 때문에 금제로서는 아주 효과가 좋았지만 문제는 그런 만성독약을 구하는 것이 너무 어렵다는 점이었다.

정파에서는 유일하게 독과 암기로 유명한 당가에서도 정확하게 시간 동안만 해독이 되고 시기를 놓치면 중독이 되는 독은 만들지 못했다.

이미 오래전에 사라진 독문이 공적이 되어 멸문한 이유도, 바로 그런 독약을 조제해 사람들을 조종하며 문제를 야기했기 때문이었다.

그럼 실제로 가장 유용한 방법이 무엇일까?

그것은 바로 섭혼술로 상대의 이지를 자신에게 종속시키는 것이었다. 바로 마교가 처음 시도를 했고 후에 배교에서 발전시켜 무림인들에게까지 사용하여 나라 전체를 혼란에 빠뜨린 적이 있었다.

섭혼술에 금제가 된 자들이 부모도 주군도 몰라보고 시전한 자가 시키는 대로 암살을 했기 때문이었다.

그것은 천륜과 도덕을 동시에 무너뜨리는 방법으로 정파에서는 섭혼술로 금제를 하는 자들을 공적에 지정할 정도로 경멸했다.

당연히 진무성이 금제란 단어를 꺼내면 어떤 수법이냐를 묻는 질문이 뒤따를 것은 명약관화했으니 장치라는 단어로 두루뭉술하게 표현한 것이었다.

하지만 이들이 그 정도로 넘어갈 리 없었다. 당장 백리령하가 반문했다.

[장치라니? 설마 금제 같은 것을 걸어 놨다는 거야?]

[금제가 아니라 장치라니까.]

[사람에게 어떤 장치를 해야 배신을 못하게 하는데? 그럼 독이야?]

[백리 형. 내가 장치라고 하면 그런가보다 하고 그냥 넘어가라. 지금 암흑무림이라는 거대한 적을 앞에 두고 그런 것이 궁금하다는 것이 신기할 정도다.]

약간은 딱딱한 표정으로 모두의 입을 막아 버린 진무성은 재빨리 화제를 바꿨다.

그는 품에서 천유인에게 받은 지도와 종화려에게 받은 설계도를 펼치고는 한 명 한 명에게 할 일을 지시하기 시작했다.

그들 말고 따라온 사람은 모두 여섯 명이었다. 진무성은 단목환을 비롯한 세 명에게 두 명씩을 붙여 주었다.

[진 형은 홀로 움직이려고?]

[이번 싸움은 대량 살상이 아니라 요인 암살이다. 살수 수법을 아는 사람은 나밖에 없으니 어찌 하겠어. 그렇다고 너희들이 쉬운 것도 아니다. 만약 안이 시끄러워지면 사방에서 암흑무림의 무사들이 쏟아져 나올거다. 그때

내가 도망을 나오면 너희는 나를 엄호하며 이곳을 빠져 나가야 한다.]

쉬운 일이 아니라고 했지만 뭔가 쉬워 보이는 지시에 모두는 진무성을 주시했다.

무림의 역학관계를 변화시킬 또 하나의 결전의 시간이 다가오고 있었다.

6장

 사실 지금 보이는 촌락은 어느 산속에 들어가던 흔히 볼 수 있는 화전민촌이었다. 제법 규모가 큰 것으로 보아 화전민만이 아니라 약초꾼과 땅꾼들도 많이 같이 사는 것 같았다.

 빈약하지만 식사 준비를 하는 연기도 피어오르고 어린 아이들이 뛰어노는 모습도 보이는 너무 평범해 보이는 마을이 암흑세계로 들어가는 비밀 통로 중 하나라는 사실이 의아할 정도였다.

 그들은 누구도 눈치채지 못하게 촌락 안으로 스며들었다. 은신술을 아는 사람은 진무성뿐이었지만 그들의 움직임 역시 여간한 고수는 절대 파악할 수 없을 정도로 빠르고 은밀했다.

[역시 대단한 놈들이야. 여기 사는 사람들은 그냥 평범한 사람들이야. 암흑무림이나 암흑상단에 대해 아예 모르고 있을 거야.]

백리령하의 전음에 진무성은 고개를 끄덕이며 답했다.

[비밀이 지켜지는 가장 좋은 방법은 비밀을 아예 모르는 것이지. 저기다.]

진무성은 절벽을 등에 지고 형성된 촌락의 끝에 놓인 사당을 발견하고는 그 안으로 사라졌다.

마을 사람들이 신성시하는 사당으로 마을 사람들은 사당 안으로 발길을 안 하는 듯 문은 밖에서 잠겨 있었다.

[진 맹주는 어떻게 들어간 거야?]

사당 앞에 도착한 곽청비는 어이없다는 표정으로 말했다. 하지만 곧 작은 창문이 안에서 열리며 진무성이 불렀다.

[모두 이곳을 통해서 들어오면 된다.]

창은 매우 작아서 보통 사람은 통과할 엄두도 내기 어려웠다. 하지만 이들은 순간적으로 몸의 크기를 줄일 수 있는 초절정 고수들답게 순식간에 창 안으로 스며 들어갔다.

[진 맹주는 어떻게 들어간 거야?]

곽청비가 다시 물었다. 진무성은 그들이 모르는 신기한 무공을 많이 알고 있으니 창문보다 더 작은 구멍으로도 들어갈 수 있는 방법이 있을 것이라는 추론은 가능했다.

하지만 분명 진무성이 사라질 당시에는 창문이 닫혀 있었고 안으로 통하는 틈새조차 그녀는 보지 못했기 때문이었다.

[살수 무공 중의 하나다. 그리고 곽 검주는 아무리 친구라 해도 무공에 대해 묻는 것은 예의가 아니라는 정도는 알아야지?]

[내가 실수를 했네. 미안하다. 하도 신기해서 나도 모르게 물어봤다.]

부자지간이라 해도 문파가 다를 경우 무공에 대해 묻는 것은 절대 해서는 안 되는 금기 상항이었다.

[모든 것이 다 끝나면 곽 검주에게 특별히 가르쳐 주지.]

[왜 곽 검주만? 나도 가르쳐 줘.]

백리령하가 불만스러운 표정으로 따지듯 말했다.

[백리 형은 다른 것을 가르쳐 주려고 했는데 이 수법을 배우고 싶다면 가르쳐 주지 뭐.]

[됐어. 그냥 해 본 말이다. 대신 다른 거 가르쳐 준다는 약속은 지켜라.]

백리령하는 진무성이 더 신기한 수법을 가르쳐 줄지도

모른다고 생각한 듯 금방 말을 바꿨다.

그리고 그들의 전음을 듣고 있는 다른 고수들은 고개를 저었다.

겨우 열 명이 지금 암흑무림을 공격하기 위해 잠입하는 중이었다. 당연히 지금 긴장하고 사방을 경계해도 모자랄 판에 농담 같은 가벼운 대화를 이어 가는 이들의 배짱에 놀란 것이다.

단목환과 백리령하 그리고 곽청비는 진무성이 옆에 있는 것만으로도, 천군만마가 자신들을 보호하고 있는 것 같은 편안함을 느끼고 있었다.

당연히 긴장할 이유가 없었던 것이다.

기관에 대한 지식이 뛰어난 마노야답게 진무성은 쉽게 기관을 여는 장치를 찾아냈다.

그리고 기관이 열린 구멍 속으로 그대로 들어갔다.

[진 맹주 나이가 분명 우리와 비슷하지?]

[아마 그럴걸?]

[그런데 무공도 무공이지만 기관과 진, 심지어 의술과 독까지 모르는 것이 없어. 도대체 저런 무공을 수련하면서 그런 공부를 할 시간은 어디서 났을까?]

아무리 진무성이 다방면으로 천재라 해도 배우는 데는 시간이 필요한 법이었다. 그런데 진무성의 나이를 감안

하면 어머니의 배 속에서부터 공부했다 해도 지금 같은 지식을 가진다는 것은 도저히 이해가 가지 않았다.

그들 역시 자타가 공인하는 천재들이었기 때문이었다.

[진 형에게는 우리가 모르는 뭔가가 있다. 하지만 그가 스스로 말해 주지 않는 이상 알려고 해서도 물어도 안 된다고 생각한다.]

단목환은 더 이상 진무성에 대해 의문을 가지지 말라는 듯 경고 같은 말을 하고는 구멍 속으로 몸을 날렸다.

그렇게 모두는 세상에서 가장 비참하고 가장 더러우며 가장 위험한 암흑세계로 들어갔다.

* * *

암흑무림의 총단인 암흑성의 외곽에는 죄질이 나쁘면서도 무공이 어느 정도 경지에 든 자들이 살고 있었다.

암흑세계는 암흑성에서 멀어질수록 그 지위가 낮아지는 곳이었다. 그래서 최외곽에 사는 자들은 인간 이하의 취급을 받으며 생활하고 있었다.

암흑무림이 죄의 유무는 전혀 상관하지 않고 강한 자들을 우선적으로 우대하는 정책을 펼치고 있어서였다.

그래서인지 최외곽에 사는 사람들은 유난히 덩치가 왜

소하고 불구인 자들이 많았다.

진무성 일행이 들어선 곳은 바로 가장 천시를 받는 최외곽에 위치한 곳이었다.

비록 외곽이기는 하지만 암흑상단의 비밀 출입구인 터라 십여 명의 무인들에 의해 보호를 받고 있었다.

하지만 그들은 진무성에 의해 소리 소문 없이 제거되어 사라졌다.

그리고 그의 눈에 띈 사람들의 모습은 그의 분노를 폭발하기에 충분할 정도로 충격적이었다.

뒤이어 도착한 다른 사람들도 자신들의 눈을 의심할 정도였다.

[이 정도면 암흑무림 놈들이 죽을 충분한 이유가 될 것 같지 않아?]

진무성의 전음에 모두는 답을 하지 못했다.

[계획을 좀 바꾼다.]

진무성은 모두에게 수정된 계획을 전음으로 말하고는 몸을 날려 암흑성 쪽으로 사라졌다.

* * *

"림주님, 총가에 보고는 어떻게 하실 생각이십니까?"

"생각 중이다. 우리의 계획을 사공무천이나 사공무일이 알게 될 경우 방해를 할 수도 있다는 것이 좀 문제로구나."

사공무천과 사공무일, 사공무혈 그리고 삼지가의 세 명의 가주와 암흑지마황은 대무신가의 기대를 한 몸에 받으며 사공무경의 총애를 받았다.

사공무경은 그들의 능력이 완벽해지자 그들에게 각기 맞는 임무를 맡겼다.

그중 가장 먼저 두각을 나타낸 자는 사공무일과 사공무천이었다.

사공무경이 가장 중시하는 초인동의 동주와 대무신가의 호법으로 임명이 되었기 때문이었다.

사공무혈은 특별한 지위를 받지는 못했지만 사공무경의 특명을 실행하는 사자의 자리를 받으면서 최측근의 자리를 꿰차면서 사공무일이나 사공무천에 전혀 뒤지지 않는 위상을 가지고 있었다.

삼지가와 암흑무림을 맡은 나머지 넷은 위기 의식을 가질 수밖에 없었다. 하지만 여전히 대무신가의 후계자 자리는 오리무중이었다.

사공무경이 후계자에 대해서는 전혀 입밖에도 내지 않았기 때문이었다.

결국 모두는 사공무경의 신임을 얻기 위해 자신들이 맡

는 조직을 다른 자들보다 더 강력한 조직으로 키우기 위해 전력을 다했다.

대무신가가 그렇게 엄청난 전력을 갖출 수 있었던 것도 사공무경이 그들의 마음을 다 짐작하고 기대와 경쟁을 적절히 배합하여 그들을 조종했기 때문이었다.

그런데 대무신가에 지각 변동이 일어났다.

사공무경의 복심이라는 말을 들을 정도로 신임을 받던 사공무혈이 죽은 것이다. 더구나 연이어 삼지가의 가주들까지 죽으며 한동안 대무신가의 하부 조직으로 변방 취급을 받던 암흑지마황의 위상이 부상했다.

삼지가의 세 가주가 나눠서 지배하던 중원을 그 혼자 독식하게 된 것이었다.

하지만 그것이 한시적이라는 것을 그도 잘 알고 있었다. 사공무경의 마음에 들 정도의 큰 성과를 내지 못한다면 다시 후계자 경쟁에서 밀려날 것은 명약관화했다.

문제는 그가 뭔가를 하려고 해도 그것을 방해하는 자들 때문이었다. 그는 그 방해꾼이 사공무천과 사공무일이라고 추측하고 있었다.

"림주님, 지금 삼지가가 모두 멸문하면서 대무신가의 최고 전력은 본 림이 되었다고 할 수 있습니다. 이제부터는 좀 더 강력하게 의견을 제시해 보시는 것이 어떻겠습니까?"

"암흑 호법은 가주님에 대해 여전히 잘 모르는 것 같구나?"

"예?"

"눈에 보이는 것이 그분의 모든 것이라는 착각을 하면 안 된다. 삼지가가 대무신가의 모든 무력을 담당하고 사건이 나면 그들이 다 처리해 왔지만 그것이 가주의 전력 전부가 아니라는 말이다."

암흑지마황은 사공무경에 대한 원초적인 경의와 두려움이 공존하고 있는 듯했다.

사실 그가 본 사공무경의 능력은 인간의 그것이 아니었다.

"그래도 망혼귀계가 정운을 능가한다면 림주님께도 여전히 희망은 있지 않겠습니까?"

"정운은 가주님께서도 인정한 천재이자 책략가다. 망혼귀계 역시 감탄할 정도의 능력을 지니고 있지만 정운을 능가할 수 있을지는 아직은 장담할 수 없다. 그런데 무영 호법과 만수 호법은 왜 안 오는 것이냐?"

망혼귀계와의 회의가 끝난 후, 무영독귀는 총단의 경계를 살피기 위해 나갔고 만수겁륜은 암흑원 원주를 데려오기 위해 암흑원으로 떠났었다.

하지만 이미 간 지 한 시진이 넘었다. 직접 경계를 서는 것도 아니고 경비대장과 조장들에게 보고만 받고 오기 때문에 이미 돌아와 있어야 했다.

만수겁륜 역시 암흑원이 거리가 그리 멀지 않고 원주 역시 암흑지마황이 부를 것을 알고 기다리고 있을 것이기에 늦을 이유가 전혀 없었다.

"그러고 보니 좀 이상하군요? 둘 다 올 시간이 많이 지났는데? 제가 잠시 나가 보겠습니다."

암흑쌍수도 갑자기 불안한 마음이 올라오자 의아한 듯 고개를 갸웃하며 일어섰다.

불안한 마음이 든다는 것은 고수들이 동물적인 감각으로 저절로 느끼는 위기의 신호 같은 것이었다.

그러나 그는 곧 머리를 저었다.

다른 곳도 아니고 총단이었다.

주위에는 암흑무림의 정예들이 무려 천 명이 넘게 성을 경비하고 있었고 림주의 거처의 주변은 장로와 호법들의 처소로 둘러싸여 무슨 일이 생기면 그들 모두가 당장 달려올 수 있었다.

거기다 암흑지마황 자체가 사파의 종주 소리를 듣는 절대 고수였고 그 역시 탈마의 경지에 오른 현경의 고수였다.

이것에서 위기를 느낀다는 자체가 말이 안 된다고 판단

을 한 것이었다.

　밖으로 나가려는 그때, 그의 귀에 뭔가 시끄러운 소리가 들려왔다.

　가까운 곳은 아니었고 총단 밖 암흑세계에서 들려오는 소리였다.

　암흑세계에는 별의별 놈들이 다 몰려 있어서 이따금 한밤중에도 소란을 피우는 경우가 종종 있었다.

　"무슨 일이냐?"

　암흑쌍수가 어둠 속을 향해 소리치자 한 인영이 급히 날아와 그의 앞에 무릎을 굽혔다.

　림주의 집무실과 침실이 있는 전각을 경비하는 경비대장이었다.

　"성 밖에서 큰 시비가 벌어진 것 같습니다."

　"아직 림주님께서 잠자리에 들지 않았는데 저런 소음이 여기까지 들리다니 당장 처리하지 않고 무엇을 하는 거냐?"

　"이미 경비대 이십여 명이 달려나갔습니다. 그런데 오히려 소란이 더 커지고 있습니다. 그래서 암흑단에서 직접 다시 밖으로 나간 상태입니다."

　그의 보고에 암흑쌍수의 표정이 굳어졌다.

　뭔가 잘못됐음을 느꼈기 때문이었다.

"혹시 수상한 자들이 암흑세계에 들어왔다는 보고가 있었느냐?"

"림주님의 출입 금지령으로 인하여 들어오는 자도 나가는 자도 손을 꼽을 정도밖에 없었습니다. 그리고 만약 적이 침입을 했다면 저곳이 아니라 입구 쪽부터 큰 소란이 있었을 것입니다."

"그래도 방심은 금물이다. 나머지 경비대들도 모두 소집해서 경계를 더욱 강화시켜라."

"알겠습니다."

"그리고 만수겁륜과 무영독귀 호법이 지금 어디에 있는지 알고 있느냐?"

"한 시진 전에 내성 경비대장들과 조장들에게 보고를 받으시고 외곽 경비대의 보고를 받으신다고 가셨습니다. 만수겁륜 호법님은 암흑원 쪽으로 가셨는데 암흑원의 원로님들과 뭔가 의견 충돌이 계신지 아직 대화를 나누고 계시다고 합니다."

"원주님만 모시고 오면 될 것인데 천랑귀영이 또 문제를 제기하고 있는 모양이군……"

암흑원의 원로들이라고 무조건 암흑지마황을 지지하지는 않았다. 특히 암흑원 원주인 흑백마종과 계속 의견이 충돌하는 천랑귀영이 문제였다.

그는 암흑무림 내에 따르는 자들이 많아 암흑지마황조차 제거하지 못하고 암흑원으로 쫓아내는 것으로 만족할 수밖에 없었던 자였다.

  그가 다시 문제가 된 것은 암흑지마황이 암흑원에게 도움을 요청하면서부터였다.

  그는 사사건건 이유와 결과에 대해 설명을 원했다.

  그동안은 나름 성의 있는 설명을 해 주었지만 이번 사안은 대무신가와 연관이 되어 있어 설명이 어려웠다.

  하지만 여전히 대놓고 그를 제거하기에는 부작용이 만만치 않아 암흑지마황도 그의 처리에 골머리를 앓고 있었다.

  "만수겁륜은 알았으니 우선 무영독귀의 행방을 찾아서 림주님께 보고를 드리도록 해라."

  "알겠습니다."

  지시를 마치고 몸을 돌리던 암흑쌍수는 불안함이 점점 더 커지자 다시 고개를 돌려 사방을 다시 한번 살폈다.

  경비대장은 이미 사라지고 없었다.

  '이상하네…… 왜 매일 보던 전경인데 오늘 따라 낯설어 보일까?'

  림주전으로 통하는 이곳은 그가 수백 번은 왕래하던 곳으로 눈을 감고도 어디에 무엇이 있는지 다 알 수 있을 정도로 익숙한 곳이었다.

그런데 오늘 분명 뭔가 다른 것 같은데 그것이 무엇인지를 알 수가 없었다.

'아무래도 내가 요즘 좀 예민해진 모양이군.'

그는 결국 다시 몸을 돌려 안으로 들어갔다.

'대단한 자로군, 내 은신술을 눈치채다니……'

그가 사라진 통로에 검은 그림자가 바닥에서 스르르 모습을 보였다.

진무성이었다.

밖에 소란이 난 틈을 타 진무성은 성 안으로 스며들었다. 이미 그의 은신술은 신의 경지에 들어 그의 잠입을 눈치챈 자들은 아무도 없었다.

그런 그의 눈에 외부 경계를 점검하기 위해 돌고 있던 무영독귀가 들어왔다. 진무성에게는 안으로 들어오자마자 최고 간부를 만나게 된 것은 행운이었지만 무영독귀에게는 불운이 아닐 수 없었다.

무영독귀는 갑자기 자신의 몸에서 이상을 느꼈다.

그가 익히 아는 느낌이었지만 자신에게 일어날 수 없는 느낌.

처음에는 긴가민가하던 그는 곧 그 자리에 앉아 운기조식에 돌입했다.

독이라면 누구에게도 뒤지지 않는다고 자부하던 무영 독귀였다. 그런데 그가 느낀 이상 증세는 분명 중독된 것이었다.

운기조식에 돌입하자마자 자신이 중독이 되었다는 사실을 확인한 그는 경악을 하고 말았다.

천하에 그를 중독시킬 수 있는 독은 몇 가지 없었다.

거기다 그는 직접 지금 자신을 중독시킨 독에 대해 연구를 한 적도 있었다.

'학정홍이야…… 진무성 그놈이 지금 이곳에 있단 말인가?'

학정홍을 가지고 간 자가 누구인지 그는 알고 있었다. 그 말은 그가 지금 이곳에 있다는 의미이기도 했다.

강력한 기세로 그가 오랫동안 흡입한 독들을 녹여 버리며 몸으로 퍼지는 학정홍의 기세를 막을 수 없다고 판단한 그는 진무성이 성 안으로 침입했음을 알려야겠다는 생각에 운기조식을 멈췄다.

하지만 그것에 그의 마지막이었다. 운기조식을 멈추는 순간 그의 목을 무엇인가가 뚫고 들어온 것이었다.

그것은 목을 관통하자마자 회전을 하며 목의 조직과 혈관들을 완전히 찢어 발겼다. 인간인 이상, 이 정도의 상처면 즉사할 수밖에 없었다.

무영독귀를 제거한 진무성은 그가 온 길을 따라 움직이기 시작했다. 이 정도의 고수라면 분명 그만한 자들이 있는 곳에서 왔을 것이기 때문이었다.

 무영독귀는 움직이는 동선을 따라 미약하나마 독기를 흘리고 다녔기에 역추적은 생각보다 쉬웠다.

 그리고 암흑쌍수와 경비대장이 하는 대화를 들은 것이었다.

 대화를 하던 도중 암흑쌍수는 진무성이 은신술을 펼치고 있는 곳을 계속 주시했다. 결국 아무 것도 발견하지 못하고 돌아섰지만 느낀 것만으로도 그의 무공이 무영독귀를 상회한다는 사실을 알 수 있었다.

 진무성은 잠시 생각에 잠겼다.

 지금 암흑쌍수가 사라진 통로 안쪽에 엄청난 고수가 있음을 직감할 수 있었다. 아무리 그라 해도 이 정도의 고수를 조용히 제거하는 것은 쉬운 일이 아니었다.

 방금 들은 암흑원이라는 원로들도 그냥 둘 수는 없을 것 같았다.

 잠시 고심하던 그는 암흑쌍수가 사라진 쪽으로 몸을 날렸다. 우선 이쪽부터 처리하는 것이 맞다고 판단한 것이다.

* * *

"무슨 일이더냐?"

"성 외곽에서 시비가 있는 모양입니다."

"그럼 빨리 처리하지 않고 왜 아직까지 시끄러운 소리가 들리고 있는 것이냐?"

"암흑단이 직접 나갔다 하니 곧 조용해질 것입니다."

"무영과 만수 호법은 왜 아직 안 돌아오고 있는 것이냐?"

"만수겁륜은 아무래도 천랑귀영 원로님께 잡힌 것 같습니다."

"또 천랑귀영이냐? 평생을 내 심기를 건드리는데 언제까지 그냥 두고 보기만 해야할지 모르겠군?"

"암흑무림을 처음 세운 네 분의 조사님 중 유일하게 남은 적자입니다. 당연히 자신이 림주가 될 줄 알았다가 놓친 것에 앙심을 품고 있음은 알지만 그를 제거한다면 그 후유증이 만만치 않을 것입니다. 하지만 가주님의 대계가 다시 시작되었습니다. 모든 계획이 끝나고 나면 그때 제일 먼저 처단하시면 될 것입니다."

"내 그놈을 죽일 때는 그냥 죽이지는 않을 것이야!"

암흑지마황도 천랑귀영에 대해 매우 큰 증오심을 보이고 있었다.

그 순간, 뭔가 이상한 일이 벌어지고 있음을 그가 깨달았다.

암흑지마황은 자리에서 벌떡 일어서더니 주위를 둘러보기 시작했다.

"왜 그러십니까?"

"수상한 기가 우리를 포위하고 있다. 너는 느껴지지 않느냐?"

암흑쌍수는 그의 말을 듣자 곧 무기를 빼들고는 주위를 살폈다. 암흑지마황처럼 느껴지는 기는 없었으나 아까부터 느낀 불안한 느낌이 이유가 있었다는 것을 직감했기 때문이었다.

"저는 느껴지는 것이 없습니다. 하지만 아까부터 이상한 불안감을 느꼈습니다. 아무래도 위험 신호였던 것 같습니다."

암흑쌍수의 말에 암흑지마황은 한 곳을 향해 말했다.

"이미 우리가 알았는데 계속 숨어 있을 이유가 있겠느냐? 누군지 모르겠지만 모습을 드러내는 것이 어떻겠느냐?"

"역시 암흑무림을 다스리는 림주님답습니다. 지금까지 제 은신술을 알아챈 사람이 없었는데 정확하게 저를 찾아내시다니 경의를 표하지 않을 수가 없군요."

암흑지마황의 표정이 살짝 변했다. 이 정도의 무공을 지닌 자라면 당연히 나이가 지긋한 노고수일 것이라고 생각했는데 목소리가 너무 젊었기 때문이었다.

그 순간 누군지 깨달을 수밖에 없었다.

지금 천하에서 젊은 나이에 이런 무공을 지닌 자는 단 한 명 밖에 없기 때문이었다.

"허허허! 이거 완전히 허를 찔렸군. 그래 암흑성은 어떻게 찾아냈느냐?"

"말씀하시는 것을 보니 제가 누구인지 짐작을 해 내신 모양입니다."

말과 함께 그들의 앞에 창을 든 청년 한 명의 모습이 나타났다.

무공, 나이 그리고 창.

암흑쌍수도 진무성이 누구인지를 직감한 듯 경악한 표정으로 물었다.

"설마 이곳을 혼자서 쳐들어왔다는 말이냐?"

"천하의 암흑무림을 어떻게 저 혼자 왔겠습니까? 지금 밖에서 소란을 피우는 분들이 저랑 같이 온 사람들입니다."

진무성의 말대로 밖에 소란을 피우는 자들이 같이 온 자들이라 해도 그 수는 터무니없이 적었다.

"그래 나를 죽이려고 직접 온 것이냐?"

"다른 사람들이야 아무리 죽여 봐야 무슨 소용이 있겠습니까? 림주님과 최측근들 그리고 암흑원까지는 제거해야 암흑무림을 약화시켰다고 할 수 있겠지요?"

"암흑원도 알고 있단 말이냐?"

암흑무림의 암흑원은 최고 간부급들만 알고 있는 극비 중의 극비였다.

"제가 생각보다 아는 것이 많습니다. 제가 만사 제쳐두고 이곳을 온 이유도 암흑무림이 대무신가의 하부 조직이라는 것을 알기 때문이지요."

"……네, 네가 그것을 어떻게 안 거냐?"

암흑지마황의 놀람은 정말 컸다.

망혼귀계마저도 자신들의 정체를 안 것이 얼마 전이었다. 그런데 어떻게 진무성이 그것을 안단 말인가……

"의심이 많이 가기는 했지만 암흑무림의 구성원들이 대부분 중원 사람이라는 말에 긴가민가하긴 했습니다. 하지만 림주께서 확실하게 답을 해 주시니, 이제 편하게 모두를 죽여도 될 것 같네요."

"죽여? 하하하! 네놈의 광망함이 도를 넘었다는 것을 이미 알고는 있었지만 이제 보니 미친 놈이구나!"

그의 목소리에는 강력한 내공이 담겼는지 정청이 쩌렁

쩌렁할 정도였다.

"아무리 그래도 아무도 못 들을 겁니다."

진무성은 그가 화난 척 하면서 목소리를 키운 것이 밖에 있는 수하들에게 알리려는 의도임을 간파한 듯 말했다.

"설마 지금 우리 주위를 두르고 있는 기가 음파를 막기 위해 네가 펼친 것이냐?"

"그렇지 않다면 굳이 내공을 소모하면서 귀찮게 그런 짓을 할 필요가 있겠습니까?"

암흑지마황은 진무성이 방음막을 펼친 것을 시인하자 안색이 딱딱하게 굳어갔다.

삼갑자의 내공이 담긴 엄청난 내공으로 내지른 소리까지 막을 수 있는 막을 펼치고 있으면서도 너무 태연한 진무성의 모습에서 왜 구마종이 셋이나 합공하고도 전멸을 했는지, 초인동의 초인 다섯명이 그에게 죽었다는 소문이 왜 났는지를 짐작할 수 있었다.

[암흑쌍수, 내가 저놈을 최대한 잡아 놓을 것이니 너는 어떻게든 이곳을 빠져나가 이곳을 이중 삼중으로 포위하고 암흑원의 원로들을 투입해라. 오늘 내가 죽는 한이 있더라도 이놈만은 반드시 데리고 갈 것이다!]

[알겠습니다. 잠시만 견디십시오. 제가 암흑원의 원로들을 모시고 곧 돌아······.]

대답을 하던 암흑쌍수의 전음은 더 이상 이어지지 않았다.

진무성의 창이 그의 가슴을 겨냥한 채 날아왔기 때문이었다.

수많은 창술이 있지만 창을 날려 적을 공격하는 것은 도망가는 적이나 죽기 전 한 명이라도 더 죽이기 위한 최후의 수법이었다.

그런데 암흑지마황이라는 절대 고수를 옆에 두고 자신의 무기를 던지다니……

지금 진무성이 사용한 초식은 그동안 연습은 했지만 실전에서 사용해 본 적은 없었다.

초식 이름도 없었다.

바로 그가 창안한 완전 새로운 창술이었기 때문이었다.

진무성은 자신이 대무신가의 고수들을 상대함에 있어 매우 유리한 상태에서 싸우고 있다는 것을 느끼고 있었다. 바로 적이 사용하는 수법에 대해 완벽하게 이해를 하고 있었기 때문이었다.

그러나 곧 그는 그것이 반드시 좋은 것만은 아니라는 것을 깨달았다.

그 깨달음이 지금 펼치는 창술에 담겨 있었다.

7장

 마교의 모든 무공은 천마가 만들고 발전시켜 왔다고 마노야의 지식은 말하고 있었다.
 다른 자들이 만든 무공도 있긴 했지만 그 기반은 여전히 천마의 무공이었다.
 그렇다면 자신이 천마와 싸울 때, 오히려 지금까지와는 반대의 상황이 벌어질 수도 있음을 자각한 것이다.
 더욱이 사공무경이 천마라면 그 오랜 시간을 살면서 진무성은 전혀 모르는 무공도 많이 창안해 만들었을 것이라는 것도 추측할 수 있었다.
 상대가 자신보다 강하다고 판단되는 상황에서 무공까지 완벽하게 알고 있다면……

진무성은 이후 마교의 수법을 파훼할 수 있는 무공에 대해 연구를 했고 상당한 진전을 보고 있었다. 하지만 아직 실전에서 효과가 있을지 자신을 할 수 없었는데 오늘 새로운 무공을 써먹을 수 있는 절호의 기회가 온 것이었다.

절대 고수답게 암흑지마황은 진무성의 빈틈을 정확하게 찾아냈다.

무엇인가 던지는 자세에서 겨드랑이와 견정혈이 드러나는 것은 방법이 없었다.

심지어 자신을 보호할 무기마저 없는 상황이 아닌가……

보통 사람들은 그 찰나의 순간을 찾아낼 수 없었겠지만 암흑지마황에서 너무도 크게 타격점이 보였다.

"네놈도 실수를 하는구나!"

암흑지마황의 무기는 도였다. 마교의 무공을 익힌 자들이 가장 도를 선호하는 이유는 우선 무수한 변식의 사용이 가능하면서도 그 위력이 다른 무기술보다 강력하기 때문이었다.

더욱이 마교의 삼대도법에 이름을 올린 아수라참마도였다. 변초임과 동시에 쾌의 수법을 담은 아수라참마도는 정면으로 받을 수 없는 도법으로 유명했다.

빛과 같은 속도로 베어 오지만 찰나의 순간 방향을 몇 십 번 바꾸기 때문에 어디 공격할지를 알 수 없었다. 한

마디로 방어 자체가 불가능하다는 평을 듣는 악마의 도법이었다.

 하지만 아수라참마도는 마노야가 좋아하던 도법으로 다른 마교의 무공에 비해 더 많이 분석이 된 수법으로 진무성에게는 전혀 위협이 되지 않았다는 것이 문제였다.

 진무성은 너무도 쉽게 그의 도법을 피해 냈다. 그러나 암흑쌍수는 진무성의 창을 피해낼 수 없었다.

 단지 창 하나만 던졌을 뿐인데 그를 향해 날아 들어오는 창영이 무려 백팔십 개나 되었기 때문이었다.

 "크아아악!"

 온 몸에 벌집 같은 구멍이 뚫리며 암흑쌍수는 비참하게 죽음을 맞고 말았다.

 자신의 도가 완전 무용지물로 변한 듯 진무성을 죽이기는커녕 공격조차 막아내지 못하자 뒤로 급급히 물러서며 소리쳤다.

 "네놈이 어떻게 아수라참마도를 아느냐?"

 "내가 누군지 사공무경이 아직 알려주지 않은 모양이군요? 쯧쯧! 암흑무림의 림주라는 거창한 지위를 가지고 있지만 사실 대무신가에서는 그리 중요하게 여기지 않는 것 같은데 제 마음이 아픕니다."

 진무성의 말을 들은 암흑지마황의 얼굴이 일그러졌다.

그와 같은 고수가 말 몇 마디에 흔들리는 경우는 거의 없었다.

하지만 지금의 말은 그의 열등감을 자극하기에 충분한 정곡을 찌르는 말이었다. 거기다 고양이 쥐 걱정하듯 혀까지 차며 마음이 아프다는 말은 그의 귀에는 치욕적인 조롱으로 들렸다.

그 탓에 고수들 간 싸움에서 금기로 여겨지는 흥분을 할 지경이었다.

흥분은 몸의 경직을 가지고 올 수밖에 없었다. 아무리 미약한 경직이라 해도 고수들 간의 싸움에서는 매우 위험을 초래할 수 있었다.

"네놈이 뭘 안다고 함부로 혓바닥을 굴리는 게냐!"

암흑지마황은 내공을 최대한 끌어올리더니 그대로 진무성을 향해 도를 휘둘렀다.

도는 공간을 찢으며 진무성을 향해 붉은 도강을 쏟아냈다.

도강의 위력은 엄청나 그들이 있는 전각 정도는 단번에 가루로 만들 수 있는 힘이 담겨 있었다.

하지만 천의문을 공격했던 다섯 명의 괴인들의 합공에 비할 수는 없었다. 거기다 초식의 움직임을 진무성이 다 읽고 있었고 흥분까지 했으니 암흑지마황으로서는 애초에 이길 수 없는 싸움이기도 했다.

그럼에도 십 초 이상을 버텼으니 무공을 떠나 그의 놀라운 투지는 감탄을 하기에 충분했다.

'분명 내 도가 빨랐거늘......'

십 초 이상을 버티던 암흑지마황은 진무성이 슬쩍 보인 허점을 정확히 파고 들었다. 그리고 곧 그의 머리를 둘로 잘라 버릴 거리까지 다가가는 데 성공했다.

하지만 그는 예상 못한 일이 벌어졌다.

진무성의 창이 갑자기 쑤욱 두 자 이상 길어져 버린 것이다.

무기가 길어질 것이라고는 꿈에도 생각못했던 그는 피할 여지조차 없었다. 진무성을 향해 모든 힘을 쏟아부으며 달려들던 상황에서 멈출 수조차 없었던 것이다.

"커억!"

창에 가슴을 관통당한 그의 입에서 침음성인지 아니면 허파에서 바람이 빠지는 소리인지 알 수 없는 소리가 터져 나왔다.

그리고 가슴을 관통한 창이 빠르게 회전을 시작하자 그의 입에서 피가 꽐꽐 뿜어져 나오기 시작했다.

피 속에는 여러 장기 조각들이 섞여 있는 것으로 보아 창이 회전하면서 그의 장기를 모조리 부숴 버렸음을 알 수 있었다.

'다 잡은 기회였거늘……'

마지막 숨이 빠져나가는 것을 직감한 암흑지마황은 원독 어린 시선으로 진무성을 노려보았다. 하지만 그것도 잠시 그의 머릿 속에는 생각지도 않게 오래 전에 그의 손에 죽어, 잊어버린 줄 알았던 그의 첫사랑의 얼굴이 떠올랐다.

무슨 회한이 있길래 신처럼 받들던 사공무경도 아니고 자신의 모든 꿈을 망쳐 버린 철천지원수인 진무성도 아닌 그녀가 마지막에 떠오른 것일까……

하지만 그의 생각은 거기까지였다.

진무성의 창이 그의 목을 잘라 버렸기 때문이었다.

무기 거치대에서 창 두 개를 꺼낸 진무성은 대리석바닥에 창을 박아 넣고는 창 끝에 암흑지마황과 암흑쌍수의 머리를 꽂아 놓았다.

이미 죽은 자에게 굳이 그럴 필요가 있을까 싶지만 암흑무림에 극적인 공포감을 조성하고 감히 다른 생각을 못하게 하기 위한 경고의 의미였다.

'만만치 않았지만 그래도 생각보다는 적은 소란만으로 일을 마쳤군.'

암흑지마황을 이렇게 빨리 만나 제거할 수 있었던 것은

그의 행운이라 할 수 있었다. 무영독귀가 흘린 독이 아니었다면 이 넓은 성 안으로 다 뒤져야 했는데 시간을 엄청 절약할 수 있었던 것이다.

그러나 아직은 이대로 갈 생각이 없는 그였다.

암흑지마황의 책상에 쌓여있는 여러 종이 뭉치들을 살피던 진무성의 눈에 확 띄는 계획서가 있었다. 망혼귀계가 만든 계획서였다.

'이자도 제거하고 가야겠군.'

계획서를 품안에 넣은 진무성은 암흑원에 대한 서류를 찾자 천천히 읽기 시작했다.

'암흑원이라는 곳도 그대로 두어서는 안 될 것 같은데…… 여기까지 공격하면 원래 계획하고 달리 큰 전쟁이 될 수 있어.'

진무성은 같이 온 친구들을 위험에 빠뜨리고 싶지 않았다. 그러자 그의 머리에 좋은 생각이 하나 떠올랐다.

그리고 그의 모습은 이미 정청에서 사라져 있었다.

* * *

만수접륜은 암흑원의 원주인 흑백마종과 천랑귀영 간의 논쟁이 점점 거칠어지자 안절부절했다.

빨리 암흑지마황에게 돌아가야 하는데 시간을 너무 많이 잡혀서였다.

"천랑 원로님, 림주님께서 원주님을 기다리고 계십니다. 더 이상 시간을 끌 수는 없습니다."

"만수겁륜! 내 수발을 들던 놈이 나를 배신하고 림주에게 붙더니 이젠 내가 뒷방 늙은이가 되었다고 무시하는 거냐!"

"제가 감히 원로님을 왜 무시합니까? 전 단지 림주님의 지시를 따르는 것뿐입니다."

"암흑원의 원로를 소집하여 출동을 시키려고 하는 것 다 안다. 그래서 이유가 뭐고 어디로 출동을 시키려는지를 알려 달라는데 원주나 림주나 누구도 말을 해 주지 않으니 원로로서 알려 달라는 요구는 당연한 것이 아니더냐?"

"그러니까 림주님께 말씀드리겠다는 것 아닙니까?"

"림주는 나와 말도 섞으려 하지 않는데 질문에 답이나 주겠느냐? 그러니까 원주께 듣겠다는 것이다."

"나도 자세히 모른다고 하지 않았나? 림주를 만나고 와서 다시 설명해 주겠네."

"원주가 무슨 일인지도 모르면서 소집령에 동의를 한다는 것이 말이 된다고 생각하시오? 노부를 매우 미련한 자로 보고 계셨던 모양이외다?"

천랑귀영의 계속적인 으름장이 짜증이 나는 듯 흑백마종의 얼굴에도 매우 불편한 표정이 역력하게 드러나기 시작했다.

그때였다.

"제가 알려 드리지요."

갑작스러운 목소리에 모두 놀라 자리에서 벌떡 일어섰다.

"웬 놈이냐!"

모두의 눈에는 경계심과 함께 경악이 같이 떠올랐다.

나타난 사람은 덩치가 크고 잘생긴 청년이었다. 그런데 방 안에 들어설 때까지 아무도 눈치를 못채고 있었다는 사실이 그들을 경악하게 한 것이었다.

"저에 대해서는 천천히 설명을 드리겠습니다. 천랑귀영 노선배님이시지요?"

진무성이 공손하게 포권을 하자 천랑귀영은 놀란 표정으로 반문했다.

"나를 아느냐? 천하에 나를 아는 사람은 거의 없을텐데?"

"암흑무림의 주인이 되실 뻔하다가 억울하게 빼앗기신 분을 제가 어찌 모르겠습니까?"

진무성의 말에 만수겁륜이 등에 꽂혀 있던 륜을 뽑아 양 손에 쥐더니 소리쳤다.

"웬 놈이기에 말도 안 되는 소리로 분란을 만들려고 하는 것이냐?"

 진무성의 말은 그렇지 않아도 불만이 많은 천랑귀영의 가슴에 불을 붙이는 말이었다.

 진무성은 품에서 종이 몇 장을 꺼내 천랑귀영에 보냈다. 그러자 종이는 공중을 천천히 날아 천랑귀영의 앞에서 멈췄다.

 "그것을 보시면 지금 암흑무림이 얼마나 위기에 처해 있는지를 아실 것입니다."

 정체도 알 수 없는 자가 이렇게 할 말 못 할 말 다하면서 내정에 끼어든다면 만수겁륜으로서는 이미 공격을 했어야 마땅했다.

 이미 양손에 그의 무기인 양륜까지 들고 있지 않은가?

 하지만 그는 공격을 하지 못하고 있었다.

 진무성에게서 조금의 빈 틈도 찾을 수가 없기 때문이었다.

 물론 빈틈이 없다고 공격을 하지 못할 이유는 없었다. 이곳은 암흑무림의 본거지인 암흑성이고 그 중에서도 가장 강력한 전력을 가지고 있는 암흑원 원주의 방이었다.

 여기서 시비가 벌어지고 시끄러운 소리가 난다면 당장 달려올 자들이 한둘이 아니었다.

 그럼에도 공격을 못한다는 것은 만수겁륜이 진무성에

게 완전히 눌렸다고 봐야했다.

"이게 정말이냐!"

진무성이 건낸 종이를 다 읽은 천랑귀영은 몸까지 부들거릴 정도로 분노한 모습을 보였다.

"이 두 분은 이미 부화뇌동(附和雷同)을 하신 것 같으니 직접 확인하시지요."

"무슨 말이 적혀 있기에 그러는건가?"

"우리 암흑무림이 비록 착한 놈들은 아니지만 그래도 중원인으로서의 자존심은 가지고 있소이다. 그런데 대무신가라는 마교 놈들의 하수인 노릇을 하고 있었다는 것이 사실이오?"

천랑귀영의 반문에 흑백마종의 표정이 일그러졌다. 심지어 그의 눈에는 살기까지 나타났다.

그는 암흑지마황에게 포섭이 되어 대무신가를 따른 것이 아니라 원래부터 대무신가의 사람이었기 때문이었다.

"좋게 좋게 끝내려고 했는데 안 되겠군. 천랑귀영 네놈은 림주님께서 죽이자고 했을 때 그냥 죽였어야 했는데 내가 막은 것이 큰 실수였어. 오늘로서 네놈의 그 빈정대고 무조건 반대만 하는 보기 싫은 모습을 더 이상 보지 못하게 될 것 같구나."

흑백마종의 말에 천랑귀영은 위기를 느끼고 즉시 한 걸

음 물러섰다. 하지만 곧 그는 의아한 표정이 되고 말았다. 그를 공격하려던 흑백마종이 일그러진 표정으로 멈췄기 때문이었다.

그의 가슴에서는 언제 누구에게 당했는지도 모르게 큰 구멍이 뚫려 있었다. 그가 천랑귀영을 공격할 기미가 보이자 진무성이 먼저 그를 급습했기 때문이었다.

"너, 네놈은 도대체 정체가 뭐길래……"

"당신은 알 필요 없으시고 천랑 선배님, 암흑지마황과 암흑쌍수 그리고 무영독마는 이미 이 세상 사람이 아닙니다. 천랑 선배님께서 반드시 암흑무림을 되찾으시기를 바라겠습니다."

진무성이 갑자기 바꾼 계획.

그것은 옛날 마교에서 사람들을 공격할 때 사용하던 이간질이었다.

"허허! 이름이라도 가르쳐 주고 가야지 갑자기 이렇게 사라지다니……"

말을 마친 진무성은 그대로 사라졌다. 좀 더 극적인 상황을 연출하기 위해서는 궁금증을 극대화하는 것이 가장 효과가 좋기 때문이었다.

천랑귀영은 양륜을 들고 있는 만수겁륜을 보더니 그를 향해 천랑조를 그어갔다.

흑백마종과 암흑지마황이 동시에 사라진 암흑무림은 이제부터 대무신가를 따르는 자들과 천랑귀영을 따르는 자들로 극단의 내분에 쌓이게 될 것이 분명했다.

 뜻하지 않게 얻어낸 정보를 이용해 예상보다 더 좋은 결과를 얻게 된 진무성의 발길은 가벼웠다.

 이제 최후의 결전을 위한 준비가 마무리됐기 때문이었다.

* * *

 단목환과 백리령하 등도 원래 계획과는 다르게 치열하게 싸우고 있었다.

 암흑성 바로 외곽에 거주하는 자들이 하나같이 무공을 할 줄 알고 있었기 때문이었다.

 [진 형이 여기에서 소란을 피운 이유를 알았어.]

 백리령하의 말에 곽청비가 물었다.

 [뭔데?]

 [지금 덤비는 놈들 보니까 하나같이 흉악한 놈들이잖아? 외곽에 약한 사람들을 위해 이 자들을 우리가 제거해 주기를 바란 것 같아.]

 [설마?]

이번 그들의 목적은 암흑무림의 요인 암살이기 때문에 최대한 은밀하게 움직이는 것이 중요했다.

그런데 갑자기 진무성이 구역을 정해 주더니 죽어 마땅한 자들이니 너희가 저들을 죽이면서 소란을 피워달라고 했던 것이다.

갑작스러운 계획변경에 모두 의아해 했지만 이번 계획의 지휘자는 진무성이기에 그대로 따르기로 했다.

그런데 막상 싸워보니 보통 악질들이 아니었다.

거기다 암흑성에서 경비대가 달려오고 잠시 후, 암흑단까지 나타나자 싸움은 걷잡을 수 없이 점점 커져가고 있었다.

다행인 것은 아직 달려나온 암흑단의 수가 그리 많지 않았다는 점이었다. 하지만 그들까지 연락이 끊기면 암흑무림의 정예들이 몰려나올 것은 명약관화했다.

그때 갑자기 사방에서 불이 나기 시작했다.

암흑세계는 거대한 동굴이 연결되어 만들어진 곳으로 가장 위협이 되는 것이 지진과 화재였다.

그래서 나름 화재에 대해 준비가 잘 되어 있었지만 지금처럼 사방에서 불이 동시에 날 경우는 준비도 제대로 작동하기가 쉽지 않았다.

신기한 것은 바람도 없는 동굴 속임에도 불길이 외곽쪽

으로 번지는 것이 아니라 전부 암흑성쪽으로 퍼지고 있다는 점이었다.

누가 보아도 자연적인 화제가 아니고 방화가 분명했다. 불길은 성 근처에 사는 암흑세계의 나름 힘좀 쓴다는 자들의 집을 노리고 번지고 있었던 것이다.

물론 신기한 현상이지만 어떻게 저렇게 할 수 있는지는 아무도 알 수가 없었다.

"불이야!"

"불이다!"

사방에서 뛰어나온 자들은 불길을 잡기 위해 물을 뿌리고 난리가 났다. 그때 모두의 귀에 진무성의 전음이 들렸다.

[모두 나가자.]

* * *

"어떻게 된거야?"

얼떨결에 무작정 진무성의 뒤를 따라 밖으로 나온 그들은 무려 십 마장이나 더 달린 후에 쉴 수 있었다.

열명 중 한 명도 희생된 사람이 없었으니 진무성만 성공했다면 이번 계획은 완벽하게 완수한 것이 된다.

백리령하의 질문에 모두의 시선이 진무성에게 향했다.

진무성이 제거하기로 했던 자들은 모두 삼십 여명이었다. 아무리 진무성이라해도 처음 간 장소에서 그들을 찾아 아무도 모르게 제거하기에는 너무 빨리 나왔던 것이다.

"안에 들어갔다가 더 좋은 방법을 찾았다."

진무성은 안에서 보고 들은 것과 상황을 설명했다.

"암흑무림의 림주와 암흑쌍수를 한꺼번에 죽였다는거야? 거기다 흑백마종까지?"

설명을 듣던 단목환은 물론 다른 고수들도 입이 떡 벌어졌다.

무림의 절대자인 암흑지마황은 그렇다치고 암흑쌍수와 흑백마종은 무림 백대고수의 상위에 이름이 올라있는 사파에서는 최고의 고수들이었기 때문이었다.

"무영독귀와 망혼귀계도 죽였다. 특히 망혼귀계는 살려두면 두고두고 후환이 될 것 같더라고."

진무성의 말이 맞다면 비록 삼십 명을 다 죽이지는 못했지만 암흑무림의 지휘부는 거의 붕괴된 것이나 마찬가지였다.

"그런데 천랑귀영은 들어보지 못한 명혼데?"

"암흑지마황의 견제를 받아서 외부활동은 거의 하지 못한 모양인데 암흑원이라는 원로집단에서는 영향력이 대단한 것 같았어. 원주인 흑백마종을 죽였으니까 아마 그자가 암흑원을 장악할 수 있을 거야."

"천랑귀영이라는 자가 승리하면 지휘부만 바뀐 것뿐 아닌가? 암흑무림을 무력화한다는 원래 계획과 다른 것 같은데?"

"그자는 암흑지마황에 대해 큰 원한을 가지고 있었어. 그리고 그를 견제한 자들이 모두 대무신가를 추종하는 자들이라는 것을 알았으니 분명 대무신가와 대적하게 될 거야. 지금으로서는 대무신가의 적이 많으면 많을수록 좋으니까."

모두는 그게 생각처럼 될지 의구심이 들었지만 진무성을 믿는 그들이기에 더 이상 이견을 펴지는 않았다.

"그럼 이제 다음 계획으로 들어가야지?"

진무성은 단목환을 보며 말했다.

다음계획은 성대한 환영속에 진무성이 무림맹 총단에 입성하는 것이었다. 굳이 성대한 환영이 필요한 이유는 여전히 존재하는 진무성을 반대하는 세력들에게 감히 반대는 생각도 못하게 하려는 계획의 일환이었다.

대무신가의 총가를 치기 위해서는 모인 모두가 일사분란하게 진무성의 지시에 따라 움직이는 것이 매우 중요했기 때문이었다.

"그럼 나는 먼저 무림맹으로 갈 테니 진 형은 약속시간에 맞춰 무황도에 도착해라. 그럼 전 먼저 출발하겠습니다."

단목환은 모두에게 일일이 포권을 하고는 무림맹사람 둘만 대동하고는 몸을 날려 사라졌다.
"그럼 우리도 가자고."
진무성이 몸을 날리자 모두는 어안이 벙벙한 표정으로 서로를 한 번 보더니 급히 진무성의 뒤를 따라 몸을 날렸다.
혈사련이 사라진 지금 무림 최대의 사파세력이 된 암흑무림을 겨우 열 명이 나서서 지휘부를 몰살시켰다면 누가 믿을까……
거기다 나머지는 진무성이 왜 데리고 왔는지 알 수 없을 정도로 모든 것을 진무성이 혼자 해치운 것이나 마찬가지였다.
진무성이 그들을 데리고 온 것은 단목환과 백리령하 그리고 곽청비의 명성을 단숨에 올리기 위함이었다. 같이 온 다른 사람들은 대부분 나이가 지긋한 원로급들로 명성에 크게 연연하는 사람들이 아니었다.

* * *

천의문에 도착한 진무성은 곧장 무림맹을 방문한다고 공표를 하고는 곧장 출발을 했다.

진무성의 행보는 정말 정신이 없다는 말이 어울릴 정도로 전광석화처럼 빠르게 진행이 되고 있었다.

황금잉어를 잡겠다고 금지된 수역으로 들어간 어부들의 수가 이천 명을 넘었고 지금도 계속 늘고 있다는 보고 때문이었다.

진무성은 자신이 늦장을 부리면 사공무경은 그들을 모두 죽일 수도 있는 자였다. 하지만 그는 피에 굶주인 고아마는 아니기에 진무성이 무림맹으로 간다는 보고를 받으면 그들까지는 해치지 않을 것이라는 기대가 있었다.

"상공, 천기에 상공의 모습이 점점 선명해지고 있습니다. 사공무경의 능력 정도라면 상공의 위치까지 정확하게 맞출 수 있을지 모릅니다."

진무성과 함께 마차에 탄 설화영은 걱정스러운 듯 말했다.

"어차피 이젠 상관없어. 더 이상 피할 생각이 없거든."

"저희의 추측이 맞다면 상공이 지는 것은 천하의 괴멸이 될 수도 있습니다. 그 자의 능력에 상공의 신체가 합쳐진다면 진짜 신을 능가하는 자가 탄생할 수도 있음입니다."

"이젠 나도 쉽게 당하지는 않을거야. 솔직히 그를 본 적도 없잖아? 그가 정말 얼마나 강한지 나도 이젠 보고 싶어."

설화영은 진무성의 말에 잠시 말을 잇지 못했다. 어느 사이에 진무성은 진짜 무림인이 되어 있었던 것이다.

강한 자를 만나 싸워 보고 싶어 하는 것은 호승심이 강한 무림인들의 공통점이었다.

"상공, 제게 말씀 안 해 주신 것이 있으시지요?"

"내가 영 매에게 말하지 않은거라…… 그게 뭐가 있을까?"

"상공께서 이러시는 데는 분명 이유가 있을겁니다. 혹시 저도 모르는 또 다른 깨달음이라도 있으셨어요?"

설화영의 말에 진무성은 환하게 웃으며 말했다.

"역시 영 매의 눈은 정말 대단해. 사실은 운남에서 천의문으로 달려오는 동안 몸에 이상한 현상이 벌어졌었어. 하지만 그것이 무엇인지를 몰라서 말을 못했어. 나쁜 현상일 수도 있었거든."

"그럼 이젠 그 현상이 나쁜 것이 아니라고 확신하시나 보네요?"

"천의문을 습격한 괴인들과의 싸움에서도 그렇고 이번에 암흑무림의 암흑지마황과 싸울 때도 내가 이상할 정도로 쉽게 이겼어."

"어떤 현상이 있으셨는데요?"

설화영은 진무성이 더욱 강해졌다는 것을 직감하고는 너무 기쁜지 기대가 가득한 눈으로 반문했다.

"그때, 내가 조금이라도 더 빨리 가기위해서 선천지기까지 끌어올리는 우를 범했어."

"정말이세요? 너무 위험한 행동을 하셨네요?"

설화영은 깜짝놀라 말했다. 선천지기를 사용하면 생명이 짧아진다는 것이 정설이었다. 선천지기는 사용하면 다시 보충이 안되기 때문이었다.

더욱이 내공을 사용하는 와중에 선천지기를 사용하면 신체 곳곳에 이상증세까지 발현하면서 무림인들이 가장 경계하는 주화입마까지 당할 수 있었다.

"그런데 이상하게 선천지기를 사용했는데도 선천지기가 전혀 이상이 없는거야. 오히려 시간이 지나면서 속도는 점점 더 빨라지고 몸도 가벼워지더라고. 천의문에 도착하자마자 괴인들을 제거하고 내가 하루 동안 운기조식을 한 거 기억나지?"

"예, 상공께서 운기조식을 그렇게 오래 하는 것을 처음 봐서 혹시 부상이라도 당하신 것은 아닌가 해서 저도 그때 걱정 많이 했어요."

"그때 운기조식을 오래한 것은 이상한 증세가 나타나서였어. 말로 설명하기는 그런데 어쨌든 그때는 주화입마인줄 알고 상당히 긴장을 했었어. 그래서 영 매에게 당장 말을 하지 못한거야."

"이젠 이상증세가 사라졌어요?"

"아니 더 심해졌어. 공격을 할 때, 선천지기가 내가 끌어올리지도 않는데 내공과 함께 섞여서 상대를 공격해. 알다시피 선천지기는 외부의 기를 모은 내공보다 대단히 정순하기 때문에 그 위력이 더 강해지거든. 그리고 이번에 더 놀라운 것을 발견했어."

"뭔데요?"

"선천지기를 사용하면 할수록 선천지기가 더 커지고 강력해진다는거야. 아무래도 마노야도 만년천지음양과의 효과를 과소평가했던 것 같아."

"그럼 지금 상공의 무공은 얼마나 더 느신거예요?"

"늘어난 선천지기만큼 늘었겠지. 그리고 지금도 계속 늘고 있어. 난 선천지기가 느는 것이 아니라 흡수되지 못하고 몸에 축적되어 있던 만년천지음양과의 약효가 선천지기를 만나면서 활성화 된 것은 아닌가 싶어."

설화영은 진무성이 왜 사공무경과 싸워 볼 생각을 하게 되었는지 이제야 이해가 되었다.

"그렇다해도 상공의 안녕이 천하의 안녕과 직결이 되어 있다는 것을 잊으시면 안됩니다. 만약 여전히 모자라다 싶으면 무조건 피하세요. 지금처럼 무공이 늘어난다면 다음에는 분명 그를 제거할 수 있으실거예요."

"나도 조금 더 시간을 벌고 싶었어. 하지만 이러다가는 죄없는 사람들이 너무 많이 죽어나갈 것 같아. 태평상단에 대한 공격은 지금은 멈췄지만 만약 내가 계속 피하면 또 다시 공격이 시작될거야. 단지 내가 총수라고 이름을 올린 것 뿐인데 그 사람들이 죽는다는 것은 너무 억울하잖아. 그리고 생계에 보탬이 되겠다고 황금잉어를 잡기 위해 몰려간 어부들도 난 그냥 죽게 할 수는 없어."

"상공의 그 마음 저는 잘 압니다."

그녀를 잠시 도와줬다는 이유만으로 온 가족은 물론 마을 전체가 몰살을 당한 적도 있었다. 그때마다 그녀는 정말 죽고 싶었다.

그녀만 죽으면 더 이상의 희생은 없을 것이라고 생각했기 때문이었다.

하지만 그들이 왜 그렇게 자신을 집요하게 죽이려고 할까를 생각하자 죽을 수가 없었다.

복수까지는 못한다해도 이유라도 알고 싶었기 때문이었다.

"상공의 그 어진 마음을 하늘도 알고 지금 계속 힘을 보태주고 있다고 생각합니다. 분명 좋은 결과가 있을 거라고 소첩은 믿습니다."

그녀의 말을 들은 진무성은 그녀를 품에 소중하게 안으며 말했다.

"절대로 난 패하지 못해. 영 매의 응원이 언제나 같이 하거든."

마지막 결전이 될지 아니면 새로운 인생의 시작이 될지 며칠 안에 결정이 될 것을 잘 알고 있는 그들의 팔은 이심전심으로 서로를 힘주어 안고 있었다.

8장

 진무성이 무림맹으로 향하던 동안 무림은 또 다른 소문으로 설왕설래하고 있었다.

 사파 최대 세력인 암흑무림에 반란이 일어나 엄청난 살육이 벌어졌다는 소문이었다.

 진무성의 행보에 모든 이목이 쏠려 있어서 약간은 축소되어 소문이 퍼지고 있었지만 예전 같으면 무림이 들썩거릴 대형 사건이었다.

 놀라운 것은 이번 반란이 암흑지마황을 비롯한 전 림주와 수하들이 대무신가의 간세로 밝혀지면서 일어난 사건이라는 사실 때문이었다.

 암흑지마황은 암흑세계에서 태어나 암흑무림의 전 림

주의 제자로 들어가 암흑무림의 림주가 된 것이 일갑자 전이었다. 그런 그가 대무신가의 간세라면 어떤 문파도 안심할 수 없다는 진무성의 경고가 사실이라는 방증이기도 했다.

 하지만 이번 암흑무림의 사태는 외부에 알려진 것보다 매우 심각해서 암흑무림의 전력은 반 이상이 사라져 버렸고 심지어 암흑상단조차 숙청에 들어가면서 상거래까지 모두 멈추고 말았다.

 덕분에 사파 중 최고였던 혈사련을 대신해 사파의 종주가 되겠다는 야심은 한동안은 포기해야 할 상황이 되고 말았다.

 "진무성, 이놈이 천의문 공격한 것에 대한 답을 아주 대단하게 보냈군."

 암흑무림에 대한 보고를 들은 사공무경은 완전히 허를 찔렸다는 생각에 탄식을 토해 냈다.

 "진무성과는 상관없이 천랑귀영이라는 자가 주동이 되어 벌인 일이라고 들었습니다."

 사공무일의 말에 사공무경은 딱하다는 표정으로 쳐다보며 말했다.

 "너는 천랑귀영 따위가 그 아이를 이길 수 있다고 생각하느냐? 진무성 그놈이 수작을 부리지 않았다면 있을 수 없는 일이라는 것 정도는 짐작할 머리는 있어야 하지 않겠느냐?"

"죄송합니다."

사공무일은 급히 머리를 조아렸다. 그러자 사공무천이 물었다.

"가주님, 암흑무림까지 본 가의 손을 떠나면서 중원을 지휘할 자가 모두 사라졌습니다."

사공무경의 다음 후계자로 거론되는 자들은 꽤 많았다. 지금 이곳에 있는 사공무천과 사공무일은 물론 사대 금지 구역을 맡고 있던 자들과 삼지가의 가주들 모두 후보였다.

그들은 일찌감치 대무신가를 떠나 중원에 자리를 잡고 언제든지 중원의 총 지휘자가 될 준비가 끝난 자들이었다. 그런데 그렇게 풍부하다고 생각했던 인재들이 일거에 사라지고 이제 누구를 앞혀야 할지를 고심해야 하는 상황이 된 것이다.

"상관없다. 진무성이 지금 무림맹으로 오고 있는 것은 확실한 것이냐?"

"분명 오고 있다고 확인했습니다."

"진무성이 무림맹에 오는 이유가 뭐라고 생각하느냐?"

"지금 상황에서 단지 방문만 하기 위해 온 것은 아닐

것입니다."

"맞다. 진무성이 드디어 이곳을 치기로 결정한 것이다. 무림맹은 물론 정파의 정예들이 다 결집할 것이다. 이번 전쟁의 결과로 모든 것이 결정이 될 텐데 중원을 지휘할 자가 뭐가 급하겠느냐?"

사공무경은 이번 공격에 정파가 사활을 걸었을 것으로 판단하고 있었다.

그렇다면 이번 전쟁이 이기면 더 이상 중원의 책임자는 필요 없었다. 대무신가가 전면에 나서면 되기 때문이었다.

"그럼 구마종과 나머지 초인들도 모두 준비를 시킬까요?"

사공무일의 말에 사공무경은 잠시 생각하더니 고개를 끄덕였다.

"되도록 죽이지 않고 처리하려고 했는데 이왕 이렇게 됐으니 무림인 놈들에게 확실한 경고와 공포를 안겨 주는 것도 좋겠지. 모두 준비시켜라. 피를 보려면 확실하게 보여 준다. 다만 도망가는 놈까지는 굳이 제거할 필요 없다."

"알겠습니다."

"그리고 정운아."

"예!"

"진무성이 모습을 보이면 어부들 백 명 정도만 목을 잘라서 호수에 띄워 보내거라. 그리고 다음은 계획대로 공격하면 된다."

"알겠습니다."

배가 없는 수전(水戰)은 성립 자체가 되지 않는 법이었다.

정파에서 대규모로 몰려온다 해도 결국 배를 이용하는 것은 필연이었다.

수익조는 물 속으로 잠수하여 상대의 배 밑을 부수도록 수련을 받은 수공에 특화된 자들이었다.

진무성이 무림맹 경비대의 전멸 이후, 수익조를 막기 위해 호수밑에 저망을 깔았지만 그것은 방어에만 사용이 가능했다.

결국 공격을 하기 위해 그들의 수역으로 들어서는 순간부터는 수익조를 막을 수단은 없다고 봐야 했다.

수전에서의 전열은 육지와는 달리 배만 몇 척 침몰해도 무너지게 되어 있었다.

전열은 무너지고 물에 빠진 동료들을 구하려고 하는 순간이 바로 이진이 투입될 기회였다.

이진은 초인과 살수단으로 이미 준비가 되어 있었다. 그들의 임무는 무조건적인 살상이었다.

사공무경의 전술의 가장 중요한 조건은 바로 수백 척에 달하는 어부들의 배였다.

백 명 정도만 죽여도 그들은 도망을 가기 위해 사방으로 배를 몰 것이었다. 수익조나 이진은 어부로 변복을 하고 그들 사이에서 같이 도망을 치는 척만 하면 되기에 숨을 필요도 없었다.

 어부들의 목을 굳이 호수에 뜨도록 하여 퍼뜨리는 것은 진무성의 판단을 흐리게 하기 위해서였다.

 다급해지면 생각보다 몸이 먼저 움직이게 되는 법이기 때문이었다.

 그렇게 일차적으로 큰 피해를 입게 되면 정파의 사기는 떨어지게 된다. 그러면 전면에 나서는 것을 피하고 뒤로 빠지는 자들까지 생기는 것은 모든 전장에서 볼 수 있는 광경이었다.

 일차 수전을 치르고 난 후에도 정파에게는 또 다른 난관이 기다리고 있었다. 진에 의해 섬들 사이의 암초들은 마치 미로처럼 얽혀 있었다.

 당연히 배들을 흩어질 수밖에 없었다. 그럼 삼 진이 나선다. 그들의 섬 곳곳에 숨어서 나타나는 배들을 공격한다.

 총가가 있는 섬을 찾기 위해 모든 섬을 조사해야 한다는 문제도 도사리고 있었다.

 얼마나 많은 인원이 모여들지는 몰라도 결국은 모두 쪼개질 수밖에 없으니, 초인동의 초인과 아직 남아 있는 구마종을 동원하여 진무성이 없는 곳만 각개격파를 한다면 모조리 전멸을 시키는 것은 그리 어려운 일이 아니었다.

그의 전술은 너무 완벽하고, 그 전술을 뒷받침할 절대 고수들이 충분히 있는 터라, 실패할래야 실패할 수 없는 계책이었다.

거기다 그들에게는 비장의 무기가 있었다.

바로 각 문파의 요직에 있는 간세들이었다. 전쟁이 격화될 때 뒤에서 아군이라고 믿는 사람이 공격을 할 경우 막아 내는 것은 거의 불가능했다.

믿기에 뒤를 맡겼기 때문이었다.

전쟁이 시작되면 정체가 들키는 것을 더 이상 걱정하지 말고 마음껏 죽이라고 이미 지시를 내려놓은 상황이었다.

"이만 나가서 쉬도록 해라. 수하들도 충분히 먹이고 편히 쉬게해라. 싸움도 배가 불러야 힘을 쓸 수 있다."

"존명!"

모두가 나가자 사공무경은 자신의 소매를 걷어 팔을 쳐다보았다.

팔은 얼굴과 달리 노화가 심하게 진전이 되고 있었다.

그가 사공무경의 신체로 살아온 것이 벌써 이백 년이 다 되어 가고 있었다.

몇 번 신체를 옮기려고 시도한 적도 있었다. 그러나 사공무경의 신체에 비해 모자란 점이 많아 반쯤 포기한 상태였다.

그러다 드디어 마음에 드는 신체를 찾았지만 너무 늦게 발견을 하는 바람에 십 년째 초인동에서 신체 개조를 하고 있는 중이었다. 그러나 여전히 완벽하지 못해서 아직도 몇 년을 더 기다려야 할지 그도 정확하게 판단할 수가 없었다.

천마환혼대법을 실시하자마자 내정을 흡수할 수 있는 신체를 만드는 것은 매우 지난한 과정을 거쳐야 했다.

그런데 그보다 더욱 마음에 드는 신체를 발견했으니 그가 얼마나 기뻤을지는 누구도 모르고 있었다.

곧 자신의 신체가 될 진무성이 드디어 오고 있었다. 그는 진무성이 매우 강해져 있다는 것을 알고 있었다. 그러나 천 년을 길러 온 그의 내공을 누가 있어 상대할 수 있겠는가……

사공무경의 얼굴에는 만족과 기쁨, 그리고 기대가 어우러진 미소가 번지고 있었다.

* * *

무림맹이 있는 무황도는 지금 환호의 도가니였다.

사방에서 창룡군림을 외치고 있었고 진무성의 얼굴이라도 한 번 보기 위하여 서로 밀치다가 험악한 상황까지 가는 모습이 곳곳에서 나타났다.
　무림맹 정문 앞에는 역사상 한 번도 없었던 진 풍경이 펼쳐지고 있었다.
　무림맹의 맹주인 하후광적을 포함한 맹주단 전체가 진무성을 마중하기 위해 정문 앞까지 나와 있었기 때문이었다.
　진무성은 무황도에 도착한 후에는 말을 타고 이동하고 있었다. 그는 무림 맹주단이 기다리고 있는 것을 보자 급히 말에서 내렸다.
　"어르신들께서 이렇게 나와 계시다니 정말 송구스럽습니다."
　"장강의 앞물이 뒷물에 밀리는 것은 누구도 거역할 수 없는 자연의 섭리가 아니겠나? 이제 창룡의 이름 앞에서 누가 예의를 지키지 않을 수 있겠나?"
　하후광적은 진무성이 공손히 모두에게 포권을 하자 만족한 듯 미소를 지으며 말했다.
　"그래도 여기까지 나와 계신 것은 제게는 너무 과분한 대우입니다. 오늘은 어쩔 수 없지만 다음부터는 절대 이러지 마십시오."

"하하하! 알았네. 우선 들어가세."

모두가 정문 안으로 사라지자 진무성을 따라온 무인들은 합창을 하듯 소리쳤다.

"창룡군림!"

그들의 외침은 새로운 절대자의 탄생을 알리는 것 같았다.

* * *

진무성이 안내된 곳은 장로 회의를 하는 대정청이었다. 이미 장로들은 모두 모여 자리를 지키고 있었다.

장로들이 한 명도 빠짐없이 모두 먼저와서 대기하는 광경도 무림맹 역사상 처음 있는 일이었다.

심지어 맹주인 하후광적이 참석할 때에도 빠지거나 늦는 장로는 꼭 한두 명 이상 있었다.

진무성의 위상이 얼마나 높아졌는지를 단적으로 보여 주는 장면이었다. 그런데 더욱 놀라운 장면이 펼쳐졌다.

제갈장우가 진무성의 입장을 알리지도 않았는데 모두가 알아서 일어나 진무성 쪽을 향해 포권을 한 것이다.

진무성은 일일이 눈을 맞춰 가며 공손히 답권을 하더니 단상으로 올라갔다.

"제게 이런 방문의 기회를 주신 어르신들의 결단에 감사드립니다."

진무성은 다시 한 번 공손하게 포권을 하고는 말을 이어 갔다.

처음의 그의 연설의 시작은 그동안 그가 알아낸 대무신가에 대한 규모와 조직 그리고 그들이 비밀리에 행했던 많은 사실들을 보고 형식으로 알리는 것이었다.

이미 모두가 알고 있는 사실도 있었지만 사대 금지 구역이나 삼지가 등은 전혀 모르는 사람들이 대부분이었다.

대무신가가 이렇게 무서운 조직인지 처음 들은 사람들의 표정은 극도로 굳어져 버렸다. 대무신가에서 마음만 먹었다면 자신들의 문파가 멸문하는 것은 여반장이었기 때문이었다.

하지만 이어지는 말은 그들을 더욱 놀라게 했다.

사공무경이 바로 천마의 현신이라는 대목이었다.

진무성은 천마환혼대법을 굳이 말하고 싶지 않았다. 그래서 사공무경이 천마 본인이라는 사실을 후예가 천마의 무공을 완벽하게 재현한 현신이라는 말로 바꿔서 얘기했다.

하지만 부활이건 현신이건 천마의 재등장이라는 것은 다를 것이 없었다.

그동안 수많은 마교의 아류들이 무림에 나타났다 사라지기를 반복했지만 스스로를 천마라고 칭한 자는 아무도 없었다. 그만큼 천마라는 존재가 마도인들에게는 신성불가침 같은 존재였기 때문이었다.

진무성의 이어지는 말은 대무신가가 여전히 보존하고 있는 전력에 대한 분석이었다.

특히 구마종이 아직도 다섯이나 남아 있었고 천의문을 공격한 정도의 무공을 지닌 초인동의 초인에 대한 말을 할 때의 모두의 표정에는 짙은 어둠이 깔리고 있었다.

재미있는 것은 이미 진무성이 비슷한 경고를 계속 그들에게 해 왔음에도 한쪽 귀로 듣고 다른 쪽 귀로 흘려듣던 많은 장로들이 오늘은 그의 말을 경청하고 탄식을 내뱉는 등, 예전 방문 왔을 때와는 사뭇 다른 모습을 보이고 있다는 것이었다.

'그렇게 말해도 귓등으로도 안 듣던 자들까지 이제는 매우 심각한 표정으로 듣고 있어······.'

사뭇 달라진 상황에 고무된 진무성은 가장 어렵지만 대무신가를 공격기 전에 반드시 처리해야 할 민감한 문제를 꺼낼 기회로 판단하고는 조심스럽게 다시 입을 열었다.

"이제부터 여기 계신 여러 어르신들이 불편해하실 얘기를 드려야 할 것 같습니다."

진무성이 정색을 하며 심각한 표정으로 입을 열자 모두는 긴장한 얼굴로 그를 주시했다.

"지금 무림맹의 지척에 대무신가가 있습니다. 그런데 그들을 어떻게 하지 못하고 경계만 서고 있습니다. 그 이유가 뭐라고 생각하십니까?"

"신중을 기하려는 것이 아니겠습니까? 전 당장이라도 쳐들어가자고 계속 주장했습니다."

장위문의 장로인 영호상이 크게 답했다. 그는 경비대에 근무하던 그의 제자가 대무신가에 죽은 이후 매우 화가 나 있는 상황이었다.

"전의가 불타오르시니 아주 고무적이긴 합니다. 그런데 당장 쳐들어가서 이길 수는 있을까요?"

"그들의 무공이 매우 강하다는 것은 알고 있지만 무림맹이 이기지 못할 세력이 어디 있겠습니까?"

그의 대답을 들은 진무성은 다른 장로들을 쓰윽 둘러보았다. 그리고 예상보다 많은 장로들이 근거 없이 이길 수 있다는 자신감을 보이고 있는 것을 느낄 수 있었다.

-근거(根據)

근본이 되는 터전이라는 의미를 가진 그 낱말은 어떤 결론을 낼 때 왜 그런 결론을 내야 했는지에 대한 타당한 이유를 뜻하기도 했다.

만약 근거 없는 얘기를 하면 거짓이나 헛소문이 되고 근거 없는 자신감은 만용이 된다.

두려워하거나 이길 수 없을 것이라는 패배감도 지양해야 하지만 근거 없는 자신감보다는 나았다.

최소한 무모한 공격으로 모두 죽는 불상사만은 막을 수 있기 때문이었다.

하지만 이젠 진짜 전쟁을 눈앞에 둔 이상 사기를 일부러 떨어뜨리는 것도 그리 좋은 생각은 아니었다.

"맞습니다. 무림맹이 가진 전력으로 이기지 못할 세력은 천하에 없을 겁니다. 하지만 거기에는 전제 조건이 있습니다. 모두가 한 마음으로 전쟁에 임해야 한다는 것입니다. 앞에 있는 적과 열심히 싸우고 있는데 뒤를 지켜 주던 동료가 갑자기 뒤에서 공격을 한다면 어떻게 될까요?"

"그럴 리가 있겠습니까?"

"그러게 말입니다. 그래서 오늘 하루 동안 제가 그럴 자들을 골라낼 생각입니다. 물론 장로회의 추인을 받고 맹주단의 허락까지 얻어야만 할 수 있는 일입니다. 지금 이곳에 있는 간세들을 잡아내지 못한다면 대무신가와의 전쟁은 필패가 될 것입니다. 운이 좋아 이긴다 해도 간세들이 버티고 있는 이상 서로를 믿을 수 없는, 불신이 가득한 무림이 될 것입니다. 마교 역시 뿌리 뽑는 것은 포기해야겠지요."

"……."

순간 회의실은 조용해졌다.

진무성의 요구는 타 문파의 간섭을 문파의 치욕으로 여기는 정파에게는 절대 용납할 수 없는 것이었다.

아마도 예전 같으면 받아들이기는커녕 '네가 뭔데 남의 문파의 제자들을 조사한다는 것이냐'며 성토를 하거나 좀 점잖은 문파는 자파의 간세는 자신들이 알아서 잡아내겠다고 단번에 거절할 요구였다.

하지만 누구도 넘보지 못할 위치에 올라 그의 말 한마디에 문파의 성쇠(盛衰)가 달렸다고 할 정도로 영향력이 커진 진무성에게 누구도 감히 먼저 반박은 하지 못하고 있었다.

그렇게 잠시 시간이 흘렀다. 진무성 역시 자신의 요구가 이들에게 얼마나 받아들이기 어려운 것인지를 아는 터라 재촉이나 강요는 하지 않고 기다려 주고 있었다.

그리고 드디어 한 사람이 일어섰다.

남궁세가의 장로인 남궁지웅이었다.

당가의 독특한 성격 탓에 자존심 하면 당가를 언급하는 경우가 많지만 남궁세가 역시 자존심을 지키기 위해 스스로 목숨을 끊는 사람들이 있을 정도로 자존심이 세기로 유명한 세가였다.

그런 남궁세가가 가장 먼저 일어났으니 모두는 그가 어떤 말을 할지 모두는 그의 입을 주시했다.

"남궁세가는 진 문주의 요구가 현 무림 상황에서 합당하다고 봅니다. 저희는 동의하겠습니다."

뭔가 반박을 기대했던 자들의 얼굴이 구겨지는 것이 곳곳에서 보였다. 하지만 남궁세가라는 대문파가 물꼬를 튼 덕분에 찬성을 표하는 문파들이 손을 들기 시작했다.

"당가 역시 따르겠소!"

"제갈세가도 찬성합니다."

"형산파도 찬성입니다."

당가가 가장 먼저 뒤를 잇자 연이어 제갈세가와 형산파도 찬성했다. 그리고 곧 진무성과 혈맹을 맺은 문파들은 모두 찬성 의사를 밝혔다.

그러자 혈맹까지는 아니지만 진무성에게 우호적인 관계를 보이던 문파들과 친분을 가지기를 원하는 문파들이 찬성 의사를 밝히기 시작했다.

점점 진무성의 요구를 받아들이겠다는 문파의 수가 많아지자 눈치를 보던 문파들 역시 슬그머니 손을 들기 시작했다.

대세란 이게 대세라고 말을 해서 되는 것이 아니라 다

수에 의해 자연스럽게 공감대가 형성이 되어야 대세가 되는 법이다.

바로 지금 같은 경우였다.

찬성과 반대에서 눈치를 보던 자들이 찬성으로 기울면서 드디어 대세로 굳어지기 시작했다. 이제부터는 찬성을 하지 않거나 반대를 표명하는 문파들은 오히려 의심의 눈초리를 받는 상황이 펼쳐진다.

천성이 대세가 되었는데 그것을 거스르려는 것이 간세가 있어서가 아니냐는 의심의 눈초리였다.

그리고 그 상황을 보고 있던 하후광적은 자신도 모르게 감탄의 표정을 보이고 말았다.

그가 정파 최고의 고수라는 이름을 얻고 무림맹주까지 됐지만 장로들의 의견을 모으는 것에 성공한 적이 거의 없었다.

아주 간단한 안건 하나도 찬성과 반대가 대립하고 그것을 중재하는 과정에서 원래의 안건은 문파들의 입맛에 맞게 수정이 되기 일수였던 것이다.

그런데 자파의 제자들은 물론 자신들까지 조사를 하겠다는 엄청난 요구를 이렇게 빠른 시간 안에 찬성을 받아냈다는 것은 불가사의하기까지 할 정도였다.

"그럼 어르신들께서 동의를 해 주신 것으로 알고 삼일

간 무림맹 총단의 출입을 전면 통제하고 모든 맹도들을 조사하겠습니다."

"총단의 맹도들이 얼마나 많은데 삼 일 동안에 조사가 되겠습니까?"

"오늘부터 맹도들을 모두 다섯 개로 나누어……."

진무성은 이미 방법을 생각해 놓은 듯 조금도 머뭇거리지 않고 자신의 계획을 말하기 시작했다.

또한 간세로 지목된 사람들은 우선 뇌옥에 가두고 간세가 아닌 것으로 판명된 사람들로만 대무신가를 공격하기로 했다.

모두 죽이지 않고 단지 뇌옥에 가두기만 하는 것은 그들이 진무성에 의해 지목이 됐을 뿐 확실한 증거가 없는 경우가 많기 때문에 전쟁이 끝난 이후, 각 문파별로 간세로 지목된 제자들에 대한 처분을 직접 맡기기로 했기 때문이었다.

각 문파의 체면과 불만을 달래기 위한 조치라고 할 수 있었다.

가장 중요한 조사 방법은 무엇일까……

놀랍게도 방법은 없었다. 단지 진무성이 간세라고 지목하면 그대로 제압하는 방식이었다.

아니라고 억울함을 호소하거나 반박하는 것은 용납지

않기로 했으며 만약 반항을 하고 공격까지 할 경우 죽여도 죄를 묻지 않는다는 약속까지 하고 말았다.

한 마디로 무림맹 전체가 진무성의 마음먹기 여하에 따라 하루아침에 해체될 수도 있는 말도 안 되는 상황이었지만 놀랍게도 제갈장우조차 우려를 표명하지 않았다.

그만큼 진무성에 대한 신뢰가 충분하게 쌓였다는 방증이었다.

* * *

이틀 후, 저녁 무렵 맹주 집무실에 모인 맹주단은 한숨을 내쉬었다. 고작 이틀 사이, 진무성에 의해 지목되어 뇌옥에 갇힌 사람들이 무려 이백여 명에 달했다.

더욱 놀라운 것은 그 이백 명 중, 중간 간부급이 무려 오십여 명이나 된다는 것이었다.

만약 전쟁 중에 중간 간부 오십 명이 뒤에서 공격을 해 온다면 그 결과는 생각만 해도 소름이 끼칠 정도였다.

그러나 문제는 오늘이었다.

진무성은 이미 맹주단에 어느 정도 경고를 한 상황이었다. 그것은 바로 장로 중 간세로 의심되는 자들이 무려 열다섯 명이나 된다는 말 때문이었다.

그중 대문파로 불리는 문파의 장로가 네 명이나 있다고 했다.

대충 봐서 그 정도라는 말은 자세히 조사를 시작하면 더 늘어날 수도 있다는 의미였다.

"아미타불! 이것만도 큰 충격인데 오늘은 얼마나 더 큰 충격을 받을지 걱정입니다."

소림사의 천애대사의 말에 모두는 침통한 표정을 지을 뿐 뭐라 답하는 사람은 없었다. 이제 곧 결과를 가지고 진무성이 도착할 시간이었다.

하지만 한 번은 반드시 정리를 해야 할 일이었다. 누구도 엄두도 내지 못할 일을 지금 진무성이 해 주고 있는 것은 그들로서는 오히려 다행이라고 할 수도 있었다.

"오늘, 진 문주께서 본격적인 공격 계획에 대해 의논을 하자고 했는데 아무래도 며칠 안에 공격을 할 생각인 것 같지 않습니까?"

"검각에서 검후께서 직접 검각의 고수들을 데리고 온다고 하더군요."

"검후께서 직접 오신단 말입니까?"

"예, 진 문주께서 친서까지 보내어 검후가 필요하다고 한 모양입니다. 천외천궁에서도 궁주님 이하 천외천궁의 초고수들이 총출동한 모양입니다."

"검각과 천외천궁은 정파가 최악의 위기에 몰렸을 때 마지막까지 버텨 줄 정파의 보루 같은 곳인데 그곳까지 모두 출동하면 이번 전쟁은 정파의 모든 것을 쏟아붓는 것입니다. 생각하기도 싫지만 만약 패하기라도 한다면 정파는 완전히 망합니다."

"진 문주 말에 의하면 대무신가는 검각과 천외천궁까지도 세밀하게 다 알고 있을 거라 하더군요. 참가하던 안 하던 패배하면 둘 다 어차피 무사하지 못할 것이라고 했습니다."

"어쨌든 두 분을 불러낼 수 있다니 진 문주의 능력이 정말 대단하군요."

수백 년 동안 정파는 어려운 위기가 닥치면 그들에게 도움을 청했지만 검각의 검후와 천외천궁의 정예들이 동시에 출동한 것은 초유의 일이었다.

더욱이 아직 위기에 처한 것도 아니고 전쟁에 가담하기 위해 온다니 이번 전쟁이 얼마나 치열하게 전개될지 이미 짐작이 갈 정도였다.

심각하게 얘기를 나누고 있던 모두의 입이 닫혔다. 천애대사는 눈을 감고 염주를 굴렸고 무당과 화산의 무송진인과 진현자는 도호를 나직히 외웠다.

진무성이 안으로 들어섰기 때문이었다. 그의 손에는 종

이 한 장이 들려 있었다.

모두는 긴장한 표정으로 종이를 쳐다보았다.

그 안에 어떤 충격적인 이름이 적혀 있을까……

그들의 문파의 장로들이 적혀 있을 수도 있었다.

진무성은 포권을 하더니 하후광적에게 다가가 들고온 종이를 공손히 전했다.

하후광적은 종이를 펼쳤다. 어느 정도 마음의 준비를 하긴 했지만 적혀 있는 자들의 이름을 보는 순간 받은 충격은 생각보다 큰 듯했다.

"휴우~ 이들도 뇌옥에 가뒀나?"

"아닙니다. 장로전의 그분들은, 모두 그분들의 방에 감금해 놓았습니다. 방 안에서 움직이는 데는 문제가 없겠지만 무공은 사용할 수 없도록 금제해 놓았습니다."

하후광적은 종이를 옆에 있는 천애대사에게 건넸고 몇 번이나 불호를 외던 그는 다시 옆에 있는 무송진인에게 건넸다.

무송진인 역시 종이를 읽고는 안색이 굳어졌다. 그가 예상 못한 인물들이 있다는 증거였다.

모두가 침통한 표정으로 아무 말도 하지 않자 진무성은 제갈장우를 쳐다보며 말했다.

"제갈 군사님 제가 부탁 드린 것은 준비가 되셨습니까?"

"예."

제갈장우는 기다렸다는 듯이 게시판에 지도 하나를 걸었다.

무림맹이 있는 동호를 매우 세밀하게 그린 지도였다.

무황도와 뿌옇게 그려진 대무신가가 있는 수역의 거리는 지도상으로 보니 정말 매우 가까웠다.

"오늘로서 무림맹에 있는 간세들은 어느 정도 제거가 되었습니다. 하지만 저 역시 오류가 있을 수 있기에 빠진 자들이 있을지 모릅니다. 그래서 지금부터 어르신들게 알려 드리는 계획은 출동 날짜가 정해지기 전까지는 비밀을 유지해 주셔야겠습니다."

말을 마친 진무성은 대무신가가 있는 수역을 손으로 가리키면 어떻게 공격을 할 예정인지에 대해 설명을 하기 시작했다.

고금제일의 책략가인 사공무경의 전술에 대해 그는 어떤 전술로 대적을 할지 귀추가 주목되는 순간이었다.

9장

"여기가 이렇게 뿌옇게 그려져 있는 것은 이 수역이 언제나 운무가 짙게 깔려 안에 무엇이 있는지 제대로 볼 수가 없기 때문입니다. 제 생각이 맞다면 분명 진이 설치가 되어 있을 것입니다."

"저희 군사부에서 학사 여러 명이 안에 정탐을 들어갔지만 지도를 그릴 수가 없었다고 합니다. 운무 때문에 시야가 너무 짧은 것도 문제였지만 우선 무인도로 보이는 작은 섬들이 너무 많았고, 섬 사이의 뱃길이 복잡하고 암초가 많아 어느 정도 크기가 있는 배는 아예 운신조차 어려울 것 같다고 했습니다."

"황금잉어를 잡으러 들어간 어선들은 어떻게 고기를

잡고 있었습니까?"

"그러고 보니 황금잉어를 잡는 어선들이 거의 안 보였다고 했습니다."

"제갈 군사님께서 그게 가능하다고 보십니까?"

"불가능합니다. 그 수역에 들어간 어선들의 수는 확인된 것만도 삼백 척에 달합니다. 보통은 두 명에서 다섯 명이 타는 작은 어선들이긴 하지만 단순히 계산해 봐도 수역의 넓이가 삼백 척을 전부 수용하기에는 많이 작습니다. 진 문주님의 말씀대로 진이 설치가 되어 있는 것이 확실한 것 같습니다."

"그럼 진부터 처리를 해야 하지 않겠는가?"

하후광적의 질문에 진무성은 당연하다는 듯 답했다.

"진을 그대로 둔 채 공격에 들어가는 것은 스스로 호랑이의 입으로 들어가는 것과 다를 바가 없겠지요. 하지만 우선은 저번 경비대가 크게 당한 이유를 분석해 보아야 합니다."

"가장 큰 이유는 수역을 포위하고 있던 배들의 바닥에 구멍이 나면서 배가 침몰을 하기 시작한 것입니다. 배들 사이가 꽤 떨어져 있었지만 유사시 경공을 사용하면 넘어갈 수 있는 거리였습니다. 하지만 배가 침몰이 되면서 경공을 사용할 지지대가 사라졌고 배들 사이도 멀어지면서 전열이 완전히 무너져 버렸습니다."

"두 번째 이유는 어떻게 분석이 되었습니까?"

"무공의 차이였습니다. 물길을 이용해 배로 올라온 자부터 비익의를 이용해 하늘을 통해 배로 뛰어내린 자들의 무공이 경비대원들 무공보다 두 배 이상으로 강했습니다. 우왕좌왕하는 사이에 무공이 강한 자들이 나타나면서 힘도 거의 쓰지 못하고 학살을 당하다시피 죽어 나간 것입니다."

"그들의 공격은 수전에는 아주 적합한 전술이었습니다. 그렇다면 이번 공격에도 비슷한 전술을 들고 나올 확률이 높습니다. 거기다 이번에는 어부들까지 있어서 그들이 몸을 숨기기가 더욱 쉽습니다."

"사실 그 문제로 군사부에서 논쟁이 좀 있었습니다."

"어떤 논쟁입니까?"

"어부들의 피해를 최소화해야 한다는 학사들과 그렇게 강한 전력을 가진 적들을 상대로 어부들까지 챙기다가는 아군의 피해가 너무 클 것이라는 쪽 간에 언쟁이 좀 있었습니다."

"결과는 어떻게 됐습니까?"

"결과를 도출했다기보다는 절충안으로 우선 논쟁은 봉합했습니다."

"떠나라는 우리의 지시를 따라서 그 수역을 떠나는 어부들은 보호하고 지시를 따르지 않는 어부들은 대를 위해 소를 희생한다는 대의론에 따라 피해를 감수해야 한다고 했겠군요?"

진무성의 말에 제갈장우는 태연한 척했지만 속으로 깜짝 놀랐다. 군사부에서 낸 결론과 거의 대동소이했기 때문이었다.

"정확하게 맞히셨습니다. 자신들의 욕심 때문에 지시를 따르지 않고 스스로 위험을 감수하려는 어부를 구하기 위해 아군이 피해를 보는 일은 있을 수 없다고 판단했습니다."

"학사 분들이라 마교의 습성에 대해 간과를 하신 것 같습니다. 어부들은 우리의 지시를 들을 기회도 없을 겁니다. 그들이 혼란을 야기하기 위해 어부들을 죽일 테니까요."

"그 많은 어부를 죽인다는 말입니까?"

"다행히 많이 죽이지는 않을 겁니다. 그들이 원하는 것은 되도록 많은 어선들이 놀라 우왕좌왕하며 사방으로 도망치는 상황을 원할 테니까요. 그러기 위해서는 열 명에서 오십 명만 죽여도 목적은 달성할 겁니다."

"수만 많았지 수공에 약한 정파인들이 그런 혼란에 빠진다면 대응하기가 매우 어려울 것입니다."

단순히 물속에서 싸우는 것만이 수공은 아니었다. 정파인들은 대부분 내공의 고수들이었다. 정파의 수련 방식이 초식 위주보다는 운기조식을 통한 심신의 단련에서 시작되었기 때문이었다.

문제는 중심이었다.

초식을 운용하는 것도 문제지만 초식에 내공을 주입하려면 밑에서 중심을 받쳐 주는 것이 매우 중요했다.

문제는 배는 비록 잔잔한 호수라 해도 계속 흔들린다는 점이었다. 공중보다는 낫지만 그렇다 해도 진신 무공을 온전히 발휘하기에는 여러 가지로 어려움이 따랐다.

그래서 최대한 배의 흔들림을 줄이기 위해 전열을 확보하는 것이 매우 중요했다.

전열을 갖춘 상태에서 움직이면 지휘선을 따라 한 방향으로 움직이기 때문에 움직임을 최소화할 수 있지만 만약 전열이 무너지고 각자도생을 해야 하는 상황에 빠지면 배 역시 혼란에 빠진다.

배에 탄 사람들이 각자 내공을 사용하면 배 자체가 사방에서 힘을 받으며 정신없이 흔들릴 것은 자명하기 때문이었다.

정파는 물론 무림인들이 움직일 때 시간도 절약이 되고 편한 배를 이용하지 않고 굳이 육로를 통해 이동하는 것도 물에 대한 두려움 때문이었다.

 정파 제일의 책략가라는 말을 듣는 제갈장우 역시 이번 공격에 대한 계책을 마련하는 데 매우 힘든 이유도 마찬가지 이유였다.

 그는 전술을 짤 수는 있었지만 그 전술을 그대로 따라줄 수 있느냐는 또 다른 문제였기 때문이었다.

 그러나 진무성은 이미 그런 상황까지 예상하고 있었다는 듯 자연스레 다시 지도를 가리키며 입을 열었다.

 "우선 저희가 대무신가의 총가를 공격하기 위해서는 몇 가지 장애물을 효과적으로 헤쳐나가야 합니다. 먼저 쏟아지듯 밀려나오는 어선들에 숨어 물 속으로 배를 공격하기 위해 오는 적들을 막아야 하며, 진 안에 들어가는 즉시 시야가 흐려진 아군들을 기습 공격하는 자들을 퇴치해야 합니다. 그리고 수역에 있는 수많은 섬들 중 대무신가가 있는 섬을 찾기 위해서는 수색에 들어가야 하는데 분명 소수의 고수들이 잠복하고 있다가 치고 빠지는 방식으로 피해를 입힐 것입니다."

 놀랍게도 진무성은 사공무경의 전술을 거의 본 것처럼 정확하게 파악하고 있었다. 그런데 사공무경 역시 진무성이 자신의 전술을 그대로 짐작해 낼 것을 예측하고 있었다는 점이었다.

한 번도 본 적이 없는 그들이었지만 신기할 정도로 서로를 정말 잘 알고 있었다.

그러나 진무성이 짐작을 해 낼 것을 알면서도 그대로 밀고 나가는 이유는 안다 해도 특별한 해법이 없다는 사실을 잘 알고 있기 때문이기도 했다.

정파 제일의 책사답게 제갈장우 역시 진무성이 말하는 것과 비슷한 상황에 대해 심층 있게 연구를 했었다.

문제는 그조차도 어떻게 대비를 해야 할지를 아직도 생각을 못해 내고 있다는 사실이었다.

그래서 그는 대무신가에서 다른 방식으로 대비하고 있기를 바라고 있었다. 하지만 진무성도 비슷한 생각을 하고 있었다면, 대무신가 역시 그런 방식으로 방어를 할 것이 확실했다.

두 명이 생각해 낸 것을 사공무경이 놓칠 리 없었기 때문이었다.

"그 생각도 군사부에서는 했습니다. 하지만 그러기 위해서는 그들에게 백대고수의 상위에 이름을 올릴 정도의 고수들이 최소한 오십 명은 더 있어야 하는데 정말 그렇게 있을까요?"

"그건 저도 모르지요. 하지만 이런 중차대한 전쟁에서 적은 충분하게 우리는 부족하게 생각하고 전술을 짜는 것이 맞지 않겠습니까? 그리고 그동안 제가 분석한 사공무경은 그 정도의 고수도 없이 진만 믿고 버틸 자가 아닙니다. 전 그가 그보다 더 많은 고수를 거느리고 있다고 봅니다."

진무성의 말에 모두의 표정이 어두워졌다.

백대고수 상위에 포진할 정도의 고수 오십 명이면 무림맹 전체가 달려든다 해도 해볼 만한 전력이었다. 무림최대 세력이라는 무림맹에도 백대고수와 맞먹는 무공을 지닌 사람은 백 명이 넘었지만 백대고수의 상위에 이름을 올린 고수는 열 명 정도에 불과했다.

그들은 진무성이 검각의 검후와 천외천궁의 고수들까지 모두 부른 이유를 짐작할 수 있었다.

"그럼 그들의 전술을 파훼할 방법은 있으십니까?"

"당연히 있습니다. 없으면 공격을 하지 말아야지요."

진무성의 말에 모두의 표정이 펴졌다.

"정말 다행입니다. 저는 그들의 공격을 막을 방법을 찾지 못해서 고심을 하고 있었습니다."

"그 전에 부탁을 하나 드리려고 합니다."

"말씀하십시오."

"매우 위험한 작업을 할 사람이 필요합니다. 어쩌면 목숨까지 위험한 일입니다."

"여기가 무림맹입니다. 목숨 따위는 초개처럼 버릴 각오가 된 맹도들은 부지기수입니다."

"무림인이 필요한 것이 아니라 진을 해체시킬 진법의 대가들이 필요합니다. 수역의 크기로 보아 대략 열 명 정도의 진법사가 필요할 것 같습니다."

"언제까지 준비해 놓으면 되겠습니까?"

"오늘 밤까지입니다. 그분들은 저와 함께 오늘밤 저들의 수역으로 들어가야 합니다."

"시간이 좀 촉박하기는 하지만 가능합니다."

제갈장우는 진무성이 수역의 진을 해체시키려고 한다는 것을 직감하고는 흔쾌히 답했다.

진법사라면 누구라도 한 번은 연구해 보고 싶은 대형 자연진의 해체였다. 목숨을 버리고라도 해 보겠다는 진법사 열 명은 쉽게 찾을 수 있을 것 같았다.

"그럼 진은 오늘밤 해체하는 것으로 하고 잠수해서 오는 자들은 제가 처리할 방법이 있습니다."

말을 마친 진무성은 맹주단 원로들을 주욱 보더니 포권을 하며 말했다.

"다음 대책부터는 어르신들의 힘이 필요합니다. 편히 쉬실 연세인데 사지로 나가 주십사 부탁을 하는 제가 정말 송구할 따름입니다."

"진 문주 말대로 이제 뒷방에서 쉴 나이가 됐는데 마지막으로 천하를 위해 우리가 쓰일 데가 생겼으니 오히려 노부들이 진 문주에게 감사를 드려야 할 것 같구료."

고수를 상대하기 위해서는 무조건 비슷한 실력의 고수가 필요했다. 진무성은 각개격파를 노리고 숨어 있을 자들을 상대하기 위해서는 맹주단의 원로들 정도의 고수들이 필요하다고 판단했다.

"어르신들과 비슷한 무공을 지닌 분들이 여전히 삼십 명 정도가 더 필요합니다."

"걱정 마시게 무림맹에는 나서지 않고 숨어 있는 고수들이 꽤 있다네."

"정말 다행입니다. 내일이나 모레쯤이면 검각의 검후님과 천외천궁의 궁주님도 오실 것입니다. 또한 천존마성에서도 고수들을 보내기로 했습니다. 만겁마종께서 어떤 자들을 보낼지는 모르겠지만 절대 약한 자들을 보내지는 않을 것이라 생각합니다. 그렇게 되면 고수들도 그들에게 밀리지 않습니다."

고수까지 비슷한 숫자가 맞춰진다면 월등하게 수가 많은 무림맹이 완전히 유리한 싸움이라고 봐도 과언은 아니었다.

하지만 진무성은 그래도 여전히 부족하다는 생각을 하

고 있었다. 사공무혈에게 얻은 정보에 의하면 구마종의 현신이 여전히 다섯 명이 남아 있었고 천의문을 공격한 괴인들 정도의 고수도 아직 몇 명이나 더 있는지 확실치 않기 때문이었다.

그때 천애대사가 진무성을 보며 말했다.

"진 문주."

"예."

"진 문주를 만나기 위해 멀리서 오신 분이 계십니다. 잠깐 시간을 내서 그분을 만나 주실 수 있겠습니까?"

천애대사의 말을 듣자 진무성은 이상하게 가슴이 뛰는 것을 느꼈다.

'나를 계속 끌어당기는 기가 무엇인가 했는데 바로 이 분이었구나.'

"당연히 만나뵈야지요."

진무성은 생각할 필요도 없다는 듯 답했다.

도대체 누구이기에 맹주단의 원로들조차 천애대사가 말을 꺼내자 모두 경건한 모습을 보이는걸까……

"아미타불!"

불호를 왼 천애대사는 하후광적을 보며 말했다.

"잠시 진 문주와 다녀오겠습니다."

"그러십시오. 저도 인사를 드려야 하는데 극구 얼굴은

보이지 않으시려고 하니 말씀만 전해 주십시오. 말학 후배 하후광적이 성승의 가르침을 아직 잊지 않고 있다고 말입니다."

"알겠습니다. 가시지요."

천애대사를 따라나선 진무성의 눈에는 진한 궁금증이 어렸다. 현 무림에서 최고의 배분이자 나이도 대단히 많은 것으로 아는 하후광적이 스스로를 말학 후배라고 낮춰 말할 정도의 인물이 무림에 누가 존재할까……

그는 자신의 머릿속에 있는 모든 무림인들을 생각했지만 부합되는 사람을 도저히 떠올릴 수가 없었다.

"이 방 안에 계십니다. 저는 들어갈 수가 없으니 진 시주 혼자 들어가서 뵙도록 하십시오. 어떤 인연을 얻으실지 부처님의 가호가 있으시길 바라겠습니다. 아미타불!"

천애대사는 반장을 하더니 방 안쪽을 향해 말했다.

"진 시주님께서 오셨습니다."

그러자 문이 열리며 매우 수척한 노승 한 명이 나타났다. 오늘 당장 죽는다 해도 이상할 것이 전혀 없을 것 같았다.

반장을 한 노승은 쭈글쭈글한 얼굴에 미소를 지으며 말했다.

"어서 오십시오. 드디어 만나뵙는군요."

"젊디젊은 제게 존칭은 가당치도 않습니다. 편하게 말씀해 주십시오."

"나이가 무슨 상관이 있겠습니까? 전생에서는 진 시주님께서 저보다 어른이셨을 수도 있고 전 한갓 미물일 수도 있습니다. 세상의 생명이 있는 모든 것들은 존중을 받을 자격이 다 있는 것이지요. 존칭을 쓰는 것은 예의가 아니라 상대에 대한 존중입니다."

"어르신의 고언, 평생 잊지 않고 마음속에 새겨 두겠습니다."

진무성의 답에 노승은 기쁜 듯 환히 웃으며 그의 양손을 덥썩 잡았다. 무림인 간에 이런 행동은 금지였지만 진무성은 피하지 않고 순순히 잡혀 주었다.

"이런 순수한 기라니…… 인간을 망칠 수 있는 모든 악기가 시주님을 침범했음에도 그 모든 것을 다 막아 내시고 여전히 순수한 기를 간직하고 계시다니 정말 놀라울 따름입니다."

노승은 진무성의 손을 통해 느껴지는 기운에 놀란 듯 말했다.

"어르신이야말로 놀랍습니다. 어린 아기들이나 가지고 있다는 원양진기를 아직도 가지고 계시다니 정말 직접 느끼지 못했다면 믿기 어려웠을 것입니다."

"소승은 태어나자마자 모든 악으로부터 보호를 받았습니다. 아마 소승이 시주님과 같은 악귀들의 공격을 받았다면 오래전에 타락했을 것입니다."

노부나 빈승 등 그 나이에 맞는 스스로를 칭하는 호칭이 있음에도 그는 소승이라고 했다.

"어르신께서 저를 만나시겠다고 하신 이유가 있는지요?"

"소림사에서 고해를 만나셨지요?"

"뵌 적이 있습니다."

현 무림 최고 배분인 고해신승의 불명을 그대로 부르는 노승, 도대체 누굴까?"

"고해가 그러더군요. 소승이 찾는 분일지도 모른다고요."

"어르신과 저는 일면식도 없는데 어찌 제가 찾는 사람이 되겠습니까?"

"소승은 호천인 중의 일인입니다."

"호천인(護天人)이요?"

"호천인은 인간사에는 끼어들지 않지만 천의 즉 하늘의 뜻에 어긋나는 상황이 벌어지면 그것을 바로잡는 일을 하는 사람들이 세운 하늘만을 섬기는 사람들을 일컫습니다. 그렇다 하여 모든 호천인이 소승 같은 종교를 믿는 사람은 아닙니다."

"호천인은 어떤 분들입니까?"

"뜻 그대로 하늘을 지키는 사람들의 모임입니다. 그렇다고 거창한 일을 하는 것은 아니고 지옥에 있어야 할 악마가 세상일을 관여하는 것을 방해하는 정도입니다."

"그럼 굉장한 일을 하시는 분들이군요?"

"하늘이 세상을 만든 의도와는 다르게 인간이 하늘의 도를 버리고 악에 물들어 세상을 오히려 지옥으로 만드는 참담한 상황이 계속 이어지는 이유를 찾던 시대의 현인들께서 세상을 교화하기 위해 힘을 쓰던 중, 이상한 현상을 발견했습니다."

노승은 품에서 작은 책자를 꺼냈다.

"이 책은 세상에 갑작스러운 변동이 일어난 사건들을 간략하게나마 적어 둔 책자입니다. 평화로운 시기가 좀 이어지는가 싶으면 꼭 사건이 벌어져 다시 세상이 다시 혼란에 빠지는 역사가 되풀이 되고 있습니다. 심지어 세상을 바꾸기 위해 노력을 하던 황제나 이름 난 분들이 중요한 시기에 암살을 당하거나 병사를 합니다. 호천인들은 이 사건들이 우연이 아니라고 보고 있습니다."

"누군가 세상을 조종하고 있다고 보십니까?"

"처음에는 긴가민가 했지만 지금은 확실하게 누군가 있다고 믿고 있습니다. 심지어 여러 차례 그가 하는 일을 막아 낸 사례도 있었습니다."

사공무경이 이따금 그놈들이라고 칭하는 의문의 존재가 바로 호천인들이었던 것 같았다.

"그럼 그를 왜 제거하지 못했습니까?"

"여러 차례 제거를 하려고도 했습니다. 하지만 그는 너무 강했습니다. 호천인들은 그의 일을 겨우 방해는 할 수 있었지만 그를 제거한다는 것은 시도조차 할 수 없었습니다. 더욱이 문제는 그가 누구인지도 알아내지 못했다는 것이지요."

"그가 누구인지도 모르면서 어떻게 그의 일을 방해할 수 있었던 것입니까?"

"순리대로 움직이던 세상이 이유없이 갑자기 역류하면 무언가 이상이 생겼다 판단하고 역류의 원인을 찾아내 막은 것 정도입니다."

"그럼 저를 찾으신 이유도 역류의 원인을 찾아내 막으시려는 것입니까?"

"몇 년 전 소승은 아주 기이한 신성을 보았습니다. 그래서 그 별을 계속 추적했지만 종잡을 수 없이 나타났다 사라지기를 반복해서 천기가 의미하는 바를 알아내는 것조차 쉽지 않았습니다. 그러던 중 그 별이 천강성과 천살성의 빛을 동시에 뿜어내는 것을 보았습니다. 너무 선명해서 그때의 감격이 아직까지도 소승의 뇌리에 선명합니다."

진무성의 별에서 천강성과 천살성이 동시에 보이자 놀란 사람이 설화영과 사공무경 외에 또 한 명이 있었다. 노승이 바로 그 노인이었던 것이다.

"천강성과 천살성이면 완전히 상반된 성격인데 그것을 한 사람의 별에서 보았다면 오히려 걱정할 일이 아니겠습니까?"

"천강성은 천하를 평안하게 해 줄 영웅의 별이고 천살성은 세상을 공포로 몰아넣을 살성의 별입니다. 그것은 오로지 제석천의 기를 받은 사람만이 두 기운을 동시에 가지고 태어납니다. 그때부터 노승은 그 별의 주인을 찾아 세상을 떠돌았습니다. 그러던 중 진 시주님에 대한 소문을 듣고 한 번 직접 만나 봐야겠다는 생각에 이곳으로 오게 되었습니다. 그런데 소승에게 운이 따르려고 했는지 어제 처음으로 그 별이 선명하게 나타났습니다. 그리고 진 시주님을 가리켰습니다."

진무성은 난감한 표정으로 조심스럽게 답했다.

"어르신께서 오해를 하신 것 같습니다. 자세한 설명을 드릴 수는 없지만 전 하늘의 정기를 받아 태어난 사람이 아닙니다. 그냥 운이 좋아 기연을 얻었고 제가 두 가지의 기를 동시에 보인 것은 제 몸속에 아주 악질적인 자가 들어와 있기 때문입니다. 우연이 여럿이 겹쳤을 뿐 어르신께서 말씀하신 제석천과는 아무 연관이 없을 것입니다. 그리고 제석천이면…… 신 중의 신이라 일컬어지시는 분인데 어찌 저 같은 인간과 연결을 시킬 수가 있겠습니까?"

노승은 진무성의 겸손이 더욱 마음에 든 듯 미소를 지으며 말했다.

"제석천의 기운을 처음부터 가지고 태어났다면 그자의 마수를 벗어날 수 없었을 것입니다. 아마도 그자의 마수에서 시주님을 구하기 위한 하늘의 고육지책이 아니었을까 생각합니다."

"어르신, 제가 어르신이 말한 그 천기의 주인인지 아닌지는 모르지만 한 가지 분명 한 것은 천 년을 살면서 천하를 어지럽힌 그 원흉인 천마는 반드시 제가 제거할 것입니다."

"그자가 천마였습니까?"

노승은 전혀 놀라지 않았다. 천마가 아니라 진짜 마신이 환생했다 해도 그는 이미 인정할 준비가 되어 있었기 때문이었다.

"제가 알아본 바에 따르면 그는 천 년 전의 천마로 사람의 신체를 바꿔 가며 지금까지 세상을 조종하고 혼란을 야기했습니다. 그자만 제거한다면 모든 악의 근원은 사라지게 할 수 있다고 봅니다."

"그자를 제거한다 해서 악의 근원이 사라지지는 않겠지만 세상을 구하려는 성인들의 탄생을 저지하려는 자는 더 이상 없을 것 같군요."

"아주 좋은 얘기를 많이 들었습니다. 그리고 이렇게 세상을 보호하기 위해 애를 쓰는 분들이 천하에 많다는 것에 깊은 감명을 느꼈습니다."

진무성은 노승이 그를 찾은 것이 그에게 용기를 북돋아 주기 위함이라고 판단하고는 감사의 포권을 했다.

하지만 노승이 그를 찾은 것은 단지 대화만 하기 위해서가 아니었다.

"시주께서 지금 그를 만나면 십중팔구는 그에게 죽습니다."

"예? 그게 정말입니까?"

진무성은 나름 이제 해볼 만 하다고 생각했는데 노승의 말을 듣자 충격에 빠졌다. 노승의 말은 너무 진실되어 절대 거짓이 아님을 느낄 수 있었기 때문이었다.

"시주님의 무공은 이미 인간의 한계를 벗어났습니다. 무공 자체만 놓고 본다면 그자가 얼마나 강한지는 모르지만 인간의 신체를 가지고 있다면 역시 시주님의 무공과 비슷하거나 약간 정도 우위에 있을 정도일 것입니다."

"그 정도라면 제가 십중팔구로 죽을 정도는 아니지 않겠습니까?"

"무공만을 따지면 그렇습니다. 하지만 악마에게는 또 다른 무기가 있습니다. 악마들은 싸우는 상대의 정신을 파괴합니다. 진 시주께서 초인적인 정신력을 가지고 있음은 느끼고 있습니다. 하지만 그의 뇌력은 정신력만으로 견딜 수 있는 것이 아닙니다."

"뇌력이라면 어떤 것을 말씀하시는지요?"

"백팔번뇌가 진 시주의 뇌리에 도배되다시피 할 것입니다. 그 번뇌는 정신력을 갉아먹고 버틴다 해도 무공을 사용하는 데 심히 어려움을 겪도록 만들 것입니다."

"그럼 어르신은 이번 공격은 무리하다 판단하시고 저를 막으시려고 오신 것입니까?"

"제가 어찌 감히 시주님을 막고 안 막고 할 자격이 있겠습니까. 다만 그의 뇌력을 견딜 수 있도록 미력하나마 도움이 되고자 만나기를 청한 것입니다."

"그게 무슨 말씀이신지요?"

노승은 진무성이 느낀 바에 의하면 무공이 그리 높지는 않았다. 그런 그가 천마와의 싸움에서 그를 도울 수 있는 것이 무엇이 있을까?

"소승은 직접적으로 진 시주를 도울 수 있는 능력이 없습니다. 하지만 딱 하나 도움을 줄 수 있는 것이 있습니다."

"어르신께 너무 수고를 끼치는 것 같아서 거절하고 싶지만 저 역시 이번 싸움에 모든 것을 다 걸었습니다. 그래서 염치없지만 그자를 죽이는 데 도움이 되는 일이라면 고맙게 받겠습니다. 그런데 어르신 전 아직 어르신의 법명도 모르고 있습니다."

"오늘로써 소승과 진 시주 간의 인연은 끝인데 법명을 알아서 무엇 하시겠습니까?"

"인연이 끝났다 해서 생각까지 안 나는 것은 아니지요. 그때 최소한 법명은 알아야 생각하기가 수월하지 않겠습니까?"

"생각나는 것까지는 마음대로 되는 것은 아니긴 하지요. 제 법명은 무명(無名)입니다."

무명이라면 이름이 없다는 의미였지만 진무성은 탄복한 표정으로 받았다.

"어르신다우신 정말 멋있는 법명이군요. 알겠습니다. 제 마음에 꼭 담아 두겠습니다."

"진 시주님께서 바쁘신 것을 압니다. 가진 것은 시간밖에 없는 제가 너무 오래 시간을 뺏으면 안 되겠지요. 이제 시작하는 것이 어떻겠습니까?"

무명승이 그에게 주려는 것이 무엇일까……

하지만 진무성은 그것이 무엇이건 분명 사공무경을 상대하는 데 큰 도움이 될 것이라고 믿었다.

* * *

설화영은 단목환과 백리령하 그리고 곽청비와 함께 군림맹 숙소에 함께 있었다.

명목은 설화영에게 공격 전술에 대한 자세한 설명을 들으라는 것이었지만 실질 목적은 그들로 하여금 설화영을 보호하게 만들기 위한 진무성의 생각이었다.

아직까지는 그녀를 노리는 사공무경의 손길이 끝났다는 징조를 느낄 수 없어서였다.

"진 형이 맹주단 회의에서는 나오셨다고 들었는데 좀 늦네요?"

백리령하의 말에 설화영은 뭔가 짐작을 한 것이 있는 듯 답했다.

"그분께 도움의 손길이 닿았습니다. 분명 좋은 일이 있을 것이니 걱정 마십시오."

"설 소저는 진 형이 누군가를 만난다는 것을 우리와 같이 알았지 않아요?"

"그랬습니다."

"그런데 진 형에게 도움의 손길이 닿았다는 것을 어떻게 장담하시지요?"

"진 문주님의 오늘의 운세가 매우 좋았습니다. 대단한 귀인이 문주님을 만나 큰 선물을 주는 점괘가 나왔거든요."

"전에 설 소저는 그날 그날의 운세를 믿지 않는다고 하지 않으셨어요?"

"명색이 무속과 복술을 전문으로 하는 현무궁의 궁주인데 깨자마자 오늘의 운을 짚어 보는 것은 믿고 안 믿고를 떠나 꼭 해야 하는 의식 같은 것이지요. 그리고 전 신뢰를 전적으로 하지 않는다는 것이지 믿지 않는 것은 아닙니다. 특히 오늘처럼 좋은 점괘가 나오면 믿습니다."

"호호호~ 점괘도 좋고 나쁨에 따라 믿고 안 믿고 하는군요?"

"나쁜 점괘가 나오면 만약을 위해 대비는 하지만 틀리기를 바랍니다. 좋은 점괘가 나오면 맞기를 바라는 기대를 하고 맞으면 기뻐하지요."

"설 소저의 말씀을 들으면 점이나 예지를 믿으라는 말인지 믿지 말라는 말인지 헷갈릴 때가 있다니까요?"

"헷갈릴 필요 없이 자신이 믿고 싶은 것만 골라서 믿으시면 됩니다. 그러나 아주 나쁜 점괘는 믿음과는 상관없이 대비를 하시는 것이 좋겠지요."

"어쨌든 진 형은 매우 귀한 귀인을 만날 점괘가 나왔으니 지금 만나는 분이 귀인일 테고 당연히 이번 싸움과 연관되어 도움이 될 만한 일이 있을 것이라는 것이 설 소저의 분석인가 보네요?"

"백리 부맹주님의 말씀이 맞습니다. 그러니 어떤 좋은 소식을 가지고 올지 기대해도 될 것 같습니다."

백리령하는 설화영이 자신의 점괘가 맞기를 무척이나 고대하고 있음을 느끼자 고개를 끄덕였다.

'조용한 내조…… 티 나지 않는 기대…… 정말 같은 여자인 내가 남자라도 저런 여인에게 눈길이 갈 수밖에 없겠구나…….'

백리령하는 그녀가 진무성의 사랑을 받게 된 이유가 너무 많다는 것을 느꼈다.

"맹주님 오십니다."

그때 밖에서 군림맹 경비대장의 목소리가 들려왔다. 드디어 진무성이 온 것이었다.

그리고 문을 열고 안으로 들어선 진무성을 보며 모두의 표정이 미묘하게 변했다.

맹주단에 가기 전과 달라진 것은 전혀 없었다. 아니 달라진 것이 하나 있었다.

그의 얼굴에 슬픔이 보였다.

"무슨 일 있으십니까?"

설화영은 진무성의 기분을 즉각 알아채고는 그가 앉자마자 옆으로 다가가 찻잔에 따뜻한 차를 따르며 물었다.

"오늘 내게 너무 고마운 분이 나를 위해 자신의 목숨을 바치셨습니다."

"만나신 분이 돌아가셨습니까?"

"아직은 괜찮으십니다. 하지만 최소한 생명이 이십 년은 줄어드셨을겁니다. 문제는 그분의 연세가 이십 년이 줄어들면 곧 돌아가실 것이라는 점이지요."

* * *

무명대사는 진무성의 윗도리를 벗으라고 하고는 그의 등 가장 중요한 혈도 두 곳에 자신의 장심을 갖다 댔다.

부자지간이나 사제지간에도 함부로 보이지 않는 등을 거리낌없이 보이는 진무성을 보며 무명대사는 불호를 외며 중얼거렸다.

'제석천의 현신이야…….'

그리고 곧 무명대사의 장심에서는 무엇인가 뜨거운 열기가 진무성의 몸으로 들어갔다.

이미 내공적으로는 한계에 찬 진무성에게 일갑자 정도의 내공을 집어넣는 것은 아무 의미가 없었다. 더욱이 무명대사는 일갑자의 내공에도 못 미쳤다.

[지금부터 내가 집어넣은 기를 내가 말하는 대로 이동해 주십시오. 정혈……]

무명대사의 전음을 들은 진무성은 그가 집어넣은 기를 그가 말하는 혈도로 보냈다. 그것은 분명 무공을 위한 내공은 아니었다. 그러나 무명대사가 마지막으로 말한 백회혈로 보내자 진무성의 모든 기가 끓어오르기 시작했다.

보통 사람은 겪지 못한 여러 기연을 겪은 그조차도 이번 기의 준동은 당황스러울 정도였다. 만약 무명대사를 완벽하게 신뢰하지 않았다면 그가 자신에게 해를 끼치려는 것은 아닌가 하는 생각을 했을지도 몰랐다.

그의 머리는 깨질 것처럼 아팠고 온몸의 근육은 산 채로 찢어 내는 고통을 그에게 주고 있었다.

마노야 만나 암흑의 공간에서 당했던 고통에 능히 비견할 정도의 고통이었다.

특히 그의 무공의 근간이라고 할 수 있는 천극혈성마공의 기들의 준동은 실로 난장판을 벌인다고 해도 과언이 아닐 정도로 엄청난 움직임을 보이고 있었다.

진무성은 이해를 할 수가 없었다.

무명대사가 넣은 기는 그가 가지고 있는 내공과 비교한다면 실로 미약하기 짝이 없었다. 거기다 십이성 완성한 천극혈성마공을 견줄 수 있는 힘은 천하에 거의 없었다.

  그런데 그 미약한 기가 전혀 밀리지 않았다. 아니 오히려 천극혈성마공을 휘젓고 다니며 그들을 제어하려 드는 것 같았다.

  [시주께서 너무 강력한 마공을 익히고 있어서 고통이 심할 것입니다. 하지만 제가 준 것은 무공으로 쌓은 내 기와는 다른 것인지라 주화입마나 내공에 문제가 되지는 않을 것입니다.]

  무명대사의 전음을 마지막으로 진무성은 무아지경에 빠져 들어갔다.

  그가 모습을 드러낸 곳은 암흑의 공간이었다. 거의 매일 무공 수련을 하는 곳이라 그에게는 대단히 익숙한 공간이었지만 오늘따라 너무 낯설었다.

  진무성의 무공이 강해짐과 동시에 암흑의 공간에는 백색의 공간도 같이 형성이 되었다.

  진무성이 모습을 드러낸 곳은 언제나 백색광의 중앙이었다. 예전의 암흑의 공간은 백색광에 밀려 밖을 에워싸고 있었다.

  그런데 오늘은 백색광과 암흑의 공간이 뒤섞여 있었

다. 그의 몸에서 뿜어 나오는 금광에 의해 공간 자체가 꼬이고 있었다.

예전에도 그의 몸에서 금빛의 강기가 뿜어지는 경우가 종종 있었다. 물론 진무성은 그때마다 무아지경에 빠져 있어 모르고 있었다. 그러나 지금 그의 몸에서 뿜어져 나온 금광은 그때 나타났던 금빛의 강기와는 많이 달랐다.

진무성은 언제나처럼 전력을 다한 수련에 들어갔다. 그 어느때보다도 더욱 치열했다. 고통을 줄이는 데는 전력을 다해 무조건 사방을 쳐 대는 것이 효과가 있다는 것을 경험적으로 알고 있었기 때문이었다.

그런데 놀라운 광경이 펼쳐지기 시작했다.

그간, 어떤 공격에도 암흑의 공간은 변화가 없었다. 백색광에 밀리기는 했지만 그저 빛에 밀린 그림자처럼 물러났을 뿐이었다.

그런데 그 암흑이 그의 금광에 찢어지고 깨지고 있었다. 그렇게 얼마나 시간이 흘렀을까……

눈을 뜬 진무성은 무명대사가 보이지 않자 깜짝 놀라 주위를 살폈다. 그리고 서찰 하나를 발견할 수 있었다.

—부처님의 광휘는 세상의 어떤 마도 물리치고 부술 수 있습니다. 제가 시주님께 넣어 드린 것은 소승이 백 년간 키워 온 불력(佛力)입니다. 보통 사람들에게는 아무것도

아니지만 마기가 강한 자일수록 더욱 큰 힘을 발휘하는 힘이니 시주께 큰 도움이 되기를 바랍니다. -

"그 서찰만을 남기시고 떠나셨더라고."

진무성의 말을 다 들은 모두는 탄성을 터뜨렸다.

"불력이라는 것은 불심이 강한 스님들의 신실한 마음이라고 알고 있었는데 그게 무공이 될 수도 있다니 처음 알았네."

"무공이 아니라 상대의 마기를 막아 준다잖아. 알아서 마기를 막아 준다면 마두들과 싸울 때 얼마나 큰 도움이 되겠어?"

단목환과 백리령하가 축하한다는 듯 기뻐하며 말할 때, 이번에도 곽청비는 다른 것에 생각이 꽂혔다.

"진 형, 그런데 무명 대사님께서 진 형이 너무 강력한 마공을 익히고 있어서 고통이 심할 거라고 했다는 게 무슨 말이야? 진 형이 마공을 익히고 있었어?"

진무성은 이크! 했지만 태연하게 말을 받았다.

"마공이라기보다는 인간들이 가지고 있는 본성에 마가 있는데 내가 유독 강하다는 의미셨겠지. 너희도 알다시피 내가 사람을 얼마나 죽였어. 마가 아마 켜켜이 쌓여 있을걸?"

"그런 의미가 아닌 것 같았는데……."

"자, 내가 시간을 너무 많이 사용했다. 설 군사에게 설명을 들었겠지만 다시 한번 점검하자 공격은……."

진무성은 곽청비가 또 꼬치꼬치 파고들 것 같자 즉시 화제를 돌렸다. 지금 대무신가를 공격하는 것보다 중요한 일은 없었다. 곽청비는 의아했지만 더 이상 물을 수는 없었다.

진무성은 아직 무명대사가 준 불력의 위력을 확실하게 모르고 있었지만 그에게는 실로 엄청난 선물이었음을 곧 알게 된다.

* * *

천성실에 들어와 천장을 연 사공무경은 천기를 한참 동안 살피더니 고개를 갸웃했다. 그리고 정운을 보며 물었다.

"준비는 잘되고 있느냐?"

"가주님께서 정해 주신 대로 요소요소에 잠복을 완료했고 수익조는 이미 어부들 사이에 들어갔습니다. 비익단도 명령만 떨어지면 곧장 날아갈 수 있습니다."

고개를 끄덕인 사공무경은 이번에는 사공무일을 보며 물었다.

"초인동도 준비는 끝났느냐?"

"구마종 다섯은 진을 중추를 담당하는 섬에 배치시켰습니다. 진무성이 직접 온다 해도 구마종 다섯을 어찌하지는 못할 것입니다. 남은 초인들 열둘은 총도에 다섯 명 일곱 명은 총도 주위에 있는 섬에 한 명씩 배치했습니다. 누그든 섬에 올라서는 순간 시체로 변할 것입니다."

"초인동 중추실은 내가 말한 대로 다 준비해 놓았느냐?"

"예, 한 개의 관을 더 준비해 환혼액을 채워 놓았고 지금 약사들이 시간에 맞춰 환혼액에 약초들을 집어넣고 있습니다. 완전 숙성이 되려면 내일 자정은 되어야 할 것 같습니다."

"그 안에 쳐들어오지는 않을 것이니 시간은 충분하다."

"가주님."

그때 사공무천이 조심스럽게 불렀다.

"무슨 일이냐?"

"무림맹에 뭔가 일이 벌어진 것 같습니다. 본 가에 정보를 보내던 모든 간세들의 연락이 끊겼습니다."

"전부 다 말이냐?"

"예."

"진무성이 무림맹에 도착한 것이 삼 일 전이다. 그 많은 간세들을 다 잡아 낼 수는 없을터, 아마 연락을 취할 기회를 못 잡고 있을 것이다. 그리고 이미 공격을 시작하면 무차별적으로 죽이라고 명을 내리지 않았느냐?"

"내렸습니다."

"그럼 연락이 오건 안 오건 상관이 있겠느냐?"

"그래도 갑자기 한 명도 연락을 안 하니 좀 불안해서 말씀드린 것입니다."

"어차피 간세들은 전쟁의 승패와는 큰 상관이 없다. 그냥 놈들에게 우리의 무서움만 알려 주면 된다. 목표는 진무성이다. 진무성이 총도에 상륙하면 놈이 초인동을 찾아올 때까지 아무도 막지마라."

"초인동은 총도에서도 가장 깊숙한 곳에 자리를 잡고 있는데 그놈이 초인동을 찾아갈 수 있을까요?"

"당연히 찾아온다."

사공무경은 진무성의 기운을 이미 느끼고 있었다.

비록 그가 있는 총도와 무림맹이 있는 무황도가 가깝다고는 하지만 거리상으로는 거의 삼마장이나 떨어져 있었다. 그런데 진무성의 기를 느끼다니 도저히 불가능한 일이었다.

하지만 그 불가능한 일을 사공무경은 느끼고 있었다. 그리고 그 불가능을 해내고 있는 또 한 사람이 있었다.

* * *

"사공무경이 내가 온 것을 느끼고 있어."

"느껴지십니까?"

"응, 느껴져. 지금 나보고 빨리 오라고 부르고 있어."

"지금 진법사들이 준비를 하고 있는데 상공을 느낀다면 진을 해체하러 가시는 일이 위험하지 않겠습니까?"

"그가 나를 느끼고 내가 그를 느낀다고 그가 어디에 있는지 아는 것은 아니야. 내가 진법사들과 움직인다 해도 사공무경은 내가 어디에 있는지 정확한 위치까지는 알 수 없을 거야."

지금 둘이 서로를 느끼는 것은 기를 감지해서가 아니라 일종의 감응 현상이었다. 그래서 서로를 느끼고 곧 만나게 될 것을 알고는 있지만 그렇다고 위치와 생각까지 알 수 있는 것은 아니었다.

"그래도 혹시 모르니 조심 또 조심하십시오."

설화영은 흑색 경장으로 갈아입고 떠날 준비를 하는 진무성을 보며 자신도 모르게 눈에 눈물이 흘렀다.

이제부터 헤어지면 다음은 없을지도 모를 시간이 계속 이어질 것을 생각하니 가슴이 메어 와서였다.

하지만 진무성은 그녀의 마음을 아는지 모르는지 사공

무경이 있는 방향을 보며 입술을 잘근 씹었다.
 창룡으로 불리기 시작한 이후, 그는 처음으로 온몸이 조여드는 긴장을 느끼고 있었기 때문이었다.

10장

 초인동 중추실에 들어선 사공무경은 가운데에 원래 있던 관을 향해 다가갔다.
 그 안에는 뿌연 액체가 가득 차 있었고 한 괴인이 그 안에 들어가 있었다. 숨을 쉴 수 있도록 코에 밀짚을 달아 놓은 것으로 보아 살아 있는 사람인 것은 분명했다.
 "거의 완성 단계인데 좀 아깝군……."
 사공무경이 자신이 옮겨갈 신체로 그를 점찍은 것은 그가 태어나자마자였다. 이후 관으로 옮겨진 그는 사십 년이 다 되어 가는 지금까지 관에서 나오는 것은 물론 눈조차 떠 본 적이 없었다.
 그렇다고 그를 불쌍하게 생각한 적은 한 번도 없었다.

사공무경에게 그는 자신의 정신을 담아 줄 그릇에 불과했기 때문이었다.

그는 오늘 진무성이 사공무경에게 제압을 당하면 그가 그동안 몸에 축척한 모든 것을 진무성에게 흡수당하고 뼈와 가죽만 남은 비참한 모습으로 버려지게 될 것이었다.

구마종이나 다른 초인들 역시 같은 목적으로 데리고 왔지만 그보다 떨어진다는 평가를 받은 덕에 종신적으로 금제를 받기는 하지만 그래도 새로운 인생을 살 수 있었다.

그러나 이자는 최고의 신체라는 찬사를 받은 탓에 눈을 떠 볼 기회조차 얻지 못하고 사라질 운명에 처했으니 생각이라도 가능했다면 너무 억울해서 쉽게 눈을 감지 못했을 것이었다.

사공무경은 새로이 준비된 관으로 걸음을 옮겼다.

진무성을 발견한 후, 그는 모든 목표는 오로지 진무성이었다. 금자 십만 냥을 들여 공청석유와 만년설삼 그리고 천년성형하수오 등 구할 수 있는 영물급의 약초들은 모두 사들였다.

그리고 천마환혼대법을 하는 동안 생기는 부작용을 제거하기 이해 특별히 제조한 환혼액에 정밀한 시간과 양을 맞춰 투입해 왔다. 그리고 드디어 오늘 모든 배합이 다 끝났다.

환혼액은 신기하게 열기가 전혀 느껴지지 않음에도 죽이 끓듯 맹렬하게 끓고 있었다.

사공무경은 손가락을 환혼액에 한 번 담그더니 그 손가락을 입으로 가져가 빨아먹었다. 그리고 눈을 감고 제대로 배합이 되었는지를 직접 검사하고는 만족한 듯 고개를 끄덕였다.

밖으로 나간 그는 중추실 앞에 놓인 태사의에 앉았다.

지금 그가 있는 방은 얼마 전까지만해도 수십여 구의 초인과 구마종이 관에 누워 있던 곳이었다.

하지만 그들은 이제 모두 풀려났고 모든 관은 다른 곳으로 옮겨졌다.

'이만하면 방해없이 한 번 싸워 볼 만하겠군.'

널찍한 광장을 한 번 훑어본 그는 눈을 감았다. 그러자 그의 몸에서 검은 묵기가 뿜어져 나오더니 광장 전체를 덮어 나갔다. 그리고 곧 광장은 자신의 손도 보이지 않을 정도로 어두운 공간으로 바뀌어 버렸다.

흡사 진무성이 매일 빠져드는 암흑의 공간을 이곳으로 옮겨 놓은 것 같았다. 다른 점이 있다면 이곳의 공간 속에는 무엇인가가 숨어 있는 듯 끊임없이 꿈틀대고 있다는 것이었다.

* * *

진무성이 진법사들과 떠나고 반 시진 정도 지났을까…….

무림맹이 갑자기 바빠지기 시작했다.

무림맹의 대부분의 사람들은 대무신가의 총가에 대한 공격이 이틀 후로 알고 있었다. 하지만 간세들을 모두 잡아 가둔 진무성의 계획은 달랐다.

간세들은 이미 진무성이 이틀후에 공격을 시작할 것이라는 사실을 보고 받았을 것이 분명했다.

물론 이틀 빨리 공격한다 해서 사공무경이 허술하게 있을 자가 아님은 알고 있었지만 조금이라도 허를 찌르기 위한 방편이었다.

진무성이 진법사를 데리고 진을 해체하는 동안 무림맹의 모든 무력단들은 수역을 완전 포위하기로 했다. 그동안 감시하는 배들이 수시로 교대를 해 왔기에 자연스럽게 이동을 하는 것은 가능했다.

물론 그 수가 이천 명이 넘기 때문에 불을 전혀 밝히지 않고 배도 검은색을 칠해 놓았다.

모두 네 방향으로 모였고 총지휘는 하후광적이 부분 지휘는 맹주단의 호법들이 자파의 장로들을 이끌고 맡기로 했다.

단목환과 백리령하 그리고 곽청비는 군림맹도들과 천의문도들을 이끌고 최전방에서 첫 공격조의 임무를 맡았다.
 진무성의 급조한 계획이 아니라 이미 치밀하게 준비를 했음을 알 수 있었다.
 "저 안개를 진 형이 없앨 수 있을까?"
 "진 형이 언제 빈말을 한 적이 있었나? 한 시진이야. 그 안에 반드시 없앤다고 했어. 우린 시간에 맞춰 공격에 들어가면 되는 거야."
 단목환의 목소리에는 비장함이 가득했다.
 이번 전쟁은 그 어느때보다도 어려운 싸움이 될 것이 분명했다. 그리고 어쩌면 이제 가족 같은 사이가 된 백리령하나 곽청비도 오늘이 지나면 다시는 못 보게 될 수도 있음을 알고 있었다.
 "난 이만 내 배로 가겠다. 그냥 한 마디만 할게, 죽지 마라."
 백리령하 역시 무거운 표정으로 한 마디하고는 몸을 날려 자신의 지휘선으로 돌아갔다.
 곽청비는 지금 이런 상황이 너무 싫다며 이미 자신의 배로 돌아가 있었다.
 단목환이 지휘하는 무림맹의 무사는 백 명이었다. 하지만 무림맹의 무력단에서도 엄선한 정예 중의 정예로 말 그대로 일당백의 전사들이었다.

그들이 들어가서 총가가 있는 섬을 찾아 신호를 보내면 외곽에서 대기하고 있는 무림맹의 고수 천 명이 곧장 달려오게 되어 있었다.

"공자님, 오형묵 채주가 자신들은 준비가 다 되었다고 연락해 왔습니다."

"알았습니다. 그들의 무공이 약해서 상당한 피해가 예상되니 신 대주님께서 끝까지 그들을 엄호해 주셔야 합니다."

"걱정 마십시오. 명궁수 오십 명이 화살 천 대를 가지고 언제라도 쏠 준비를 하고 있습니다."

물속을 헤엄쳐 들어와 배에 구멍을 뚫어 버리는 대무신가의 수익조를 막을 방법은 무림인들에게는 없었다. 그들을 막지 못한다면 매우 불리한 싸움을 해야 한다는 사실을 아는 진무성은 그들을 막을 방법을 찾아야 했다.

그리고 그들만큼이나 물에서 강한 자들을 찾아낼 수 있었다. 장강을 무대로 온갖 나쁜 짓을 도맡아 하고 있는 장강수로채라 불리는 수적들이었다.

물에 관한한 거의 물귀신이라고 불리는 그들이라면 수익조를 막을 수 있을지도 몰랐다.

하지만 무공을 모르는 수적들에게 무조건 막으라고 한

다면 그냥 죽으라는 말이나 마찬가지이기 때문에 수군들이 사용하는 수시(水矢)를 준비했다.

물을 잘 파고들고 물속에서 휘지도 않게 촉과 대가 만들어져 수군들이 물 속에 있는 자들을 제거할 때 사용하는 화살이었다.

다행히 수시는 중부수군지휘사에서 충분하게 빌려올 수 있었다. 물론 그에 상응하는 상당한 뇌물이 전해졌음은 당연한 수순이었다.

비익의를 타고 날아오는 자들을 막기 위해 하늘을 겨냥하여 배치해 둔 철강시는 전면으로 옮겼다. 기습을 해 오는 자들의 배를 공격하게 하기 위함이었다.

공격준비는 사공무경의 전술에 대적하기에 완벽했다. 하지만 두 가지 전제 조건이 충족되지 않는다면 진무성의 준비는 모두 허사가 될 수 있었다.

그것은 진이 제 시간 안에 해체가 되어야 한다는 것과 대무신가의 고수들이 진무성의 추측보다 많으면 안 된다는 것이었다.

* * *

'역시 장소만 달라졌을 뿐, 안탕산에 설치되었던 혼천

만겁진과 같은 진이야.'

진무성은 그동안 그가 방문했던 사대금지구역이나 삼지가 등을 보호하는 진이 혼천만겁진을 약간 변형한 아류들이라는 것을 알았다.

그렇다면 진을 해체하는 열쇠는……

진무성은 수역을 그림 그림과 안탕산의 진세를 비교하며 열 군데의 중요 지점을 찝어 냈다.

혼천만겁진은 진을 해체하기 위해 중요한 진의 구성 요소를 최소한 세 군데를 없애야 했다.

열 명 중 셋만 성공하면 된다는 의미였다. 그러나 그러나 그 셋만 없애는 것으로는 진에 영향을 주지 못했다.

진을 관장하는 중추 요소를 완전 파괴해야 효과가 나타나기 시작한다.

진무성은 진법사와 그를 보호할 무사들을 무인도로 보이는 작은 섬에 내려 줬다.

[이 안에 진을 구성하는 물건이 있을 겁니다. 반드시 찾아내서 없애야 합니다.]

[섬이 생각보다 작아 쉽게 찾을 수 있을 겁니다.]

[그럼 이따 뵙겠습니다.]

이따 뵙겠다는 말.

으레 하는 인사말일까? 아니면 꼭 살아남으라는 격려

일까?

 진무성은 급히 배를 돌려 다른 곳으로 향했다.

 배는 삼십 명이나 타고 있었으니 작은 배는 아니었다.

 빛도 없고 검은색으로 칠해져 있어 가까이 보기 전에는 배가 있는지조차 모를 정도였다.

 속도는 쾌속선보다 빨랐고 소리조차 나지 않았다. 배를 돌릴 때도 노가 필요 없었다.

 진무성이 아예를 배 전체를 공력을 이용해 움직이고 있었기 때문이었다.

 대무신가에서도 수역 여러 곳에서 감시하는 자들이 있었지만 전혀 눈치를 채지 못하고 있었다.

 모두를 내려 준 진무성은 드디어 진의 중심에 있는 섬으로 향했다.

 이곳을 시간 안에 없애야만 했다.

 만약 늦으면 전쟁은 패한다.

 진무성은 섬을 향해서 몸을 날렸다.

 다른 곳은 몰라도 이곳은 분명 지키는 자들이 있을 것이 분명했다. 바로 여기만 온전하면 다른 요소들이 파괴된다해도 진 전체는 유지된다.

 하지만 이곳이 파괴되면 진법사들이 없앤 곳을 따라 진이 끊어지며 더 이상 진의 효과는 없게 되기 때문이었다.

그리고 섬에 상륙한 진무성은 진의 유지하는 중심을 곧 찾아낼 수 있었다.

'섬 자체가 진의 요소로구나.'

섬 가운데에 서 있는 기이한 형상의 거대한 바위는 어찌나 큰지 섬 자체라고 해도 될 정도였다.

'한 번에 부순다.'

진무성은 취약해 보이는 곳을 골라 손을 뻗고는 진기를 끌어올리기 시작했다.

하지만 그는 곧 손을 내릴 수밖에 없었다. 진무성조차 즉시 알아채지 못할 정도로 엄청난 고수들이 산 주위를 보호하고 있었기 때문이었다.

그리고 그것은 그에게는 아주 익숙한 기운이었다.

'구마종?'

그것도 한 명이 아니라 다섯이었다. 살아남아 있는 구마종 전체를 이곳에 보내 지키기로 한 것은 사공무경의 판단이었다.

한 명의 고수가 아쉬운 판에 가장 중요한 구마종을 모두 한 곳에 둔다는 것은 이해할 수 없는 처사였지만 사공무경은 오히려 진이 이번 전쟁의 승패를 좌우하는 최고의 중요 조건으로 판단하고 있었다.

그리고 마노야라면 분명 그곳을 찾아낼 것이고 그곳을

파괴하기 위한 뭔가를 할 것인데 적은 수로 그것을 막아 낼 수 있는 것은 구마종이 제격이라는 이유였다.

하지만 사공무경은 최소한 백 명 이상의 대규모 기습이 일어날 것으로 생각했지 진무성이 직접 나설 줄은 예상하지 못했다.

아무리 중요한 공격이라 해도 직접 나설 곳과 나서지 않을 곳을 정확하게 구분해 놓고 있는 그로서는 진무성이 수하들이 할 수 있는 일을 수장인 그가 직접 움직인다는 것은 이해를 할 수 없었기 때문이었다.

그리고 그 작은 판단의 실책이 사공무경에게는 최대의 실책이 되어 가고 있었다.

* * *

쾅!
퍼펑!
엄청난 폭음과 함께 지진이라도 일어난 듯 동호의 호수 전체가 흔들릴 정도의 충격파가 퍼져 나갔다.

아직은 진이 여전히 작동을 해서 어디서 어떤 일이 벌어지고 있는지 파악을 할 수는 없었지만 단목환 등은 진무성이 생각지 못했던 엄청난 고수와 만났다는 것은 금방 눈치챌 수 있었다.

 그리고 곧 단목환의 배에서 출격을 의미하는 깃발이 올라왔다. 여전히 운무가 가득한 데 단목환은 정확한 시간에 출발 신호를 보낸 것이다.

 만약 진무성이 진을 해체하는 데 실패한다면 너무 빠르게 안으로 진입한 단목환 등은 큰 피해를 입을 수도 있는 상황임에도 출발을 했다는 것은 그가 얼마나 진무성을 신뢰하는지를 단적으로 보여 주는 것이었다.

 쾅!

 앞의 폭음보다 더 큰 소리가 터져 나오며 배들이 출렁거렸다.

 그리고 놀랍게도 운무가 사라지고 있었다.

* * *

"무슨 일이냐?"

 갑작스러운 폭음 소리와 더불어 총가까지 흔들리는 진동에 깜짝 놀란 사공무천이 방문을 열고 소리쳤다.

 "지금 사태를 파악하고 있는 중입니다. 아무래도 지진이 일어난 것은 아닐까 싶습니다."

 "그동안 예를 보면 십 년에 한두 번 있는 지진이 왜 하필 오늘 일어난단 말이냐?"

사공무천의 호통에 상관일웅은 답을 못하고 고개를 조아릴 뿐이었다. 애초에 지진은 언제 일어날지 알 수도 없거니와 안다 해도 막을 수 있는 것이 아니지 않는가……

"군사는 왜 온 거냐?"

사공무천은 정운이 급하게 달려오자 검미를 찌푸리며 물었다. 다급하게 달려오는 모습만 봐도 좋은 소식이 아님을 즉각적으로 느낄 수 있었기 때문이었다.

"진에 문제가 생긴 모양입니다."

"어떤 문제가 생겼다는 거냐?"

"아직 무엇 때문인지 이유는 알아내지 못했습니다. 다만 총도의 주위를 가려 주던 운무가 사라지고 있었습니다."

"백 년이 넘게 아무 문제가 없던 진이 왜 하필 지금…… 혹시 방금 일어난 지진 때문이냐?"

대무신가의 일원답게 미신을 신봉하는 그는 전쟁 전에 편히 자는 것은 부정이 탄다며 잠도 침대에서 자지 않을 정도였다. 그런데 멀쩡하던 진이 문제가 생겼다고 하니 심기가 극도로 불편해질 수밖에 없었다.

"지진이 아닌 것 같습니다."

"총도 전체가 흔들리는 느낌을 받았다. 지진 아니면 그럴 수 있는 것이 무엇이 있다는 말이냐?"

"태상호법님!"

그때, 대무신가 수역의 총지휘를 맡고 있던 사공치흉이 다급한 표정으로 달려왔다.

"넌 지휘를 하는 놈이 여기로 오면 어떻게 하느냐!"

"무림맹이 공격해 들어왔습니다."

정신없이 쏟아지는 보고에 사공무천은 벌컥 소리쳤다.

"뭐야! 무림맹 공격 날짜는 이틀 후가 아니더냐?"

"며칠 연락이 없더니 무림맹에 심어진 본 가의 정보망에 문제가 생긴 것 같습니다."

"놈이 우리를 속였다는 말이구나?"

"속였다기보다는 그것도 하나의 전술이니 그것을 예상 못 한 제 실책이 큽니다."

하지만 사공무경까지도 예상을 못 한 일을 정운에게 죄를 물을 수는 없었다.

"놈들이 이틀 먼저 공격을 했다 하여 달라질 것은 없다. 훈련한 대로 놈들을 죽인다."

"몇 가지 차질이 생겼습니다."

"무슨 차질이냐?"

"혼란을 야기할 어부들의 배가 무림맹 놈들의 지시하에 일사불란하게 수역을 빠져나가고 있습니다. 그렇다고 지금 죽이는 것도 잠복한 수하들의 정체를 드러내게 되기 때문에 쉽지가 않습니다."

"안 되는 것은 포기할 줄도 알아야지! 당장 수익조부터 공격을 시도하라고 해라. 선두에 선 배들만 우선 침몰시켜도 놈들의 전열을 흐트러뜨리는 데는 충분할 게다."

"이미 수익조는 어부들 사이에 숨어서 배가 오면 무조건 들어가 구멍을 내기로 되어 있으니 그대로 행할 것입니다. 문제는 암초와 무인도를 이용한 공격이 운무가 사라지면서 큰 차질이 생겼습니다."

"가만! 그럼 진에 문제가 생긴 것이 누군가 의도적으로 진을 파훼했다는 말인가……? 그럴 리가 없는데?"

사공무천은 뭔가 예상치 못한 일이 벌어졌을지도 모른다는 생각이 들었다.

진에 문제가 생기려면 진의 중추를 파괴한 후, 진을 형성하는 지형물 몇 군데만 없애면 가능했다. 그 말은 진의 중추만 안전하면 진은 여전히 작동한다는 의미였다.

그래서 사공무경이 구마종 중 남은 오마종 전부를 진의 중추를 이루는 섬에 배치한 것이 아니던가……

"정운, 아까 그 폭음이 구마종들이 지키는 중추도에서 들려온 것은 아니겠지?"

사실 정운이 급히 이곳에 달려온 이유가 바로 중추도에 이상이 생겼다는 사실을 직감해서였다. 다만 아직 확실치 않아 당장 말을 꺼내지 않았던 것이었는데 사공치흥의 말대로 운무가 사라진다면 그의 생각이 맞았다는 의미가 아니겠는가……

"폭음의 진원지가 중추도에서 일어난 것은 맞습니다. 다만 오마종께서 계시는데 무슨 일이 벌어진다는 것이 상상이 안 돼서 즉시 보고를 드리지 못했습니다."

"오마종이고 뭐고 이미 일은 벌어진 것이 아니냐? 군사는 당장 나가서 상황을 보면서 적들의 공격에 대처해라."

사공무천은 이미 시작부터 계획이 어긋나자 불안과 함께 짜증이 치밀어 올랐다. 하지만 그렇다 하여 그들이 패배할 것이라는 생각은 전혀 하지 않았다.

그만큼 그들의 전력은 막강했기 때문이었다.

하지만 그의 예상과는 다른 것이 더 있었다는 것을 그는 짐작도 못 했다.

이런 전쟁에 나서지 않는 무림맹의 호법들과 장로들, 심지어 하후광적까지 이 전쟁에 참여했다는 사실이었다.

더욱 그가 알면 놀랄 일은 천존마성에서 만겁마종이 천존마성의 최고수들을 이끌고 직접 왔다는 것이었다.

상당한 고수들을 보내 줄 것은 예상했지만 만겁마종이 직접 온 것은 무림맹의 어른들도 경악했을 정도였다.

거기에 검각의 검후와 천외천궁의 궁주까지 왔으니 그가 자신했던 전력상의 우위도 자신할 수 없는 상태라는 것을 그는 아직 몰랐다.

* * *

전쟁은 시작부터 격렬했다.

진무성의 예상대로 수익조가 배를 노리고 잠수해 들어왔지만 그들보다 수영을 더 잘하는 자들이 그들을 막아섰다. 비록 수적들의 무공은 수익조들에 비해 매우 약했지만 그들의 임무는 수익조들과 싸우는 것이 아니라 그들의 위치를 알려 주는 것이었다.

수적들은 그물을 펼쳐 수익조들의 주위를 감쌌다.

평상시 같으면 그런 공격은 아무 소용도 없었다. 수익조들의 무공이라면 그런 그물 따위는 단번에 잘라 버릴 수 있기 때문이었다.

하지만 그물이 둘러싸는 것은 배에서 준비를 하고 있는 궁사들에게 수익조가 있는 지점을 알려 주기 위한 것이었다. 거기다 그물은 어찌 됐건 수익조들의 움직임을 방해했다.

갇히는 순간 그 위로 쏟아지는 수시들을 수익조들은 피

하지 못했다. 피할 곳이 없을 정도로 쏟아져 들어왔기 때문이었다.

동호의 물은 수익조들이 흘린 피로 금세 벌겋게 물들었다. 다행인 점은 그 핏물을 어둠이 가려 주고 있다는 것이었다.

하지만 시체들이 떠오르면서 그럭저럭 질서 있게 빠져나가던 어선들이 서로 먼저 나가려고 속도를 내면서 수역은 혼란에 빠지기 시작했다.

"우우우우!"

그때 용음이 울리며 공중에 하후광적이 나타났다.

"지금부터 지시를 따르지 않고 무작정 나가려는 자들이 있으면 그대로 참수해라!"

평민들은 들어 본 적도 없는 용음에 어선들은 일제히 멈췄고 곧 이어지는 하후광적의 외침에 순식간에 혼란은 잠재워졌다.

이미 이럴 경우를 대비해 진무성이 하후광적에게 직접 나서 달라고 부탁을 해 놓았던 것이다.

어선들이 다시 질서가 잡히고 수익조들이 거의 전멸을 하자 사기가 오른 무림맹의 배들은 사방에 흩어져 있는 섬들 주위로 몰리기 시작했다.

대무신가가 있을 만한 섬을 찾기 위해서였다.

하지만 그 역시 진무성의 전술 중 하나였다.

섬이 많은 호수에서 고수가 많은 대무신가가 매복을 심지 않는다는 것은 있을 수 없다고 판단한 진무성은 고수들만으로 조직된 공격선을 섬 주위로 보내고 그 주위에 철강시로 무장한 배를 띄워 기습하러 나온 배를 철강시로 공격하도록 한 것이다.

보통 미끼는 약한 자를 보내지만 진무성은 피해를 최소화하기 위해 고수들을 미끼로 사용한 것이다.

그리고 그의 전술은 매우 성공적이었다. 곳곳에서 기습을 감행한 대무신가의 습격선들이 철강시에 박살이 나고 배에 올라탄 자들 역시 뜻하지 않은 절정 고수들에 의해 죽임을 당한 것이었다.

그러나 결코 무림맹이 일방적으로 우세한 상황은 아니었다.

초인이 이끄는 기습조에 의해 무림맹의 절정 고수들이 전멸을 당하는 배도 속출하고 있었기 때문이었다.

하후광적과 만겁마종 등 무림의 절대자로 불리던 그들조차 초인동의 초인들과 상대를 하면서 깜짝 놀랄 정도였다.

이들이 진무성이 천의문에서 상대한 초인들보다 한 단계 밑이라는 사실까지 알았다면 아마 기함을 토할 일이었다.

 사공무경과 진무성은 신기할 정도로 같은 전술을 생각하고 공격과 방어까지 대동소이(大同小異)했지만 결과는 둘 다 예상하지 못한 방향으로 흐르고 있었다.

 사공무경은 이번 전쟁으로 정파를 거의 괴멸시킬 수 있을 것이라고 예상했지만 상황은 오히려 대무신가가 불리하게 돌아가고 있었다.

 그가 가장 믿었던 오마종이 전쟁을 시작하기도 전에 진무성에게 몰살을 당할 것이라고는 전혀 생각을 못 했기 때문이었다.

 진무성 역시 대무신가에 아직도 초인들이 이렇게 많이 남아 있을 것이라고는 예상 못 했다. 그 결과 지금 정파의 피해는 그의 예상을 훨씬 상회할 정도로 커지고 있었다.

 '사공무경, 이자를 오늘 죽이지 못한다면 세상은 그의 영향하에서 영원히 벗어나지 못할 수도 있어.'

 오마종과의 결투는 정말 엄청났지만 결과는 상당히 빨리 났다.

 아니 오히려 천의문에 나타났던 괴인들보다 더 수월하게 그들을 제거할 수 있었다.

 진무성은 그 이유를 무명 대사의 법력의 효과라는 것을 실감했다. 오마종이 전혀 자신들의 실력을 제대로 발휘하지 못하고 그에게 당했기 때문이었다.

물론 그렇다고 진무성이 쉽게 그들을 제거한 것은 아니었다. 그 역시 몸 곳곳에서 피가 흐르는 것이 꽤 심한 부상을 입었다는 것을 알 수 있었다.

하지만 진무성은 그의 상처보다 너무 많은 사람들이 죽어 나가는 상황이 더욱 아팠다.

그가 오십 명 가까이 제거했을 때였다.

[쓸데없이 힘을 빼서 나하고 어떻게 싸우려고 그러느냐? 그만하고 내게 오거라.]

진무성의 귀를 울리는 처음 듣는 목소리.

하지만 진무성은 그가 사공무경임을 단번에 직감했다.

진무성은 그를 부른 방향을 한 번 보더니 단목환과 백리령하에게 전음을 보냈다.

[대무신가의 총가가 어디에 있는지 알았다. 내가 섬에 들어가는 즉시 신호탄을 날릴 테니 그곳을 총 공격해라.]

진무성 역시 아직은 총가가 어디에 있는지 조사를 하지 못했다. 하지만 그는 사공무경이 부르는 섬에 총가가 있을 것이라고 판단한 것이다.

그리고 그의 추측은 정확했다.

사공무경이 부르는 섬에 도착한 진무성은 하늘을 향해 신호탄을 날리고는 한 방향으로 움직이기 시작했다.

엄청난 싸움이 벌어지고 있는 상황과는 달리 진무성의 앞을 막는 자는 아무도 없었다.
　'대단한 고수들이 아직 수십 명이나 남아 있어. 그리고 이미 나를 보았는데 아무도 막지 않는다…….'
　진무성은 사공무경이 자신을 막지 말라고 지시를 했음을 직감했다.
　[좀 더 일찍 왔으면 오늘 같은 혈겁은 없었을 것 아니냐?]
　걸어가는 진무성의 뇌리에 또다시 사공무경의 목소리가 들려왔다.
　[직접 찾아오시지 그러셨습니까?]
　[너에 대해 알자마자 마음 같아서는 당장이라도 찾아가고 싶었다. 하지만 너를 보면 죽이는 일이 벌어질 수도 있어서 최대한 참았지. 그런데 넌 내가 누구인지 짐작을 하는 모양이구나?]
　[그쪽이야말로 저에 대해 알고 계신 것 같은데 아닙니까?]
　[지금 너는 마노야냐, 아니면 진무성이냐?]
　사공무경의 반문에 진무성은 그가 자신에 대해 거의 완전하게 파악을 하고 있다는 것을 알 수 있었다.
　[글쎄요…… 상대가 누구냐에 따라 바뀌겠지요.]

말을 하던 진무성의 발길이 멈췄다.

그의 눈앞에 거대한 동굴의 입구가 나타났기 때문이었다.

진무성은 드디어 고금 제일의 마종이라는 천마의 실체를 곧 마주할 생각에 가슴이 좀 떨리는 것을 느꼈다.

그렇게 진무성이 동굴 안으로 걸어 들어갔다.

동굴은 자연적으로 형성된 곳을 공사를 통해 인공적으로 변형시킨 곳으로 사방이 철강석으로 덮혀 있어 연간한 충격에는 흠하나 나지 않을 정도로 튼튼하게 지어져 있었다.

지나는 동안 여러 갈래의 통로가 있었지만 진무성은 마치 어디로 갈지 안다는 듯 조금도 머뭇거리지 않고 앞으로 나아갔다.

그때였다.

쿵!

커다란 광장에 도착한 뒤에서 들리는 큰 소리에 고개를 돌렸다.

그가 방금 지나 온 통로를 커다란 돌 문이 떨어져 내리며 막아 버린 것이었다. 만약을 위해 퇴로조차 완전히 차단해 버린 것이었다.

희미하나마 야명주로 밝혀 주던 통로까지 막히자 광장

은 완전한 암흑으로 변해 버렸다.

 인간은 본능적으로 어둠을 두려워한다. 하지만 이런 암흑에 대해 진무성처럼 완벽하게 적응한 사람은 아마 천하에는 거의 없었다.

 마노야에 의해 자신의 손조차 보이지 않는 암흑 속에서 수년에 걸쳐 엄청난 고통을 당했기 때문이었다.

 더욱이 암흑의 공간은 몇 년이 몇십 년처럼 느껴지는 곳이었다.

 진무성은 주위를 살폈다.

 괴이한 악취가 코를 찔렀고 사방에서 느껴지는 압박감은 암흑의 공간의 상회할 정도로 강력했다.

 진무성은 광장의 끝, 태사의에 앉아 있는 한 노인을 발견하고는 그쪽으로 천천히 걸어갔다.

 "내가 보이는 것을 보니 천마환혼대법을 확실하게 전이 받았구나."

 서공무경 역시 천마혼대법이 성공하면 시술자와 시술당한 자 사이에 암흑의 공간에서 대화를 나눌 수 있다는 것을 잘 알고 있었다.

 "영생을 하셔서 뭘 하시렵니까? 어느 정도 살면 더 이상 할 것도 없지 않습니까?"

 "그건 영생을 못하는 사람들 얘기고 영생을 하면서 힘

까지 가지고 있으면 세상에는 재미있는 일이 꽤 많다. 하후광적이나 만겁마종 같은 아이들이 성장하는 것을 보는 재미도 쏠쏠하지만 지들이 잘나서 무림의 절대자로 등극했다고 착각하는 것도 귀엽지."

현 무림 최고의 배분이자 수십 년간 무림의 절대자로 군림해 온 하후광적과 만겁마종을 애들 취급하는 그를 보며 진무성은 한숨을 살짝 내쉬었다.

그가 천하를 가지고 얼마나 마음대로 가지고 장난을 쳤을지가 머리에 그려져서였다.

"그만 했으면 이제 끝을 내야지요?"

"그래, 나도 지금까지 마음에 드는 신체를 찾지 못해서 천 년을 아쉬워했는데 드디어 마음에 드는 신체를 찾았으니 한 번 신나게 놀아 보려고 한다."

"설마 그 신체가 저라면 크게 실망을 하실 겁니다."

"솔직히 좀 놀라기는 했다. 난 당연히 네가 마노야일 것이라고 생각했었거든. 그 바람에 너무 많은 손해를 입었어. 네가 내 생각하고 너무 다르게 움직였거든."

"마노야에 대해서도 아는 모양입니다? 그렇다면 마노야가 제게 오히려 제압을 당한 것도 염두에 두셔야지요?"

"마노야는 내가 살아오는 동안 가장 똑똑한 아이였지. 그럼에도 내가 그 아이를 거두지 않은 이유가 무엇인지 아느냐? 그 아이는 너무 똑똑했어. 나에 대해 모르고 있다면 아무 위험도 되지 않지만 만약 나에 대해 알게 되면 분명 나를 배신하고 아주 위협적인 존재가 될 수 있었다. 내 자손이기도 해서 죽이고 싶지는 않더구나. 그래서 그냥 뒀지. 그런데 그 아이가 나를 위해 너 같이 귀한 선물을 만들어 줄 줄은 몰랐구나."

"선물이 될지 악연을 보내 준 것인지는 곧 알게 되겠지요."

순간 진무성의 손에 조화신창이 나타났다.

"조화신병이 어디로 갔나 했더니 역시 네가 가지고 있었구나? 이상한 창이 나타난다고 해서 혹시나 했었지. 네가 알지 모르지만 조화신병은 나의 애병기였다. 대부분은 검과 도로 사용했지만 창으로 사용한 적은 없었지. 하긴 마노야가 창마종의 후손이긴 했지."

"저를 애타게 기다리신 모양이군요? 그런데 어쩌지요. 더 이상 당신의 뜻대로 되지는 않을 것 같군요."

말이 끝남과 동시에 진무성은 사공무경을 향해 창을 겨눴다.

조화신창에 창기(槍氣)가 두 자 정도 뿜어져 나왔다.

"창으로 기를 뿜어내는 것은 검이나 도보다 훨씬 어렵지."

사공무경은 짐짓 감탄한 표정으로 말하고는 가볍게 손을 휘저었다.

순간 암흑의 공간에서 최소한 백 개는 넘는 그림자가가 진무성을 공격해 들어왔다.

암흑 속의 그림자.

보일 리가 없었다. 거기다 그림자란 실질적인 실체도 없는 허상이었다.

그러나 천마의 손짓과 함께 나타난 그림자들은 달랐다. 심지어 그 위력이 천의문에서 싸웠던 괴인들의 위력에 부족하지도 않았다.

진무성은 몸을 회전하며 그 많은 그림자들을 모조리 창으로 찔렀다.

그러나 공격과는 달리 창에 찔린 그림자들은 그냥 그림자였다. 진무성의 창은 그거 암흑의 공간을 찌른 것이나 진배가 없었다.

하지만 사공무경의 표정은 살짝 변했다. 그의 천마영이 단번에 무력화 된 것은 허상이어서가 아니라 진무성의 창에서 뿜어진 강기에 의해 산산조각이 난 것이기 때문이었다.

"정말 대단해! 상처 없이 제압을 하려고 했는데 조금은 다치게 할 수밖에 없겠구나!"

자리에서 일어난 사공무경은 진무성을 향해 두 팔을 벌렸다.

장풍이 날아온 것도 아니고 강기가 뿜어진 것도 아니었다. 하지만 진무성은 자신의 심장을 무엇인가가 쥐어 짜는 듯한 고통을 느꼈다.

무공 최고의 경지로 일컬어지는 심즉살이었다.

사실 심즉살은 생각만으로 상대를 죽인다는 전설 속의 무공이었다. 어쩌면 무림인들이 상상으로 만들어 낸 무공일 수도 있었다.

최고의 무공이라고는 하지만 실지로 심즉살을 사용한 무림인은 한 번도 나타난 적이 없었기 때문이었다.

그런데 사공무경이 지금 심즉살을 펼친 것이다.

처음 당하는 공격에 진무성은 어떻게 방어할지를 몰라 당황했다.

공격의 실체가 보여야 막든지 피하든지 아니면 반격을 하던지 할 것인데 심즉살은 글자 그대로 생각만으로 상대를 공격하는 수법이니 방어법이 따로 있을 리도 없었다.

순간 진무성은 몸속에서 어떤 기운이 자신의 심장을 보호해 주고 있음을 느꼈다. 당장이라도 터질 듯 심장에 느껴지던 고통이 사라진 것이다.

선천지기와 합쳐진 만년천지음양과의 효과였다.

'저놈봐라?'

어차피 죽일 생각까지는 하지 않았다. 하지만 이렇게 간단히 파훼될 수는 없었다.

사공무경은 진무성의 능력이 그의 예상을 한참 상회한다는 것을 느끼자 경시하던 마음을 버리고 신중하게 접근하기 시작했다. 그리고 그의 몸이 암흑 속으로 사라졌다.

광장의 관들은 다 치웠지만 광장 벽을 따라 최소 이백 개는 넘는 조각상들이 세워져 있었다. 석상도 있었지만 청동상과 철로 만든 조각상도 상당 수 있었다.

그런데 그 조각상들이 공중으로 떠오르더니 진무성을 공격하기 시작했다. 그림자 공격과는 비교도 안 될 정도로 강력한 공격이었다.

순간 진무성의 신형도 암흑 속으로 사라져 버렸다.

진무성을 노리고 날아가던 조각상들은 목표물이 사라지자 공중에서 우뚝 멈췄다.

마치 살아 있는 사람이 공격하는 것 같을 정도였다.

그때 공중에 멈춘 조각상들이 산산조각이 나기 시작했다. 암흑 속으로 몸을 숨긴 진무성이 조각상들을 창으로 찔러 댔기 때문이었다.

만근을 넘어서는 위력이 담긴 창의 공격에 석상은 물론 청동상과 철상까지 찔리는 즉시 터져 버렸다.

단지 위력만이 아니라 아주 강력한 내공까지 담긴 일격이었기 때문이었다.

하지만 조각상은 여전히 백 개 이상 남아 있었다. 먼저 날아간 조각상들이 모두 부서지자 남은 조각상들이 전부 진무성을 향해 날아가기 시작했다.

천마답게 찰나간에 모습을 드러내고 조각상들만 제거하고 다시 암흑속으로 숨어 버린 진무성의 위치를 정확하게 감지한 때문이었다.

백 개 넘는 조각상, 그것도 하나하나의 무게가 천근은 상회할 정도로 무거운 조각상들이 모두 공중에 떠올라 다시 공격을 다시했다는 것은 사공무경이 그 조각상들을 조종하고 있음이 분명했다.

쾅!
콰광……!
이번에는 진무성도 피하지 못하고 직접 방어할 수밖에 없었다.

그런데 더욱 놀라운 일이 벌어졌다.

엄청난 폭음과 함께 산산조각으로 부서진 조각상들의 잔해가 모조리 진무성을 향해 날아간 것이다.

백 개의 조각상들을 허공섭물로 들어 올려 공격한 모습

은 사공무경의 내공이 얼마나 막강한지를 보여 주는 것이었다.

그런데 수백 수천 개로 조각난 파편들까지 진무성을 향해 그대로 돌진하자 진무성은 급히 천극혈성마공을 끌어올려 호신강기를 형성했다.

하지만 고금제일마로 불리며 누구도 필적할 수 없을 만큼 많은 싸움을 해 온 천마의 공격을 호신강기로 막으려고 한 것은 그대로 자신의 몸을 천마에게 맡긴 것이나 마찬가지였다.

조각상과 파편들이 진무성의 호신강기에 의해 사방으로 튕겨나가던 그때, 아무런 소리도 없이 한 줄기 강기가 진무성을 공격했다.

쾅!

엄청난 폭음과 함께 광장이 무너질 듯 흔들렸다.

가슴에 정통으로 천마장을 맞은 진무성은 뒤로 몇 걸음을 밀려났다. 놀랍게도 천마의 천마장은 호신강기를 그대로 파괴하며 진무성의 가슴을 정통으로 맞췄다.

"커헉—"

뒤로 물러선 진무성은 자신도 모르게 가슴을 손으로 움켜잡은 채 그대로 토혈을 했다.

상당한 내상을 입은 것이었다.

'엄청난 내공이다……'

진무성은 천마의 내공이 자신의 내공보다 높음을 인정할 수밖에 없었다.

'쯧쯧! 귀한 몸에 상채기를 냈군. 하지만 온전히 제압하기에는 너무 강해졌어.'

사공무경은 진무성의 부상은 자신의 부상이나 마찬가지라는 생각을 하고 있었다.

그는 연이어 공격에 들어갔다.

최대한 빨리 제압을 하지 않으면 더 큰 상처를 입힐 수밖에 없다고 판단했기 때문이었다.

'이렇게 계속 수세에 몰리다가는 힘도 쓰지 못하고 당할 수 있어……'

천마의 공격을 감지한 진무성은 특단의 조치를 취할 수밖에 없다는 생각을 했다.

그리고 그의 몸이 스르르 사라졌다.

배교의 은신술인 은밀잠영이었다. 그러나 사공무경에 그런 정도의 은신술로는 잠깐 시간을 벌어 줄 뿐 곧 걸리는 것은 당연했다.

금방 쓰러질 것 같던 진무성의 모습이 다시 사라지자 천마는 주위를 살폈다.

'끈질긴 놈이군…… 하지만 은신술 역시 내가 창안한

사술이라는 것을 알아야지!'

그의 말대로 그는 진무성이 숨은 곳을 일다경도 안 되어 찾아냈다.

진무성 역시 한 수로 결판을 내려는 듯 전력을 다해 반격에 나섰다.

사공무경이 찾아내려는 순간 자신을 향해 창을 찔러 오는 진무성을 보자 마음에 든다는 듯 고개를 끄덕였다.

임기응변에 매우 능숙하고 초식의 전환조차 그의 예상보다 더욱 훌륭하자 진무성의 몸이 더욱 탐이 날 수밖에 없었다.

그는 진무성의 공격을 가볍게 장으로 쳐 버렸다.

천마장에 내상을 입은 이상 최소한 공력의 반은 사용불가일 것이 분명했으니 여유만만할 수밖에 없었다.

그는 진무성의 내상이 이미 완쾌가 되었다는 것까지는 아직 모르고 있었다.

하물며 그가 사용하는 수법들이 거의 그가 창안한 무공이니 더욱 그의 상대가 될 수 없다고 판단할 수밖에 없었다.

"이야!"

진무성의 입에서 커다란 외침이 터져 나왔다.

11장

 무관 같은 곳에서 수련을 하면서 기합을 지르는 것은 다른 사람들에게 잘 가르치고 있다는 것을 알리기 위한 일종의 보여 주기였다.
 고수 간의 싸움에서 기합을 넣거나 외치는 것은 자신의 위치를 적에게 알려 줄 뿐만 아니라 쓸데없이 내공까지 소모시키는, 싸움에는 전혀 도움이 안 되는 불필요한 행동이었다.
 역시 진무성의 외침은 그냥 외침이 아니었다.
 천마후의 기를 포함한 진무성의 외침은 광장 전체로 퍼지며 암흑 속에 숨어 조각상들을 조종하던 천마의 기를 방해하기 시작했다.

심지어 바닥으로 떨어지는 조각상들까지 속출하자 천마의 표정이 살짝 굳어졌다.

천마장에 깃든 마기는 마 중 마인 천마의 진기가 들어 있었다. 어떤 마기도 천마기를 만나면 스스로 소멸이 되거나 저항할 의지를 잃고 급격하게 힘이 약해진다.

천마가 정파를 그렇게 없애려고 하는 이유도 정파의 신공이 천마기를 버티기 때문이었다. 물론 환혼하는 동안 그 정도의 저항도 없으면 너무 심심하다는 판단하에 더 이상 정파를 없애는 일에는 몰두하지 않았다.

문제는 진무성의 무공의 기본이 바로 마공이라는 점이었다. 그의 호신강기가 천마장에 쉽게 뚫린 것도 같은 맥락이라고 볼 수 있었다.

그런데 이렇게 빨리 회복이 된다고……?

"이제 보니 네놈이 아주 대단한 기연을 얻었구나?"

천마는 그동안 가졌던 의문 중 하나가 풀렸다는 표정으로 물었다.

마노야의 능력을 그도 인정은 하지만 진무성이라는 존재는 정말 예외적이었다. 무엇보다 자신도 만들 수 없는 신체를 마노야가 만들었다는 것이 이해를 할 수 없어서였다.

마교에서 마노야에 관한 모든 것을 가지고 오게 한 것

도 그의 연구 결과가 있는지를 살피기 위해서였다. 그리고 다행히 마교에서는 마노야가 남긴 모든 서적을 간수하고 있었다.

하지만 거기에 적힌 것은 천마가 경험했고 똑같은 실수를 반복하던 실패 결과만이 적혀 있었다.

그런데 진무성이 뭔지는 모르지만 엄청난 뭔가를 얻었다면 의문이 다 풀리는 것이다.

"전 적의 질문에 답을 해 주지 않습니다."

"그 정도의 질문은 별거 아닌 것 같은데?"

"궁금해서 죽을 수도 있으니까 그것을 바라는 거지요. 하다못해 지옥에 가서도 궁금하면 더 괴롭지 않겠습니까?"

"미친놈!"

순간 암흑의 기들이 뭉치더니 다시 진무성을 향해 날아갔다. 암흑 속에서 암흑의 기가 뭉쳤으니 날아오는 것이 무엇인지는 보이지 않았지만 분명 대단한 위력을 가지고 날아오는 것은 분명했다.

순간 진무성의 몸에서 백색광이 퍼져 나오기 시작했다.

암흑의 공간을 밝히던 그 백색의 강기였다. 그리고 그를 향해 날아오던 뭔가는 백색광에 닿자 그림자가 빛에 의해 사라지듯 없어져 버렸다.

"생사경의 경지까지 초월했다니 나보다 성취를 얻는 속도가 더 빠르구나?"

천마는 진무성이 생사경의 경지를 넘어섰다는 것을 직감하고는 탄복을 넘어 질투의 감정까지 느꼈다. 누구도 그보다 뛰어나서는 안 된다는 그의 독선적인 자존심에 상처가 생겼기 때문이었다.

그리고 그것은 더욱 진무성의 신체를 차지해야 한다는 마음을 굳히게 했다.

다시 천마의 공격이 시작되었다.

내공이 커지는 것에 한계가 있는지 없는지는 아무도 몰랐다. 다만 인간의 수명을 계산하면 오갑자 이상의 내공을 얻는다는 것은 불가능하다고 여겨져 왔었다.

하지만 만년천지음양과의 도움으로 엄청난 발전을 이룬 진무성의 내공은 인간으로서는 이룰 수 없다고 알려진 오갑자 내공을 한층 뛰어넘어 있었다.

그러나 인간의 수명의 한계를 극복한 천마는 자신의 내공을 내정으로 보존하는 방식을 통해 계속 내공을 키워왔고 지금 그의 내공은 거의 천 년에 가까웠다.

그것은 진무성이 가진 내공의 두 배를 상회하는 엄청난 것이었다.

하나 싸움의 양상은 천마의 일방적인 우위가 아니었

다. 진무성은 자신의 목숨을 도외시한 채 살수 일변도로 공격을 했지만 천마는 진무성을 산 채로 그것도 최대한 상처 없는 온전한 몸을 원했기 때문에 제대로 된 공격을 하기 어려워서였다.

그리고 그 싸움은 어느덧 삼백 초가 넘어가고 있었다. 말이 삼백 초이지 어떤 고수라 해도 백 초 이상을 싸우면 내공도 고갈이 되고 탈진하여 잠시라도 소강상태를 이루는 시간이 올 수밖에 없었다.

하지만 진무성은 조금도 쉴 새 없이 공격을 퍼부었다. 그리고 천마는 뭔가 이상함을 느끼기 시작했다.

진무성의 내공을 소진시켜 기진맥진하게 하여 제압하려고 했던 그의 의도와는 달리 진무성의 내공은 전혀 고갈될 징조를 보이지 않았다. 아니 싸움이 길어질수록 더욱 강해지는 것 같다는 느낌마저 들고 있었다.

선천지기와 융합한 만년천지음양과가 만드는 내공은 진무성이 사용하여 빈 단전의 공간을 마르지 않는 샘물처럼 끊임없이 채워 주고 있었던 것이다. 심지어 단전의 크기가 채워질 때마다 더 커지고 있었다.

그 사이, 튼튼하게 지어진 광장은 계속되는 충격에 견디지 못하고 흙들이 이곳저곳에서 쏟아지고 있었다.

진무성의 신체를 담가야 할 관까지 준비되어 있는 이곳

이 무너진다면 그의 계획은 차질이 빚어지는 정도가 아니라 처음부터 다시 시작해야 할 판이었다.

천마는 결국 모험을 단행하기로 결정했다.

진무성의 앞으로 치달린 그는 진무성이 창을 찔러 오자 기다렸다는 듯이 창을 손으로 잡았다.

그러자 창은 맹렬하게 회전을 하기 시작했다.

그동안 그의 창을 손으로 잡았던 마두들은 손이 완전히 갈가리 찢어지는 대참사를 입곤했다.

천마는 회전하는 창을 더욱 힘을 주어 잡았다. 마찰력을 견디지 못한 창이 시뻘겋게 달아오르고 있었다.

조회신창을 아끼는 진무성은 더 회전을 시키다가는 조화신창이 결국 녹아 버릴 수도 있다는 생각이 들자 회전을 멈추고 창을 접었다.

줄어드는 창.

놓지 않는 천마.

진무성이 창을 놓으면 천마는 자신의 애병을 손에 넣고는 더욱 강력한 공격을 펼칠 수 있었다.

그리고 진무성은 위험을 감수하더라도 조화신창을 놓을 수는 없었다. 이미 그와는 한 몸이 되어 있었기 때문이었다.

그렇다면 남은 것은 하나밖에 없었다.

누가 먼저라고 할 것도 없이 동시에 둘은 한 팔을 앞으로 뻗었다. 진무성은 공격을 하기 위해서였지만 천마는 다른 꿍꿍이가 있었다.

둘의 장심이 찰싹 붙었다. 동시에 둘은 창을 잡은 손을 놓으며 또 다른 장심까지 붙였다.

무림인들이 가장 꺼려 하는 내공의 대결이 벌어진 것이다. 공력이 현저히 약한 진무성으로서는 최악의 상황이었다.

천마 역시 이 수법을 사용하고 싶지는 않았다. 잘못하여 진무성이 내상이라도 입는다면 천마환혼대법을 펼치는데 지장이 있을 수도 있어서였다.

둘 다 원치 않았지만 결국 최후의 결전은 시작되었다.

* * *

삼백 초가 넘는 긴 싸움 끝에 최후의 수단이 내공의 대결로 접어든 그 무렵, 대무신가와 무림의 전쟁 역시 점입가경을 넘어 조금씩 끝이 보이고 있었다.

무림맹과 수많은 문파의 정예들 거기에 천존마성의 최고수들까지, 마음만 먹으면 나라까지 뒤집어엎을 수 있을 정도의 전력이 투입이 되었지만 우위를 전혀 점하지 못했었다.

 심지어 잠시지만 밀리기까지 한 순간도 있었다.

 동호의 호수는 시체로 가득해졌고 가라앉은 시신들까지 합친다면 이미 천 명이 넘게 죽었음을 알 수 있었다.

 얼마 전 오천 명이 죽는 대혈겁이 있었지만 지금의 상황은 그때와는 비교가 안 됐다. 낭인들이 절반이 넘고 삼류 무사들도 수두룩했던 그때와는 달리 오늘 죽은 천 명은 하나같이 고수 소리를 듣는 각 문파의 중견 무인들이었기 때문이었다.

 비통한 심정이었지만 슬퍼할 시간도 없었다. 대무신가의 공격이 너무 집요하고 신랄해서 잠시의 방심도 허용하지 않았기 때문이었다.

 전황이 급격하게 무림 쪽으로 기울기 시작한 것은 검각과 천외천궁에서 도착하면서부터였다. 오랜 싸움으로 대무신가의 무사들도 상당히 지쳐 있었다. 충분한 힘을 가지고 참전한 검각과 천외천궁의 고수들은 하나같이 초절정 고수였다.

 한 곳이 무너지고 그들과 싸우던 무림의 무인들이 다른 쪽에 합류하자 또 그곳이 무너졌다.

 초인들까지 원로 고수들의 합공에 한 명 한 명 죽어 나가면서 대무신가는 급속도로 열세에 몰리기 시작했다.

하후광적과 만겁마종은 사공무천과 사공무일을 맞아 혈투를 벌이고 있었다. 어느 한쪽도 우위를 차지하지 못하고 있던 그들의 싸움 역시 검후가 하후광적을 돕고 천외천궁의 궁주가 만겁마종을 도우면서 결국 그들도 무너지고 말았다.

간신히 사공무천과 사공무일을 제거한 하후광적과 만겁마종은 검후와 천외천궁의 궁주에게 감사를 표하면서도 상상도 못한 대무신가의 엄청난 전력에 경악을 금할 수가 없었다.

그들은 주위를 둘러보았다.

여전히 사방에서 비명 소리와 무기 부딪치는 소리가 끊임없이 울리고 있었다.

그들은 최고 지휘부인 사공무천과 사공무일이 죽었지만 실체적인 원흉인 사공무경이 남아 있다면 승리라고 할 수 없다는 것을 알고 있었다.

'무사해야 할 텐데······.'

치열한 전장에 진무성은 보이지 않았다. 하지만 누구도 진무성이 보이지 않는 것에 토를 다는 사람은 없었다.

그가 지금 누구를 상대하고 있는지를 알고 있기 때문이었다.

* * *

 천마와 내공 대결에 들어간 진무성은 자신의 몸속으로 물밀 듯이 들어오는 천마기에 깜짝놀랐다.

 천마신공과 쌍벽을 이룬다는 천극혈성마공이 전혀 힘을 쓰지 못했기 때문이었다. 어쩌면 그것은 당연한 일이었다.

 천극혈성마공 역시 천마가 창시한 무공이었다. 누구보다도 천극혈성마공에 대해 잘 아는 천마에게 그것이 통할 리 없었던 것이다.

 '으으……'

 천마기가 단전을 점령하고 뇌까지 침범하게 되면 어떤 상황이 벌어질지를 잘 아는 진무성으로서는 전력을 다해 천마기를 막기 위해 노력했지만 속도만 조금 느려졌을 뿐 그의 기가 밀리는 것은 어찌할 도리가 없었다.

 진무성은 지더라도 그의 꼭두각시가 되는 것만은 용납할 수가 없었다.

 그는 과감한 결정을 내릴 수밖에 없었다.

 십이성까지 수련한 천극혈성마공을 포기하고 오로지 선천지기만으로 버티기로 한 것이다. 선천지기가 바닥이 나면 그는 저절로 죽는다. 운이 좋아 산다 해도 천마가 자신의 정신을 옮길 신체로서의 가치는 없어질 것이었다.
'이놈이 미쳤나?'
천마는 진무성이 천마기를 막던 천극혈성마공의 기를 회수하자 깜짝 놀라 천마기의 주입을 잠시 멈췄다.
진무성이 자살을 하려는 것으로 오해를 했기 때문이었다. 그의 강력한 천마기가 어떤 저항도 없이 한꺼번에 단전으로 몰려 들어간다면 진무성은 단전이 터져 죽을 수 있었다.
어찌 됐던 천마로서는 쾌재를 부를 일이었다. 진무성이 저항을 포기했으니 그가 걱정하던 내상의 걱정없이 그를 제압할 수 있게 됐기 때문이었다.
멈추었던 천마기를 다시 주입하던 천마의 얼굴이 갑자기 딱딱하게 굳어졌다.
모든 것을 다 안다고 자부하던 그조차도 들어 본 적 없는 신기한 현상과 맞닥뜨렸기 때문이었다.
'이게 뭐지? 이런 기는 경험해 본 적이 없는데……'
천마는 천마기가 갑자기 격동하자 의아한 듯 진무성을 쳐다보았다.
이마에 구슬 같은 땀을 흘리고 있는 진무성의 모습은 매우 힘겨워하는 것을 역력히 보여 주고 있었다.
그럼 천극혈성마공까지 멈췄는데 자신의 기가 마치 당

황이라도 한 듯 격동을 하는 이유가 뭐란 말인가……

그의 의문은 곧 당황함으로 변했다.

아마 그가 당황한 것은 수백 년 만의 일이었다.

격동하던 천마기가 갑자기 난리가 난 듯 요동을 치며 그의 의지를 따르지 않았기 때문이었다.

"이놈! 무슨 수작을 부린 것이냐!"

"난 상대가 궁금해하는 것을 알려 주지 않는다."

대답은 그렇게 했지만 진무성 역시 자신의 몸에서 무슨 일이 벌어지고 있는지 확실하게 모르고 있었다.

만년천지음양과의 약효는 그의 몸을 보호하고 지탱을 시켜 주고는 있었지만 그렇다고 이렇게 천마기를 당장에 밀어낼 정도로 강력하지는 못했다.

그때, 진무성의 머릿속에 '별로 큰 힘은 아니지만 상대의 마기가 강하면 강할수록 더 큰 효과를 볼 수 있을 것'이라는 무명 대사의 말이 생각났다.

'법력이 작동하고 있구나. 그래서 이자의 마기가 지금 괴로워하고 있는 거야.'

하지만 천마기를 혼돈에 빠뜨려 조금씩 몰아내고는 있었지만 천마 자체를 제압할 정도의 힘은 여전히 부족했다.

그때 진무성의 머리에 아직까지 알아내지 못한 한 가지 현상에 대한 기억이 떠올랐다.

설화영이 걱정할 것 같아 그저 이상한 현상이 있었다는 말로 넘겼던 현상.

그것은 바로 그가 천의문으로 달려가는 동안 잠시 기억을 잃은 순간이 있었다는 것이었다.

물론 온몸의 힘을 모두 뽑아 쓰는 와중에 일어난 일종의 무아지경이었지만 신법을 사용하는 중에 무아지경에 빠진다는 것 자체가 희귀한 일이었다.

의아한 것은 그가 안고 있던 설화영은 진무성이 기억을 잃었었다는 사실을 전혀 모르고 있었다.

진무성이 다만 기억을 못 하기만 했다면 이상한 현상이라고 할 리 없었다.

기억을 잃었던 시간은 대략 반 시진 정도였다. 그런데 그가 전력으로 달려도 최소한 반나절은 달려야 갈 수 있는 거리를 지나 온 것이었다.

도대체 그것이 어떻게 가능했는지 전혀 기억이 나지 않았다. 슬쩍 설화영에게 오는 동안 힘들지 않았냐고 물었지만 그렇게 빨리 달렸다면 분명 그녀도 느꼈을 법했지만 그녀는 신기할 정도로 너무 편했다며 오히려 미안해했다.

'으윽!'

진무성은 천마기의 힘이 더욱 강력해지며 다시 그를 밀

고 들어오며 다시 고통이 시작되자 그때 자신이 어떻게 했는지를 생각했다.

자신만을 믿고 천의문에 합류한 사람들, 평생 처음으로 사귄 세 명의 친구들, 천의문에서 일을 하는 일꾼 등 그가 태어나서 처음으로 보호하고 싶은 모든 것들이 그가 늦으면 모두 잃을 수 있다는 다급함과 초조함은 그를 무아지경에 빠지게 했다.

진무성은 스스로가 아직 전력을 다하지 않고 있다고 판단했다.

그리고 자신이 여기서 패하면 천하는 도탄에 빠지고 세상은 악이 만연한 지옥으로 변할 것이다. 가장 괴로운 사실은 설화영과 세 명의 친구들 역시 살아남기 힘들다는 것이었다.

'내가 죽더라도 최소한 천마 이자는 같이 데리고 가야 한다……'

진무성은 너 죽고 나 죽고라는 사생결단의 마음으로 자신의 모든 힘을 끌어올렸다.

다음은 없었다.

진무성의 몸에 변화가 일어나자 천마의 얼굴이 일그러졌다.

진무성의 몸에서 뿜어져 나오는 백색광은 광장의 어둠

을 밝히는 데는 큰 힘을 발휘하지 못했다. 광장의 암흑은 단지 불이 없어서가 아니라 천마신공의 묵기로 인해 만들어진 것이기 때문이었다.

하지만 백색광이 금광으로 변하기 시작하며 천마의 묵기가 요동을 치기 시작했다.

진무성의 내부에서 격렬하게 격돌하던 기가 외부까지 영향을 미치기 시작한 것이다.

[그놈들과 접촉을 했구나!]

천마는 금광을 보자 눈꺼풀이 떨렸다. 무던히도 그를 괴롭히며 방해하던 놈들.

그에게 계속 죽어 나가면서도 끝까지 그의 뒤를 쫓던 놈들.

그의 천기를 보는 능력에도 걸리지 않고 천마기의 추적조차 따돌리는 놈들.

하늘을 따른다는 그놈들이 진무성에게도 이미 손길이 미쳤다는 생각이 들자 분노가 치밀어 오르기 시작했다.

하지만 진무성의 귀에는 더 이상 천마의 소리가 들리지 않았다. 그의 몸속의 기도 더 이상 그의 의지로 움직이지 않았다.

'이, 이놈이 지금 뭐하는 거야? 설마 지금 상황에서 무아지경에라도 빠진 거야?'

천마는 진무성의 특이한 변화에 당황했다. 그가 듣지도 도 못한 일이 오늘 여러 번 그를 놀라게 하고 있었다.

그러나 그는 곧 놀라움이 문제가 아니라는 것을 알게 된다.

진무성의 기를 압도하던 그의 천마기가 갑자기 밀리기 시작하더니 진무성의 기가 오히려 그의 장심을 타고 그의 몸으로 들어오기 시작했기 때문이었다.

천마의 내공은 여전히 진무성의 내공을 압도했다. 그럼에도 진무성의 기가 그의 몸으로 파고든 것은 마기 사이로 밀고 들어갈 수 있는 법력 덕분이었다.

더욱 문제는 진무성의 내공이 기하급수적으로 커지고 있다는 것이었다. 설상가상으로 오랜 싸움 때문인지 사공무경의 신체가 급속도로 늙어 가기 시작했다.

파고드는 마기의 상극.

소진되어 바닥을 보여야 할 내공이 오히려 더 강력해지는 예기치 못했던 상황.

거기에 천마를 받쳐 주던 사공무경의 신체의 급격한 노화까지 최악의 상황으로 몰린 천마는 진무성을 위해 준비한 관을 아까운 듯 보더니 결국 차선책을 사용할 수밖에 없었다.

천마환혼대법으로 진무성의 몸으로 들어가기로 한 것

이었다. 완벽한 준비 속에 천마환혼대법을 펼쳐 완벽하게 진무성의 신체를 차지한다는 그의 계획은 예기치 않은 진무성의 저항에 완전히 비틀어져 버리고 만 것이다.

처선책은 지금과 같이 진무성이 죽음을 불사하는 저항을 할 경우 생각해 두 번째로 준비한 그의 계획이었지만 사실 사용하게 될 줄은 생각도 못 했었다.

하지만 그것이 차선책이 아니라 최악의 선택이 될 줄은 그도 몰랐다.

* * *

"아미타불! 저들은 이미 인간의 한계를 벗어난 것 같군요?"

하후광적의 옆에 선 천애대사는 주위를 둘러보며 물었다.

어제 자시에 맞춰 시작된 전투는 밤을 새고 날이 밝을 때까지 끝나지 않았다.

하후광적과 천애대사가 더 이상 싸움에 끼지 않을 정도로 싸움의 규모는 작아졌지만 아직도 곳곳에서 무기 부딪치는 소리와 비명이 계속 이어지고 있었다.

이번 전쟁의 승리자가 누구냐고 묻는다면 모두 무림 연

합 세력이라고 할 것이었다. 무림맹과 천존마성이 같이 싸웠기 때문이었다.

하지만 지금 무림맹을 비롯한 연합 세력의 무림인들의 얼굴에는 전혀 승리자의 모습은 보이지 않았다. 아니, 모르는 사람들이 보면 패배자로 보일 정도로 모두 표정이 침통했다.

너무 큰 희생이 따랐기 때문이었다.

거기다 실지로 아직 승패가 완전히 정해진 것도 아니었다.

모든 일의 원흉인 사공무경을 죽이지 못한다면 이겼다고 할 수 없기 때문이었다.

지금 진무성과 사공무경이 어디서 싸우고 있는지는 아무도 몰랐다. 하지만 싸우고 있다는 것은 모두 알고 있었다.

그리고 그 싸움이 이미 다섯 시진이 지났음에도 끝나지 않았음을 알고 있었다.

격돌을 할 때마다 섬 전제가 흔들리는 진동을 느꼈기 때문이었다.

그 진동이 얼마나 격렬한지 언제나 잔잔한 동호에 파도가 일어날 정도였다.

둘의 결투가 다섯 시진이 이어진다는 것은 거의 불가능에 가깝다는 것을 초절정 고수인 이들은 모두 잘 알고 있었다. 수련만 하는 것도 연속으로 다섯 시진을 하는 것은 인간의 체력으로는 견디기 힘들었다.

그런데 이들은 생사결을 벌이고 있었다. 그것도 엄청난 내공을 사용하고 있었다.

천애대사의 말대로 인간의 한계를 한참 벗어난 자들만이 할 수 있는 결투였다.

"드디어 결투가 끝난 것 같은데 왜 이리 조용할까요?"

지진을 연상할 정도로 엄청난 충격을 주던 격돌이 갑자기 멈춘 것은 이각 전이었다.

결국 지쳐서 잠시 소강상태에 있는 것일까?

오히려 조용해지자, 모두의 표정은 더욱 불안해졌다. 만약 진무성이 패한다면 이후 무림에 어떤 혈풍이 불게 될지 너무도 명확하게 알고 있기 때문이었다.

대무신가의 잔당들을 소탕하는 무인들의 촉각도 모두 진무성과 사공무경의 승패에 쏠려 있었다.

그중 가장 마음을 졸이는 사람은 따로 있었다.

* * *

"아가씨, 방금 점괘를 보셨는데 또 본다고 뭐가 달라지겠어요? 이러다가 아가씨께서 먼저 쓰러지시겠어요."

이마에 구슬 같은 땀을 흘리며 육갑을 짚고 점을 치고 오늘의 운세를 다시 점검하는 설화영을 보며 초선은 안타까운 표정으로 말했다.

설화영은 잠도 한숨 자지 않았다.

밤새도록 천기를 살폈기 때문이었다.

한 번 나타난 천기는 하루 이틀 사이에 변하는 경우는 거의 없었다. 그런데 밤새 천기를 보았다는 것은 조금의 변화도 놓치지 않겠다는 그녀의 마음이었다.

그러나 간절한 그녀의 마음을 하늘이 아직 모르는지 천기에서 알아낼 수 있는 것은 하나도 없었다.

날이 밝자 설화영은 방법을 바꿨다.

우선 오늘의 운세를 점쳤고 진무성의 신상에 어떤 변화가 있을지를 알아보기 위해 사주와 육갑을 연달아 짚었다. 하지만 그것 역시 알려 주는 것이 전혀 없었다.

어쩌면 하늘도 둘의 결투의 승패에 대해 모르고 있는 것은 아닌가 하는 생각이 들 정도였다.

그녀의 이마에서 계속 흐르는 땀은 체력 때문이기도 했지만 그녀의 심력이 바닥을 보이고 있기에 그러하였다.

"아가씨, 좀 쉬셔야 한다니까요! 진 대인께서 돌아오셔서 아가씨의 지금 모습을 보면 얼마나 마음이 아프시겠어요!"

초선은 결국 참지 못하고 소리를 치고 말았다. 그리고 어떤 말에도 반응을 하지 않던 그녀가 진무성이 마음이 아파할 수 있다는 말에 처음으로 반응을 보였다.

"그래 상공께서 힘들게 싸우고 오셨는데 내가 그분의 심기를 불편하게 하면 안 되지."

설화영은 좀 쉴 생각인 듯 등을 의자에 대고는 눈을 감았다. 하지만 그녀의 손가락은 그 와중에도 계속 뭔가를 짚고 있었다.

* * *

모두가 불안해하고 있는 그 시각.

진무성은 암흑의 공간에 들어와 있었다. 바로 마노야에게 그렇게 괴롭힘을 당하던 바로 그의 공간이었다.

천마가 천마환혼대법을 펼치면서 둘 다 암흑의 공간으로 빠져들었기 때문이었다.

"정말 놀라운 놈이군."

천마는 암흑의 공간을 둘러보며 어이가 없다는 듯 말했다.

암흑의 공간은 더 이상 암흑의 공간이 아니라 백색의 공간이라고 하는 것이 맞을 정도로 밝았다.

천마가 놀란 것은 진무성의 무공의 근간이 천극혈성마공이라는 것을 알았기 때문이었다.

대법이 실행이 되면서 벌써 둘의 지식이 조금씩 공유가 되고 있었던 것이다.

천극혈성마공은 광마의 무공으로 인간의 몸으로 팔성 이상을 익힐 수 없는 무공이었다. 더 이상 익히면 미쳐 버리기 때문이었다.

그런데 진무성은 천극혈성마공을 십이성 익혔음에도 오히려 마기를 몰아내고 공간을 밝힌 것이다.

거기다 지금 진무성의 몸에서 뿜어져 나오는 기는 그가 익힌 마공의 기와는 너무 다른 금광이었다.

무아지경에 빠져 전력을 다 뽑아 쓰던 진무성은 자신의 공간에 들어오자 정신 든 듯 말했다.

"스스로 나의 공간에 들어오신 것을 환영합니다. 오늘로써 천마는 세상에 다시는 나타나지 못할 것입니다."

"당연하지 난 이제부터 진무성이 되어 천하를 다스릴 테니까. 이젠 마도만이 아니라 정파에게도 신으로 추앙을 받을 것 같구나."

"그럴 일은 아마도 없을 것 같군요."

말을 마친 진무성은 두 팔을 위로 쭉 뻗었다.

12장

 밖에서보다 암흑의 공간에서 그는 자신의 힘을 더 자유자재로 사용할 수 있었다.
 암흑의 공간 자체가 진무성의 기억의 공간이니 그가 머릿속으로 생각한 움직임을 그대로 재현할 수 있기 때문이었다.
 그렇게 마노야에게 고통을 당하면서도 결국 그를 제압할 수 있었던 이유도 그들이 싸운 장소가 진무성이 주인인 곳이었기 때문이었다.
 물론 마노야는 거기까지는 모르고 있었다. 그리고 안됐지만 천마 역시 그것은 모르고 있었다.
 그동안 천마환혼대법을 수없이 시술했지만 상대가 진

무성처럼 또렷한 정신을 가지고 있는 경우는 한 번도 없었기 때문이었다.

천마는 주위의 공간이 자신의 의지대로 움직이지 않자 적잖이 당황한 듯 했다. 오히려 공간은 진무성이 편인 듯 무수한 기가 만들어지더니 천마를 공격해왔다.

줄곧 천마가 진무성에게 했던 공격을 거꾸로 그가 받게 된 것이었다.

천마는 처음으로 무기를 꺼내들었다.

자신의 형체조차 만들어 내지 못했던 마노야와는 차원이 다른 모습을 보이며, 그는 다가오는 기를 향해 도를 휘둘렀다.

그러자 거대한 묵기가 백색의 공간을 그대로 가르며 진무성에게까지 날아갔다.

몸이 잘리고 갈가리 찢어져도 엄청난 고통만 누릴 뿐 죽지 않는다는 것을 진무성은 마노야를 상대하면서 잘 알고 있었다.

하지만 정신적인 공격은 하지 못했다.

정신이 파괴되면 진무성은 죽을 수 있었다. 그리고 진무성이 죽으면 진무성의 정신에 기생해 버린 천마 역시 죽을 수밖에 없었다.

천마가 준비한 것을 포기하면서까지 천마환혼대법을

펼친 것은 그럴 수밖에 없는 상황에 쫓겨서였지만 그래도 시간이 걸리고 좀 귀찮아서 그렇지 진무성을 제압하는 데는 별문제가 없을 것으로 보았다.

견디기 힘든 고통을 가하면서 그의 강력한 뇌력으로 진무성의 정신을 무너뜨리는 것은 그리 어려운 일이 아니라고 생각했기 때문이었다.

마노야와 거의 같은 생각을 하고 있었던 것이다.

강하게 압박해 나가던 그의 표정이 점점 일그러져갔다. 진무성과 생각의 공유가 점점 많아지면서 그의 계획에 큰 실책이 있다는 것을 느끼기 시작했기 때문이었다.

다시 완전 무아지경에 빠진 진무성의 몸에서 금광(金光)이 강력하게 뿜어져 나왔다. 그리고 그 금광은 천마를 감싸고 있는 묵기를 압도하기 시작했다.

도저히 있을 수 없는 급격한 변화에 천마의 표정이 점점 굳어지고 있을 때, 그의 뇌리에 만년천지음양과에 대한 지식이 흘러들어갔다.

'만년천지음양과? 나도 모르는 이런 영물이 있었어?'

한 번 공유를 시작하자 만년천지음양과에 관한 정보가 천마의 머리로 쏟아져 들어갔다.

진무성이 일부러 만년천지음양과에 관한 정보를 생각하여 천마에게 전해지도록 한 것이다.

-왜?

만년천지음양과에 관한 정보를 천마가 아는 것은 진무성에게 오히려 불리한 상황이 될 수도 있었다.

이유는 천마의 뇌력에 법력이 들어가게 하기 위해서였다. 천마의 뇌력은 한마디로 초월적인 마력(魔力)이라고 할 수 있었다. 사람들은 그것을 초능력이라고도 했다.

천마는 자신의 뇌력으로 진무성의 정신을 계속 공격하고 있었다. 진무성은 뇌력 역시 결국 마력이라면 무명대사의 법력이 파고들기만 하면 약화시킬 수 있다고 판단했다.

그러나 그의 정신력은 진무성과 맞먹을 정도로 강력해서 파고들 여지가 전혀 없었다. 그래서 그의 뇌를 열 수 있는 미끼를 던져 줄 수밖에 없었다.

그것은 바로 진무성의 신체에 대한 비밀이었다.

누구보다도 진무성 같은 신체를 마노야가 어떻게 만들어 냈는지 누구보다도 알고 싶었던 천마에게 만년천지음양과에 대한 정보는 받아들이지 않을 수 없는 유혹이었다.

그리고 진무성의 머리에 있던 지식이 전이되면서 자연스럽게 법력도 천마의 뇌로 파고드는 데 성공했다.

금빛의 강기와 천마기의 격돌은 실체도 아닌 암흑의 공간까지 흔들어버릴 정도로 격렬했다.

도대체 얼마의 시간이 흘렀는지 알 수 없었다.

느낌상으로는 최소한 일 년은 지난 것 같았다.

일 년을 계속 싸웠다는 의미였다.

그리고 둘의 상황은 천마의 일방적인 우위에서 조금씩 변화가 생기더니 이젠 천마가 위협을 느낄 정도까지 되어 있었다.

그때, 진무성의 자신의 머리를 두 손으로 잡더니 고통스러운 비명을 질렀다. 그가 비명을 질렀다는 것은 그 고통이 얼마나 강력한지를 알려주는 것이었다.

'저놈이 갑자기 왜 저래?'

뜻밖에도 진무성의 이상 징후는 천마에 의해 발생한 것이 아닌 것 같았다.

"으으윽!"

몸을 일으킨 진무성의 몸에는 또 다른 변화가 일어나고 있었다. 금광과 함께 새롭게 모습을 드러낸 묵기.

천마는 묵기를 보자 경악을 했다. 바로 자신만이 가지고 있는 천마기였기 때문이었다.

그러나 그의 놀라움은 그게 끝이 아니었다. 자신의 천마기가 급속도로 와해되면서 그의 몸이 사라지기 시작한 것이었다.

'나, 나의 내정을 저놈이 흡수했어…… 그런데 왜 내게 오지 않고 저놈에게……'

천마가 천년에 걸쳐 모아 온 그의 모든 기가 들어있는 내정이 사공무경이 죽으면서 자연스럽게 정좌를 하고 있는 진무성의 입으로 스스로 찾아 들어간 것이었다.

 당연히 내정은 천마의 정신으로 향해야 했다. 그의 것이기 때문이었다.

 하지만 내정은 천마를 버리고 진무성에게 흡수되어 버렸다. 천마기의 주인이 바뀌면서 진무성이 천마기를 조종하게 된 것이다.

 그리고 그 여파는 엄청났다.

 암흑의 공간 내에서는 천마의 소멸 정도로 크다면 크고 작다면 작은 변화를 보였지만 진무성이 앉아 있던 광장은 천마기와 선천지기와 융화된 만년천지음양과와 합체를 하면서 엄청난 일이 벌어지고 있었다.

 초인동은 총도의 중앙에 있는 거대한 돌산에 형성된 동굴이었다. 말 그대로 십만 근이 넘는 거석들이 겹쳐져 있었다.

 그런데 그것이 마치 화산이 폭발하듯 터진 것이다.

* * *

"저, 저, 저걸 좀 보십시오!"

엄청난 폭발에 날아오는 바위 파편들을 쳐내거나 피하기 위해 바삐 움직이던 사람들은 하늘로 떠오른 한 사람의 형상을 보자 입을 떡 벌렸다.

 황룡과 흑룡 그리고 백룡까지 각기 색이 다른 세 마리의 용이 정좌를 하고 있는 한 사람을 보호하듯 휘감고 있었다.

 그 사람은 놀랍게도 진무성이었다.

 "와아! 창룡 대협이시다!"

 모두의 입에서 환호가 터져나왔다. 지금 보이는 모습만으로도 진무성이 사공무경을 이겼다는 것을 직감한 것이다.

 "창룡군림!"

 "창룡군림!"

 연달아 환호하던 무림인들은 누가 시키지도 않았는데 그 자리에서 무릎을 꿇기 시작했다.

 세 마리의 용이 호위를 하는 진무성의 모습은 누가 보아도 인간이 아닌 하늘에서 내려온 천인이었기 때문이었다.

 전쟁의 피해는 너무도 참혹했지만 천년을 넘게 천하를 우롱하던 천마가 완전히 소멸했고 이제 무림의 평화를 담보해 줄 수 있는 누구도 넘보지 못할 절대자의 탄생으로 천하는 또 다시 들썩이게 될 것이 분명했다.

* * *

"이, 이겼어……"

기진맥진한 상태에서도 계속 점괘를 보던 설화영의 눈이 커졌다. 그렇게 보이지 않던 결과가 갑자기 명료하게 보였기 때문이었다.

"이겼다니 그게 무슨 말씀이세요?"

초선은 깜짝 놀라 반문했다. 그녀의 목소리 역시 이겼다는 말에 고무가 된 듯 들떠있었다.

"상공께서 이겼어. 너무나도 힘든 싸움이셨는데 결국 해내셨어."

말하는 설화영의 눈에서는 기쁨의 눈물이 줄줄 흘러내렸다.

* * *

동호에서의 전투가 끝난 후, 천하는 기쁨보다 슬픔에 잠겼다. 전쟁에서 전사한 문파의 사람들의 시신을 수습해서 자신들의 문파로 돌아간 사람들은 그들에 대한 제사와 함께 백 일 간 무림 활동을 자제한다고 발표를 하기 시작했다.

무림인들이 사라지면 가장 먼저 설치는 자들이 흑도 왈패들이었다.

 그러나 수많은 문파에서 활동 자제를 선언했지만 양민들에게 행패를 부리는 흑도들은 없었다.

 진무성에 대한 두려움이 그들 스스로 자정하는 모습을 보이도록 한 것이었다.

 가장 신이 난 사람들은 이번에도 호사가들이었다.

 좋은 이야기거리가 많아야 돈을 벌 수 있는 그들에게 이번 전쟁은 정말 많은 이야기거리를 던져주었다.

 물론 진무성에 대한 얘기가 주를 이루었지만 진무성의 친구로 알려진 세 명의 신성들에 대한 이야기 역시 빠지지 않는 단골 이야기거리가 되어 있었다.

 역시 상당히 많은 수하들을 잃고 광동으로 돌아간 천존 마성도 마도답지 않게 조용하게 지내고 있었다.

 누가 보아도 무림의 권력이 재편되고 있음을 알 수 있었다.

 그런데 진무성 때문에 재편이 되고 있는 곳은 또 있었다.

* * *

 "제독 나리, 궁정 사례감 나리께서 제독 나리를 지지하겠다고 공식적으로 천명을 하셨습니다."

편안한 표정으로 태역비와 함께 차를 마시고 있던 엄귀환은 동호상의 보고에 만족한 미소를 지며 태역비를 보고 물었다.

"태 태감, 이제 어떻게 해야 할까요?"

보름 전 환관회의가 열렸다. 당시 많은 환관들이 엄귀환의 실각을 기정사실화하고 있었다.

하지만 엄귀환이 꺼내든 서찰 한 장으로 분위기는 완전히 반전되고 말았다.

창룡 진무성이 엄귀환을 지지한다는 내용의 서찰이었다. 심지어 동창과 협력을 할 일이 생길 경우 엄귀환의 명령을 받은 사람만이 그를 만날 수 있다는 말도 적혀 있었다.

승리를 확신하고 회의에 참석했던 고척은 당황한 듯 우선 서찰의 진위여부부터 따지고 들어갔다.

그러나 창룡을 사칭하는 짓이 얼마나 위험한 일인데 이런 서찰까지 가짜를 가지고 왔겠느냐고 큰 소리를 친 엄귀환은 곧 진위 여부를 알 수 있는 증거를 가지고 오겠다고 했다.

그러자 고척은 진무성이 구문제독부의 군관이라는 소문이 있다는 말과 함께 고윤의 행방불명과의 연관에 대해서도 따지듯 물었다.

하지만 그 역시 엄귀환의 반격에 더 이상 밀어붙일 수 없었다.

진무성에 대한 것은 모두 소문이고 사실로 판명된 것은 없다. 그리고 고윤을 진무성이 해쳤다는 말은 어디서 나온 것이냐고 따진 것이다.

그러면서 그는 한 마디 덧붙였다.

창룡은 자신을 모함하는 자들을 살려 준 적이 없다는 경고였다.

환관들 회의에 진무성을 언급하는 이유가 뭐냐는 말도 나왔지만 진무성의 명성이 이미 하늘을 찌르는 상태에서 그를 빼놓고 정세를 논할 수 있겠느냐는 태역비의 말에 반박되고 말았다.

엄귀환을 배척하던 자들도 진무성과 엄귀환이 모종의 친분이 있다는 사실이 마음에 걸리는지 갑자기 입을 닫았고 결국 환관 전체 회의는 아무런 결론도 내지 못하고 파하고 말았다.

정적들이 그렇게 원하던 환관 전체 회의를 열었음에도 결국 아무런 결론도 도출해 내지 못했다는 것은 명백한 엄귀환의 정치적인 승리였다.

그런데 대무신가와의 전쟁에서 승리하고 진무성이 용

의 호위를 받으며 나타났다는 신화같은 소문이 퍼지면서 갑자기 엄귀환의 편으로 돌아서는 자들이 급증하기 시작한 것이다.

물론 용은 진짜가 아니라 진무성의 몸에서 뿜어져 나온 기가 멀리서 그렇게 보였던 것뿐이라는 걸로 결론지어졌다.

만약 용이 호위를 했다는 말이 사실인 것처럼 퍼지면 황실에서 그냥 두고 볼리 없기 때문이었다.

용은 오로지 황제만의 소유물이기 때문이었다.

엄귀환의 질문에 태역비는 단호하게 말했다.

"이번 기회에 고척을 제거하십시오."

"고윤 나리의 손자인데 반발이 심하지 않겠소?"

"어차피 친손자도 아니지 않습니까? 저는 고척만이 아니라 왕정을 따르던 자들도 이번 기회에 모조리 숙청하라고 권하고 싶습니다."

엄귀환의 다음을 노리는 태역비로서는 그의 정적이 될 만한 자들을 엄귀환이 처리해 준다면 매우 편할 수밖에 없었다.

"그럼 태 태감이 한 번 멋진 그림을 만들어 보시오."

"알겠습니다. 그리고 창룡 대협을 한 번 황도에 오게 하면 어떻겠습니까?"

"올까?"

"그를 부를 수 있는 사람이 한 명 있습니다. 이번 기회에 그자와도 친분을 쌓으십시오. 매우 친하기 어려운 자이긴 하지만 친해지기만 하면 도움이 많이 될 것입니다."

진무성에 의해 분 바람은 황도까지 집어삼키고 있었다.

그런데 진무성을 불러들일 수 있는 사람은 누굴까……

* * *

동호에서의 전투가 끝난 후, 천의문으로 돌아온 진무성은 보름째 두문불출하고 있었다.

대외적으로는 폐관 중이라고 알려져 있었다.

하지만 천의문의 정책은 계속 발표가 되고 있었다.

우선 군림맹은 공식적으로 해체가 되었다. 대무신가를 상대하기 위해 급조한 세력인 만큼 당연한 수순이었다.

특이한 것은 천의문이 새삼스럽게 무림맹에 입맹을 공표한 것이었다.

이미 천의문의 명성이 무림맹을 압도하고 있는 상황에서 굳이 스스로를 낮춰 무림맹에 들어가는 이유에 대해 설왕설래가 있었지만 진무성이 결정한 일이라 누구도 의문을 입밖에 내는 사람은 없었다.

무림맹 역시 천의문의 입맹을 격하게 환영한다는 말로

기쁨을 나타냈다.

진무성이 무림맹에 들어가기로 결정한 이유는 사실 단목환 때문이었다. 무림맹에 들어가 단목환을 전폭적으로 지지하면서 그의 힘이 되어 줄 생각이었던 것이다.

무림은 사실 진무성에 의해 완전히 장악이 되었다해도 과언이 아니었다.

거기다 무림의 특성상 한 사람에게 권력이 너무 집중이 되면 딴지를 거는 세력이 반드시 존재했다. 하지만 이제 더 이상 진무성을 대놓고 배척하는 문파는 존재하지 않았다.

오히려 모든 문파가 진무성과의 친분이 있음을 대내외적으로 과시하기 위해 조금이라도 천의문과 가까워지기 위한 노력들을 할 정도였다.

"몸은 좀 어떠세요?"

드디어 진무성이 집무실 밖으로 나왔다는 말을 들은 설화영은 부리나케 달려왔다.

"어디 아파서 칩거한 거 아니고 몸에 이상한 힘이 들어와 있어서 그게 뭔지 알아보려고 한 거야."

"알아내셨어요?"

"알아내지 못했어. 너무 거대한 힘이라서 내 단전에서 들어오는 것을 막고 있을 정도야."

"몸에 문제를 야기하면 어떡하죠?"

"그래서 보름 동안 폐관한 건데 그럴 걱정은 안 해도 될 것 같아. 천마가 그렇게 빨리 소멸한 이유를 모르겠어."

진무성은 자신을 압도하던 천마가 갑자기 소멸한 이유를 알지 못했다. 더욱 아까운 것은 천마가 너무 빨리 소멸하면서 천마의 기억은 거의 공유 받지 못했다는 점이었다.

천마의 성격상 분명 비밀리에 남겨 둔 세력이 있을 것이라고 판단하고 있기 때문이었다.

천마의 기억 속에 얼마나 잔혹한 짓이 들어 있을지를 생각하면 그의 지식과 기억을 공유하지 못한 것이 전혀 아쉽거나 하지는 않았다.

"상공."

설화영은 뭔가 어려운 말을 하려는 듯 조심스럽게 진무성을 불렀다.

"왜?"

"아무래도 저희들의 계획을 좀 바꿔야 할 것 같아요."

"어떻게?"

"대무신가를 없애고 사공무경을 제거하면 아무도 모르는 곳으로 가서 평화롭게 살자고 했잖아요?"

"그랬지."

"그런데 지금 상공이 사라지는 것은 너무 무책임한 행동이라는 생각이 들었습니다."

그녀의 말에 진무성은 뜻밖이라는 표정으로 반문했다.

"영 매가 따로 생각해 놓은 것이 있어?"

"우선 천하상인연합을 활성화해서 사람들을 돕는 전통을 확실하게 확립해 놓아야 합니다. 한 번 전통이 세워지면 쉽게 바뀌지 않으니까요."

"그리고?"

"지금 무림은 전체적으로 매우 쇠약해져 있어요. 이번 전쟁으로 특히 정파가 많은 피해를 입었습니다. 마약 상공께서 무림을 떠난다면 사파와 마도가 다시 기승을 부릴 위험이 큽니다."

진무성 때문에 숨을 죽이고 있긴 했지만 사파와 마도의 힘은 여전히 막강했다.

물론 이번 전쟁으로 천존마성도 꽤 큰 피해를 입었고 혈사련의 멸문과 암흑무림의 내분으로 사파 역시 세력이 많이 약화된 것은 분명했지만 이번 전쟁으로 정파가 입은 피해와 비교하기 어려웠다.

이런 상황에서 진무성이 진짜 무림을 떠난다면 무주공산이 된 지역들을 차지하기 위한 싸움이 곳곳에서 벌어지며 대혼란이 올 것은 자명했다.

그리고 무림의 혼란은 양민들의 도탄(塗炭)으로 직결된다.

그녀의 염려는 진무성도 고민을 하던 부분인지라 쉽게 받아들였다.

"그럼 우리의 계획을 몇 년만 늦출까?"

"기한을 정하면 안 될 것 같아요. 무림이 완전히 안정을 되찾고 저희가 원했던 계획이 정착할 때까지 상공께서 버티고 있어야 될 것 같습니다."

"그러지 뭐. 난 영 매가 있는 곳이 바로 나의 집이니까."

설화영의 의미는 진무성이 그냥 무림에 남아야 한다는 의미였다. 그녀 역시 오랫동안 고심한 결정이었다.

그리고 진무성은 그녀의 결정을 그대로 받아들였다.

진무성이 그녀의 뜻을 흔쾌히 받아들이자 그녀는 서랍에서 여러 장의 종이를 꺼냈다.

"이게 뭐야?"

"그동안 연구하던 제황병에서 얻은 몇 가지 단서들이에요."

분명 모든 사람들이 원하는 보물을 간직하고 있다는 귀중한 물건이었지만 천하에 몇 번의 혈겁을 일으킨 마물이기도 했다.

진무성이 대무신가에 넘겼던 가짜 제황병이 부숴진 체

발견이 되면서 제황병에 대한 관심이 많이 사라졌지만 여전히 제황병이 가리키는 장소를 찾기 위해 사방을 뒤지는 사람들은 존재했다.

심지어 제황병이 부서졌다는 것을 의심하는 자들도 많았다. 그 소문은 진무성이 의도적으로 퍼뜨린 소문으로 목격자가 없었기 때문이었다.

그러는 동안 제황병은 설화영에게 넘겨져 그녀는 시간이 있을 때마다 제황병의 비밀을 풀기 위해 조사를 하고 있었다.

"이건 지도 같은데?"

종이의 그림을 살피던 진무성은 의아한 듯 물었다.

"맞아요. 제황병에 아무 의미없이 그어진 선들을 펼쳐서 이어 봤더니 중원 전도와 매우 흡사하다는 것을 알았어요. 그 종이는 제황병에 표시된 지역들의 지도예요."

"꽤 많은데?"

"모두 열다섯 곳이에요. 맞을지 틀릴지는 모르지만 전 그중에 한 곳에 제황병의 비밀이 있다고 생각합니다. 어쩌면 보물들을 분산해서 숨겨 놓은 것일지도 모르지요."

"무슨 말인지는 알겠는데 지도만으로는 지역을 특정하기 어려울 것 같은데?"

"저도 그 문제 때문에 제 분석이 틀린 것은 아닐까 고심했는데 결론은 가 보자였어요."

열다섯 곳.

우연인지 아닌지는 모르겠지만 절묘하게 북육성과 남칠성이 모두 들어가 있었고 나머지 두 곳은 새외지역이었지만 중원과 붙어 있는 신강과 청해였다.

"좋아! 제황병의 보물을 찾건 못 찾건 영매와 편하게 천하를 구경하고 싶었는데 아주 좋은 핑곗거리가 생긴 것 같다."

진무성의 말에 설화영은 자신의 속마음이 들킨 듯 얼굴이 발그랗게 변했다.

* * *

며칠 후, 무림은 또 한 번의 소식이 전해지며 들썩였다.

진무성이 천하를 돌며 대무신가의 잔당들을 제거하기로 했다는 소문이었다.

제황병이 가리키는 비밀 장소를 찾기 위한 여정이었지만 뭔가 이유가 있어야 했기에 붙인 명분이었다. 하지만 불안을 느끼는 문파도 많았다.

이제 진무성이 너희는 대무신가의 잔당이다라고 한 마디만 하면 그대로 대무신가의 잔당이 되어 버려 멸문을 당하게 될 상황이기 때문이었다.

한마디로 천하의 모든 세력의 생사여탈권이 진무성의 손아귀에 들려 있는 것이나 마찬가지였다.

그리고 시작된 진무성의 무림 유람은 엄청난 화제를 뿌리기 시작했다.

대무신가의 잔당들을 없앤다는 말과는 달리 그는 각 지역의 작은 문파들은 정파건 사파건 막론하고 모두 들러 양민들에 대한 보호세나 상인들의 자릿세등 보통 사람들의 생활에 직결되는 문제를 해결하고 다닌 것이다.

물론 조금 수상하다거나 이상하다는 곳은 모두 들러 조사를 했다. 역시 명분은 대무신가의 잔당들이 숨어 있을지도 모른다는 것이었지만 실지로는 제황병의 비밀을 찾기 위해서였다.

목적 여부를 떠나 제황병이 자리키는 장소에 정말 많은 보물들이 있다면 진무성과 설화영이 생각하는 사람들에 대한 도움을 주기에 충분한 자금이 마련되기 때문에 소홀히 할 수는 없는 부분이기도 했다.

어찌 됐건 진무성의 행보는 양민들에게 열광적인 지지를 받았다. 진무성이 온다는 말만 돌아도 흑도 왈패들은 깡그리 사라졌고 심지어 무림인은 물론 현의 현령까지 나와 그를 맞이할 정도가 되었으니 그의 위상은 거의 신격화 되다시피 했다.

그럼에도 황실에서 아무런 조치를 취하지 않고 있는 것도 진무성이 일찌감치 엄귀환과 약조를 맺은 덕분이기도 했다.

정치적인 문제가 생길 것까지 이미 염두에 두고 진행된 그 계획은 진무성의 머리에서 나왔다기보다는 마노야의 머리에서 나온 것이라고 보는 것이 맞았다.

* * *

진무성의 천하행은 일 년 반이 지나서야 끝났.

제황병이 말한 장소는 산서에 있었다.

실망스럽게도 무림인들이 그렇게 원하던 무공 비급이나 내공을 올려 주는 영초나 영물 등은 없었지만 재물만은 산처럼 쌓여 있었다.

진무성은 천천히 옮기기로 마음을 먹고 여행을 이제 멈추기로 했다.

사실 제황병의 비밀을 찾겠다고 시작된 천하행이었지만 예상 못한 성과가 많았다.

우선, 설화영과 진무성은 태어나서 한 번도 맛보지 못했던 평안함과 행복을 만끽했다. 그리고 그 편안함은 진무성의 무공과 성정에도 큰 영향을 주었다. 상대를 죽이는 살수 위주였던 그의 무공은 매우 부드러워졌다.

잘못을 저지르면 그에 상응하는 벌을 받아야 한다는 그의 신념은 여전했지만 예전 같이 모조리 죽이는 식의 몰살은 더 이상 벌이지 않았다.

사실 그의 심기를 건드리는 자들 자체가 사라졌으니 그럴 기회도 없었다고 보는 편이 맞았다.

가장 큰 성과는 무림에 산재한 거의 모든 문파를 방문하여 그들과 친분을 쌓았다는 점이었다.

그들에게는 하늘 같고 감히 쳐다보지도 못할 절대자가 자신의 문파를 방문해 화기애애한 분위기 속에 그들의 고민도 들어주는 등, 친절하게 대해 주니 그에게 저절로 충심이 생길 정도였다.

오로지 강함만으로 그의 위에서 군림하던 그동안의 절대자들과는 달리 특유의 친화력을 통해 그들의 마음까지 얻은 그는 말 그대로 무림의 황제나 다름없었다.

황도에 들러 사마제독과 양기율 그리고 엄귀환 등 권력자들과의 비밀 회동을 가진 것도 성과 중 하나였다.

마지막 날에는 황태자와 독대까지 했는데 진무성은 자신의 존재가 황실의 위협이 아니라 안정을 줄 것이라는 것을 확실하게 인식시키는 데 성공했다.

그의 마지막 불안 요소까지 제거한 것이다.

* * *

 성대한 환호 속에 천의문에 귀환한 진무성은 그를 기다리고 있던 단목환과 백리령하 그리고 곽청비를 만났다.
 설화영 역시 동석을 했다.
 그런데 모두의 표정이 그리 밝지만은 않았다.
 "이제 귀환하면 언제 볼 수 있게 될까?"
 진무성의 질문에 백리령하와 곽청비의 얼굴에 슬픔이 살짝 깔렸다.
 검각과 천외천궁은 무림에 평화가 깃들면 다시 문파로 돌아가 본연의 자세로 돌아가야 했다.
 백리령하는 다음대 천외천궁의 후계자가 될 수업을 계속 받아야 했고 곽청비 역시 검도를 깨우치기 위한 수련에 들어야 했다.
 문제는 그 수업이나 수련이라는 것이 기한이 정해져 있지 않다는 사실이었다.
 사실 이렇게 헤어진 후 결국 평생 못 만나는 경우도 있을 정도였다.
 단목환 역시 무림맹의 중책을 맡으면서 예전 같이 진무

성을 자주 만날 기회는 많지 않을 것이 분명했다.

"글쎄, 우리 머리가 하얘지고나서 만날 수도 있지. 원래 무림인이 그렇잖아?"

"맞아 죽음과 이별은 무림인들에게는 숙명 같은거니까."

"난 숙명 같은 것은 믿지 않아. 너희들이 나올 수 있는 기회를 내가 자주 만들어 주마. 만약 그게 어려우면 내가 직접 찾아가지 뭐. 천외천궁과 검각의 규율이 추상 같다고 해도 설마 나까지 쫓아내지는 않지 않겠어?"

"자신을 너무 대단하게 보는 사람을 난 싫어하는데, 진 형만은 인정! 진 형은 정말 대단해. 검후님이라해도 진 형만은 그냥 돌려보내지 못하실 거야."

"그런데 우리를 어떻게 부를 건데?"

"초대장을 보내야지. 창룡의 혼인식, 창룡의 득남, 창룡의 득녀. 이 정도면 거절하기 힘들지 않겠어?"

진무성의 말에 모두의 눈이 커졌다.

드디어 진무성이 설화영과의 혼인을 공식적으로 언급을 했기 때문이었다.

"드디어 혼인을 하는구나! 축하해."

"나도 축하. 그런데 언제쯤 할 건데?"

"금년은 넘기지 않을 생각이다."

"설 소저, 축하합니다."

"축하해요."

축하가 설화영에게 향하자 그녀의 얼굴은 복숭아처럼 빨개졌다. 언제나 수심에 차 있던 그녀의 얼굴은 이제 행복으로 가득했다.

"완벽한 창룡군림인가?"

"난 군림하고 싶지 않은데 왜 자꾸 창룡군림이라는 환호를 하는지 모르겠어?"

"누군가 자신의 위에 군림하는 것을 싫어하는 것은 인지상정이야 그럼에도 창룡군림을 외치는 것은 군림해 달라고 원하는 거잖아. 진 형은 군림하기 싫다고 하지만 사실은 이미 군림하고 있어."

단목환의 말에 모두는 고개를 끄덕였다.

—창룡군림

그 단어는 이제 온 천하가 인정하는 절대자를 경배하는 의미가 되었다.

(창룡군림 완결)

환상이 숨쉬는 공간 파피루스 blog.naver.com/gnpdl7

서생, 제갈현몽은 꿈을 꾸었다
무와 협이 아닌, 마법과 모험이 공존하는 신세계를!

『무림 속 마법사로 사는 법』

제갈세가 방계 중의 방계로서
표국의 문사로 일하던 제갈현몽

꿈에서 깸과 동시에 마법을 깨우치고
비범한 활약을 통해 명성을 떨치며
감당하기 힘든 별호를 얻게 되는데

"무후재림께서 오셨다! 무후재림 만세!"
"아…… 아아……."

세상은 영웅을 원하고, 출사표는 던져졌다
고금제일의 마법사, 제갈현몽의 행보를 주목하라!

무림속 마법사로 사는 법

김형규 신무협 장편소설